The Innocent

无辜者

[英] 伊恩·麦克尤恩—————著

朱乃长————译

上海译文出版社

城堡的工程越来越艰苦，其实本不必如此（因为这般辛劳对地洞挖掘并没有实际的好处），造成这种局面，是因为这个场地按计划本该设在那个位置上，恰恰在那个位置上是松软的沙质土，为了造个漂亮的大穹顶，不得不把那里的土层夯实。但对于这样的任务，我仅有的工具就是我的前额。我只能用前额无数次地撞击土层，日日夜夜，没有停息。如果撞得血流出来了，我就高兴，因为这证明墙面开始坚实了；这样一来，大家都要承认，我为自己的地洞付出了巨大的努力。

弗兰茨·卡夫卡，《地洞》，薇拉·缪尔和埃德温·缪尔英译

晚饭后，我们看了一场有趣的电影：由鲍勃·霍普主演的《公主与海盗》。我们坐在大厅中，欣赏着轻歌剧《日本天皇》，留声机上放出的音乐，异常舒缓。首相说，这音乐让人回忆起"维多利亚时代，那八十年辉煌将会同安东尼时期一起，在我们岛国的历史上永垂不朽"。然而，此刻，"胜利的阴影"正笼罩在我们头上……战后，首相继续说，我们的实力将削弱，我们将没有金钱，没有力量，我们将在两个超级大国，美国和苏联的夹缝中生存。

这次对话是在雅尔塔会议结束十天后，与丘吉尔在首相乡间别墅共进晚餐时进行的。

约翰·科尔维尔，《权力边缘：唐宁街日记，1939—1955》

—

会见的时候，只有洛夫廷上尉一个人滔滔不绝地说着话。"你听我说，马汉姆。你刚来，难怪你不知道这儿的情况。让人感到麻烦的倒不是那些德国人或者俄国人，甚至也不是法国人，而是那些美国人。他们什么都不懂。更加糟糕的是，他们还不肯学，不肯听听人家的指点。他们向来就是这个样子。"

伦纳德·马汉姆是英国邮局里的一个职员。他以前从来没有遇到过一个可以攀谈的美国人。可是在他老家的那家时髦戏院里，他曾对他们做过深入的研究。听洛夫廷上尉这么一说，他也不吭声，只是抿紧了嘴微微一笑，随即又点了点头。他把手伸进外衣里层的袋子里，去掏摸那只银烟盒。洛夫廷却举起了一只手掌，像是印度人见面时行礼的那副派头，预先打了个招呼，表示谢绝敬烟。伦纳德跷起了二郎腿，取出一支烟来在烟盒盖上磕了几下。

洛夫廷一下就把胳臂从桌子上面伸了过来，用他的打火机给伦纳德点火。就在这个年轻的老百姓低下头去点烟这一会儿工夫，他又说起来了。"你也会想得到，这儿有几个合作项目——把资源、知识等等集中起来。可是，你以为那些美国佬还算懂得一点什么叫团队精神吧？不，他们才不哩！他们先是答应好了一件事情，可是临到末了，他们却会自说自话去另搞一套。他们背着别人尽做小动作。他们封锁消息，不让别人分享有关的情报。他们说起话来盛气凌人，把我们当作大笨蛋。"洛夫廷上尉说着话，一面把吸墨水纸摆正——那是他的那张锡包台面的书桌上唯一的东西。"我跟你说，他们迟早会把英国政府逼得强硬起来的。"伦纳德想插句嘴，可是洛夫廷挥了挥手，把它挡了回去。"给你随便举个例吧。下个月就要举行由柏林的各个占领区里的运动员一起参加的区间游泳比赛，而我是这次比赛的联络员。你看，谁都得承认，在这儿的所有体育场里，要数我们英国占领区体育场里的那个游泳池最好。这是一个明摆着的事实。所以若要比赛游泳，显然就应该在我们这里举行。老美早在几个星期前就同意了。可是他们变卦了。你知道这比赛现在要在什么地方举行？往南下去很远的一个地方——就在他们的占领区里——在一个到处都是油腻的小池子里！你倒猜猜看，这究竟为了什么？"

如此这般，洛夫廷又继续说了十来分钟。

当别人在这场游泳比赛里搞出来的那些鬼把戏似乎全都给洛夫廷揭露了出来以后，伦纳德才抓住一个空当问道，"谢尔特雷克少校要给我们一些设备，还有一些密封了的指示。你知道这方面的事情吗？"

"我就要说到这个上面来了，"上尉厉声说道。他停了一会，好像他在积聚力量，以图一搏似的。当他终于重新说起话来，他似乎怒气勃勃，难以抑制。"你知道，他们派我到这里来的唯一原因，就是为了等你来。谢尔特雷克少校的任命通过以后，我就得从他那里把什么都接过来再转交给别人。正巧——这和我毫无关系——在少校离开和我到达之间有着一个相隔四十八小时的空隙。"

说到这儿他又停了。听上去好像他事先经过一番仔细的准备，他该如何把它解释清楚。"显然那些美国佬为了这个曾经闹了个天翻地覆——尽管由铁路运来的那些东西全都锁在一间有卫兵把守的房间里，而你的那个密封了的信封，则锁在指挥官办公室的保险箱里。可他们仍然坚持说，一定得有个人专门要为那些东西负责。从陆军准将那儿打了个电话到指挥官的办公室里——那电话还是从总参谋部发动的。谁都无计可施。他们乘了一辆卡车把什么都搬走了——那个密封的信封，那些运来的东西——一切的一切，全都运走了。然后我才到了这儿。我接到了一个新的命令，叫我在这里等你——我一等就等了五天——要我弄清楚你究竟是不是你说的那个你，要我对你解释现在的局面，再要我把这个让你去和什么人联络的地址交给你。"

洛夫廷从他的口袋里取出了一个牛皮纸信封，把它从桌面上递了过去。这时伦纳德也就把他的证件交给了他。洛夫廷迟疑不定。他还有一个坏消息没有讲出来。

"这件事是这样的。现在你的那些设备——暂且不管它们

5

究竟是一些什么东西——既然都已经移交给他们了，就只好把你也移交给他们，所以你已经被上面划给他们去管了。暂时，你得对他们负责，你得接受他们的调度。"

"没关系，"伦纳德说。

"我看这是件倒霉事儿。"

洛夫廷见他自己已经完成了任务，就站起身来和伦纳德握手道别。

这天下午的早些时候把伦纳德从滕珀尔霍夫机场送来的那个陆军驾驶员，在奥林匹克体育场的停车场里等他。那儿离伦纳德住的地方很近，只要开几分钟车就可以到达。那个下士司机打开了小小的土黄色车子后面的行李厢盖子。可是他却似乎认为，把那些箱子从里面取出来，可不是一件该由他来干的活。

梧桐林荫道二十六号是一幢现代化的建筑，门厅里有电梯可供住户乘坐。他的那套房间在三楼——两间卧室，一间很大的起居室，一间厨房兼饭厅，和一间浴室。伦纳德在家里还和他的父母同住在伦敦的托特纳姆区，每天乘火车去道里斯山上班。现在他把新寓所里的电灯全都旋亮，在每个房间里走来走去，到处巡视。他见到了形形色色的新玩意儿。有一台很大的装有乳白色按钮开关的收音机，咖啡套桌上摆着--部电话。它旁边是一张柏林市街道图。房间里布置的是军用家具——三件一套的规格，污迹斑驳、式样花哨；饰有皮制流苏的坐垫凳，一座并不那么垂直的标准型号落地灯，还有，就在起居室里最远的那堵墙的旁边，有一张只有抽屉的、弓着腿的写字台。他在两个卧室里挑选一间做自己的寝室时，慢条斯理的，可把这个难得的权利尽情享受了一番。然后他小心翼翼地打开箱子，把衣物都安放妥帖。这可是他自个儿住的地方。他没有想到，这个变化会使他觉得如此兴致勃勃，兴味无穷。他把他带来的那些最好的、次好的和日常穿的那几套灰色西装——挂在壁橱的衣柜里——你只要把它轻轻地这么一碰，衣柜上的门就会"咝溜"一声开启。他在写字台上摆下了他的那只柚木镶边的镀银烟盒——盒盖刻有他那姓名的缩写——那是他的爸妈为了他这次远行而送给他的一件纪念品。他在烟盒旁边搁下了那只室内用的笨重的打火机——样子活像属于新古典主义风格的一只古瓮。

直到他把每一件东西都安置得使他自己感到满意以后，他这才在位于落地灯下面的一张安乐椅里坐下来，然后撕开了那只信封。他看后深为失望，信封里只有一张从备忘录里撕下来的纸片。上面没有地址，只有一个名字——鲍勃·葛拉斯——还有柏林的一个电话号码。他刚才打算把那张街道图铺在饭桌上，以便寻找任何地址的确切位置，计划一下他到那地方去的途径。可现在他得从一个陌生人那里接受指示了——一个陌生的美国佬。他还非得使用电话不可。尽管他干的是这一行，可他对电话这玩意向来很不放心。他的父母没有装电话，他的朋友里面也没有一个装电话的，而且他在工作的时候也不大需要打电话。他把那张纸片平放在膝头上，不让它掉下去，接着就小心翼翼地拨起电话号码来。他知道他要想让自己的声音听上去像个什么样子——语气轻松，态度从容，显得胸有成竹：我是伦纳德·马汉姆。我想你在等我的电话吧。

听筒里立即传来了一个严厉而干脆的声音："葛拉斯！"

糟了。伦纳德原来打算装出来的那份矜持，这下立刻化为乌有。他一开口就成了他在和美国人交谈时尽力想要避免而未能的那种颤颤悠悠的英语。"啊，是的，真对不起，我……"

"你是马汉姆？"

"事实上，是的。我是伦纳德·马汉姆。我想你一直在……"

"把这地址写下来。诺伦道夫街十号，就在诺伦道夫广场附近。明天上午八点到那儿去。"

正当伦纳德用他最最友好的声音开始复述那个地址的时候，对方就"啪"地一声把电话挂断了。他觉得自己好傻，他独个儿红起脸来。他在墙上的一面镜子里瞥见了自己的形象，不由得走上前去。他的眼镜给他身上蒸发出来的油腻熏得带点黄色——至少，这是他的说法。它高踞在他的鼻梁上，显得滑稽可笑。他把眼镜取了下来，他的脸上就似乎少了点儿什么。他的鼻翼两侧有两个红色条纹的印迹，凹痕深入到骨骼组织。他不该戴眼镜。他真正想要看的东西多半离他不会太远——一张电路图，电子管里的细丝，以及一张脸孔——一个姑娘的脸孔。他那温顺、平静一下子荡然无存。他又开始在他的这个新的领地里踱蹀起来——被一阵阵难以驾驭的遐想驱赶得停不下

8

脚步来。最后，他总算强自克制，在餐桌旁边安静下来，以便写一封给他爸妈的信件。这类文案工作使他颇费心思，他每写一句，总得在开始时屏息凝神，直到这一句写完，他才张大嘴巴呼一口大气。"亲爱的妈妈和爸爸，到这里来的旅途颇为沉闷。可是至少未出任何差错！今天下午四点我抵达此地。我有一间相当不错的公寓，内含两间卧室和一部电话。我虽然还没有遇见将和我一起共事的那些人，可是我想我在柏林会生活得很好的。天在下雨，风大得吓人。看上去这座城市毁坏得相当厉害——即使在天黑的时候，它看上去也是如此。我还没有机会对人家试试我的德语……"

不久他觉得饥肠辘辘，再加上好奇心切，就忍不住跑到街上去走走。他事先在地图上记住了一条路，所以一直朝东向总理广场走去。在欧洲战争胜利结束的那一年，伦纳德才十四岁，可是那时他也已经大得足以在他的头脑里装满了战斗机、军舰、坦克和大炮的名称和威力了。他在地图上追踪着联军在诺曼底登陆后的进展，直到它向东推进，横穿过欧洲大陆；还有比这更早的向北穿过意大利的战斗。现在他才开始忘怀每一个重要战役的名称。对一个英国青年来说，当他第一次来到德国的时候，他不能不想到它是一个战败国，也不能不由于自己的国家战胜而感到自豪。在战争期间，他和他的奶奶住在位于威尔士的一个村子里。敌机从来没有在它的上空飞过。他从来没有碰过枪，也没有在靶场以外的地方听见过开枪的声音。尽管如此，而且尽管这座城市是俄国人攻克的，那天晚上他确实仍然兴致勃勃地穿过了柏林的这个优美的居民区——这时风已止息，气温也变得暖和了一些——神气活现地大摇大摆，好像他是这块地产的业主似的。每走一步，他的脚似乎都踩在丘吉尔先生在发表他的演说时所采用的那个节奏的点子上。

从他所看到的那些情况来判断，这儿的重建工作正在紧张地进行之中。人行道上的石板都是新铺就的，沿街种上了细长的梧桐树，许多废墟都已经清理过。地面已经平整。地上到处整整齐齐地堆放着已经刮去了灰浆的旧砖。像他的新居那样的新房子给人以十九世纪的建筑所特有的那种坚实感。在那条街的尽头处，他听见英国孩子说话的声音。一个英国皇家空军的军官和他的家人正回到他们家里去——足以证明这是一座被征服了的城市。

他来到了巨大而空荡荡的广场。在新树起来的混凝土灯柱下面，他在黄褐色的灯光里看见一个漂亮的公共建筑被拆得只剩下底层有窗户的一堵墙壁。在它的正中央，一段不长的台阶通往一个漂亮的门洞，上面饰有精致的石刻和人字墙。原来的那扇门一定很巨大，可是它早就被炸飞到不知哪儿去了。你可以从那个门洞里一直望见后面的那条街道，于是偶然在那儿驶过的那些汽车的车前灯就宛然在目。当你想到那些上千磅重的炸弹把许多屋顶掀掉，把屋子里的东西全都炸毁，只留下一堵堵有着这么些张大了嘴巴似的窗口的墙，你简直会孩子般地感到一阵欢喜。要是他在十二年前见到这番景象，也许就会张开了双臂，嘴里模仿着引擎声，过上一两分钟摇身一变而成为一

10

架轰炸机的瘾。他在一条小路口转了个弯，发现了一家位于街角的小酒店。

酒店里一片喧哗，唧唧喳喳，尽是老人的声音。那儿没有一个人小于六十岁。可是当他坐下来的时候，却没有人注意他。黄色的羊皮灯罩，再加上黄色浓雾似的雪茄烟，使他不易被人发现。他望着酒吧服务员在准备他要的那杯啤酒——他刚才先把要啤酒的德语仔细预习过了，然后再要了杯啤酒——先让杯子里注满了酒，然后用抹刀刮去从杯子里升上来的泡沫，接着就在酒杯里重新注满了酒，放在柜台上。服务员把这个程序重复进行了好几次，几乎过了十分钟以后，那杯啤酒才被端上桌去飨客。他在印着哥特体字母的一张小小的菜单上认出了"油煎香肠拼马铃薯沙拉"这道菜，就点了它。可是他在点菜时把这几个词的音发错了。侍者听后只点了点头，就掉头离去，好像因为他的发音错得令人不忍卒听，所以那侍者不愿再让他有机会糟蹋它们似的。

伦纳德吃罢晚餐，还不想回到他那寂静的公寓里去，就又要了一杯啤酒，然后他又要了第三杯。他边喝，边觉察到他背后的一张桌子旁坐着三个男人在大声讲话，他们的声音越来越响。他无计可施，只好听任他们的声音轰鸣——可是他们又不像在争吵，而像彼此在进行竞赛，都想把同样的观点说得比别人更加有力一点。起先他只能听清由几个没头没尾、重叠皱褶的元音和音节搅在一起的大杂烩，语气咄咄逼人、支离破碎的断章残句，以及把其中的含意领会得过迟的句子。可是，等他

11

第三杯啤酒落肚，他的德语水平就已有所进展。他开始听出了他们嘴里说出来的片言只语，只需稍稍想上一想，就不难领会其意义。他喝第四杯的时候，开始听得出一些一听就懂的词组。他既然知道斟一杯啤酒很费事，所以他干脆又要了半立升。就在他喝到第五杯啤酒时，他在德语方面的实践能力已经有了神速的进步。他听见"死"，后来听到的"列车"，还有动词"拿"，都听得很清楚，不会弄错。他还听见有人没精打采地说出了 manchmal（有时候）这个词语：这些事情有时候是必不可少的。

那三个人的谈话又变得急促起来。显然他们是在互相夸耀，所以把话说得那么快，就像比赛似的。谁要是稍有迟疑，别人就会插嘴，滔滔不绝地说将起来。他们插起嘴来很蛮横。每个人说话的口气都比别人更加专横跋扈。如果引经据典，则举出来的例子要比前面那个人所举的例子更加精致而巧妙。他们喝的啤酒要比英国的淡啤酒凶上两倍，而他们喝啤酒用的杯子的大小则和容量为一个品脱①的酒罐不相上下，所以这伙人给啤酒灌得神志不清。正当他们应该胆战心惊的时候，却在酗酒滥饮。他们在酒吧里大喊大嚷，夸耀着各自干下的血迹斑斑的暴行。用我自己的双手！他们每个人都打断了别人正在诉说往事的话头，插进嘴来讲他自己干下的那些残暴的勾当，惹得他的伙伴切齿痛恨，简直想要把他给宰了。也有人在对

---

① 容量单位，主要于英、美及爱尔兰使用。1 英制品脱＝568.261 25毫升。

别人说一些气势汹汹的旁白，还有人在咆哮着恶狠狠地说出一些表示赞同的话来。酒吧里的别的顾客则各自佝偻着背，各自讲着他们自己要说的话，对那三个人的谈话都不甚理会。只有斟酒的服务员不时地扭过头去对那三个人瞥上一眼，可是那只是为了想看看他们的杯子里还剩多少酒。有一天每个人都会为了这个感谢我的。当伦纳德站起身来，服务员走上前来计算啤酒垫上铅笔记下的酒账的时候，他忍不住转过身去看看那三个人。他们看上去比他原来所想象的要更加年老和体弱。其中有一个老人看见他了，其他两个也在座位里转过身来。第一个老人以老酒鬼的姿态，像在舞台上演戏似的眨巴着眼睛，举起了酒杯说道，"喂，年轻人，你不是住在这个地区的吧？来和我们一起喝。服务员，到这儿来！"可是，那时候伦纳德已经在数着德国马克，放在服务员的手里。他假装没有听见。

第二天早晨，他在六点钟起床后洗了个澡。他不慌不忙地挑选衣服——在灰色的深浅层次和白色的织物手感上，仔细斟酌了一番。他穿上了他的那套次好的衣服，然后又把它脱了下来。他不想把自己打扮成昨天他让人家在电话里听得出来的那副窝囊相，这个下身着紧身短裤，上身穿母亲准备的加厚背心的年轻人，凝视着衣柜中三套西装和一件斜纹软呢外套，现在看上去倒确实有着那么一点美国式的强悍风度。他有一个想法，认为他的外表生硬古板，让人觉得可笑。在他身上表现出来的那些英国人的特征，可不像上一代那样，使人觉得那是反映出一个人心里踏实的一种派头。它却使他觉得自己因此而显得脆弱稚嫩，易受伤害。而那些美国人正好与此相反。他们对自己深有信心，所以处处显得落落大方，无拘无束。他终于挑了那件运动夹克衫，和一条鲜红的针织领带——可它那鲜艳的色彩多少被他身上的那件高领头的、手工织就的套衫遮掩掉不少。

诺伦道夫街十号是一幢正在大修之中的又高又窄的大厦。为了让伦纳德走上一座很窄的楼梯，正在门厅里进行装修的工人只好把他们的梯子暂时搬开。顶层已经装修完毕，铺上了地毯。上了楼梯，对面就有三扇门，其中的一扇门半掩着。伦纳德听见门缝里传来了电动刮胡刀发出来的嗡嗡声。接着他又听见一个比这更响的声音吆喝起来，"是你吗，马汉姆？看在上帝的份上，进来吧！"

于是他走进了一个办公室兼卧室的房间。一面墙上张贴着一幅本市街道的大地图，下面是一张睡后尚未铺好的床。葛拉斯正坐在东西堆得乱七八糟的书桌旁，用一把电动刮胡刀修着胡须。他的那只空着的手正在把速溶的咖啡倒进两杯热水里。地板上放着一只电热壶。

"坐，"葛拉斯说道。"把那件衬衫丢到床上去。要糖吗？两茶匙？"

他从一只纸盒里舀了糖，又从一只罐子里倒了些奶在咖啡杯里，然后他用力地搅拌，以至咖啡泼溅到了杯子旁边的纸上。等他一搅好，他就关掉电动刮胡刀，把伦纳德的咖啡递给了他。葛拉斯在扣衬衫扣子的时候，伦纳德瞥见他那结实的躯体上长满了坚硬的毛，一直越过肩膀长到了后背上。葛拉斯终于在他粗壮的头颈上扣好了领子。他从书桌上取了一根装着宽紧带、事先打好了的领带，就站在那儿往自己的头颈上"啪"地这么一套。他无论干什么，都干净利落，毫不拖泥带水。他从一张椅子背上取下他的夹克衫，一边把它穿上，一边大踏步走到那张地图旁边。那是件深蓝色的上衣，又皱又油腻，以至于有些地方弄得油光锃亮的。伦纳德冷眼旁观。有些人穿起衣服来就这么满不在乎，使衣服失去了它们的意义，变得无足轻重，毫不相干。你干什么都不会让人注意。

葛拉斯用他的手背拍打着那张地图。"你到处去跑跑了没有？"

伦纳德还不放心，唯恐自己说起话来会比"哦，事实上，我还没有"更加啰嗦，所以，干脆只摇了摇头。

"我刚才读这份报告。在它提到的那些事情里面，其中有一点提到——这事谁也说不准——这儿的市民干情报工作的人介于五千到一万之多。这数目还并不包括那些勤务人员。它指的是地勤人员、间谍。"他偏着头把他的山羊胡子指着伦纳德，直到他对他说的这句话在伦纳德身上引起的反应感到满意了才罢休。"他们大多是没有固定的雇主，业余客串的，由小孩子兼职的谍报人员，以及常在酒吧间里转悠的那些'只值一百马克的小畜生'。只要你给他几个马克，够他喝上几杯啤酒，他就会卖一个情报给你。他们也收买情报。你到布拉格咖啡馆

15

里去过没有?"

"不，还没有。"

葛拉斯大踏步走回到他的书桌边去。其实他并不真的需要那幅地图。"那间咖啡馆就是本地的芝加哥期货市场。你应该到那里去看看。"

他身高大约五英尺六英寸，比伦纳德矮了七英寸。他看上去很结实，全身装满了随时都会爆发出来的、使不完的劲。他虽然微微含笑，可是他让人觉得他随时准备把整个房间砸个稀烂。他一面坐下来，一面用力在膝盖上拍打了几下，说道，"好，欢迎!"他的头发同样又黑又硬，在额头很后面的地方才开始长起，直往后面梳理着，使他看上去像漫画里的那个面对着迎面刮来的强风，脑袋高高拱起的科学家。他的胡须可不一样，它寂然不动，把光线都收集到了它那结结实实的形体之中。于是它就像个楔子似的，在他的下巴上面朝前撅着，就像一尊木雕的诺亚①像的胡须。

从楼梯间那儿，穿过了那扇半掩着的门，远远飘来烤焦了的面包片，有一股尿骚味。葛拉斯立刻跳了起来，一脚把门踢上，又回到他的椅子上坐下。他狠狠地喝了一大口咖啡，可伦纳德却觉得他手里的那杯咖啡烫得差点连一小口都没法喝，而且它喝上去有点像卷心菜煮就的汤。喝这咖啡的秘诀是，要把心思集中在品味咖啡里的糖上面。

---

① 诺亚就是《圣经》里的那个奉上帝之命，建造了方舟，在洪水中拯救了各种生灵的那个老头。参见《圣经·旧约·创世记》第六到第八章。

16

葛拉斯在椅子里朝前俯着身子。"把你所知道的告诉我。"

伦纳德把他和洛夫廷见面的情形讲了讲。他觉得自己的声音听上去刻板而做作。为了对葛拉斯表示尊重,他尽量把他的t音发得软些,把他的a音则发得低平一点,使它和美国口音接近一些。

"可是你们不知道那些装备是什么,也不知道你一定得进行的测验是什么?"

"不知道。"

葛拉斯在椅子里朝后伸了伸他的身子,把双手的手指交叉着搁在脑袋后面。"谢尔特雷克这笨蛋,他升了官就再也坐不住了。他没有安排任何人对你的东西负责。"葛拉斯怜悯地望着伦纳德。"那些英国人。要那个体育场上的人认真对待任何事情,可真难哪!他们都在忙于装扮出一副绅士派头。他们并不喜欢干他们的活儿。"

伦纳德没说话。他觉得他应该对他的祖国表现出忠诚。

葛拉斯对他举起了咖啡杯,微笑了。"可是,你们这些技术人员却不是那样,对不对?"

"也许我们也是那样。"

他在说这话时,电话铃响了起来。葛拉斯一把抓起听筒,听了半分钟,说道,"不,我这就去。"他放下听筒,站起身来。他把伦纳德领到门口。"原来你一点不知道关于那座仓库的事情?没有人对你提起过阿尔特格里尼克?"

"我想没有。"

"我们这就去那儿。"

他们来到楼梯口。葛拉斯在用三把钥匙锁他的房门。他摇着头对自己微笑，一边喃喃地说道，"那些英国佬，那个谢尔特雷克，那个大笨蛋。"

二

那辆汽车差劲得令他失望。从地铁到诺伦道夫街去的路上，伦纳德看见一辆色彩柔和，尾鳍高耸，克罗米①锃亮的美国汽车。可是他们两个乘坐的却是一辆褐色的甲壳虫。虽然它用了还不到一年，却好像在酸性液池里洗过一次澡似的，摸上去漆水粗糙得直扎手。车子里面的那些让人享受的舒适设备，全都给人搜刮得一干二净：烟灰缸、地毯、车门把手上的塑料套，甚至那个排挡杆上的球形的把手，全给拆掉了。消音装置也告失灵——或者，为了要改善这辆怠慢不得的军用车辆的威风，所以有人故意在这上面动过了手脚，也未可知。

从这辆汽车的踏脚板上的一个滚圆的洞孔里，你可以得到一个模糊恍惚的印象：路面正在飞速地后退。他们待在这个寒冷的、声音震耳欲聋的马口铁罐头似的车厢里，一路上轰隆隆地咆哮着，正在安哈尔特火车站的桥下面爬行。葛拉斯的驾驶风格是把排挡推到第四挡里，然后把它当作一台自动挡汽车驾驶。每小时十九英里的速度，使它颤抖得快要散架似的。这么

_____

① "克罗米"即金属铬的英文音译名。

21

慢的速度倒不是由于驾驶它的这个人生来就胆子小，而是他敝帚自珍，对它爱护备至的缘故。只见葛拉斯双手紧握驾驶盘，两眼炯炯地扫视着路人和别的司机。他的胡须往上直翘。这也难怪——他是美国人，而且这儿也是美国占领区。

有一次他们驶上了路面较宽的格奈斯诺大街。葛拉斯加速到了每小时二十五英里，让他的右手离开了驾驶盘，放到了排挡杆的把手上。

"现在，"他叫道，一面在他的座位里坐得更加进深些，就像他是在驾驶着一架超音速飞机似的。"我们正在朝南驶向阿尔特格里尼克，我们就在俄国人占领区界线的这一边造了个雷达站。你听说过 AN/APR9 吧？没有？它是一种改进的信号接收器。苏联人在那儿附近有一个空军基地，就在舍讷费尔德。我们会收到他们发出的信号。"

伦纳德感到浑身不自在，他对雷达一窍不通。他干的是电话通讯方面的工作。

"你的那些东西放在那儿的一个房间里。你会有用来进行测试的器材，你要什么东西，尽管对我说，知道吗？别向别人要。明白了吧？"

伦纳德点了点头。他瞪大了眼睛望着前面，心里直嘀咕，觉得一定有什么地方出了个可怕的差错。可是，过去的经验使他懂得，除非绝对必要，否则，如果你对自己的任务表示出任何怀疑，这将是一个于己不利的下策。沉默寡言的人总是少犯些错误——或者说，他们表面上比较少犯些错误。

他们正驶近一盏红灯。葛拉斯把车速减到十五英里，然后让车子滑行直到它完全停了下来。然后他改为空挡。他在座位里转过身来，面对着这位一言不发的乘客。"喂，伦纳德·马汉姆，看在耶稣基督的份上，你放松一点。对我说点儿什么。你倒是说话呀！"伦纳德刚想说他对雷达一窍不通，可是葛拉斯却已经开始愤愤然地对他提出了一连串问题："你结过婚没有？你在什么地方上的学？你喜欢些什么？你心里想些什么？"这时交通灯变了颜色，而他也就忙于寻找第一排挡，这才使他不得不暂时停止了问话。

伦纳德以他那有条不紊的方式，按照问题先后的次序，逐一回答了那些问题。"不，我还没有结过婚。甚至我还从来没有接近过婚姻方面的问题。我还和父母住在一起。我在伯明翰大学上的学，学的是电子。我在昨晚发现，我喜欢喝德国啤酒。我心里想的是，如果你想请人来看看你的那些雷达装置，那么……"

葛拉斯举起一只手来。"你别说了。这些都得怨那个大傻瓜谢尔特雷克。我们不是去什么雷达站，伦纳德，你知我知。可是你还没有通过第三级安全审查这一关，所以我们就得说我们是到这个雷达站去。那压力，那真正的屈辱，将会在大门口出现。他们不会让你进去的。可是那是我的事儿，不是你的。你喜欢女人吗，伦纳德？"

"喔，是的——事实上，我喜欢。"

"很好。我们今天晚上一块儿去乐乐。"

不到二十分钟，他们就驶离了郊区，进入平坦而索然无味的乡村。大块褐色的田地，中间隔着长满了湿润而乱蓬蓬的野草的沟渠。光秃秃、孤零零的树干和电线杆矗立在那儿。把背朝着公路、佝偻着躺在田野里的农舍，一条条泥泞的小路上有几幢在复耕的土地上造了一半的房子——那是新的郊区。甚至在一块田地的中心，有一幢尚未完工的公寓大厦耸立着。再过去一点，就在路旁边，有一些用圆木和铁皮瓦楞板搭建而成的棚屋。葛拉斯解释说，那些棚屋里住的是从东方国家逃过来的难民。

他们拐进了一条狭窄的路，它渐渐变成一条乡间的小路，左面是一条新铺好路面的道路。葛拉斯把头朝后一仰，用他的山羊胡子指点着。前面二百码以外——起先它给后面的一个荒凉的果园遮住了，所以看不见——就是他们的目的地。它是一个由两幢主要建筑物构成的机构。其中一幢是两层楼高的楼房，屋顶的斜度很缓。另一幢和这幢屋子形成一个犄角，它既低矮，且呈灰色，像是一座监狱里的一个牢房。那些窗户排成一条线，好像它们被砖头砌封起来了。第二幢房子的屋顶上有一套由两大两小四个球构成的仪器，看上去活像一个胖子摊开着两只胖手。它附近有不少无线电天线塔，在灰白天空的衬托下，成为一个结构精致的几何图形的格子构造。还有一些临时搭建起来的活动房子，一条专供勤务人员使用的圆形的道路，在边界上架设的双重铁丝构成的栅栏开始的地方还有一段粗糙的地面。第二幢房子前面有三辆军用卡车，穿着工作服的士兵在它的周围来来往往，也许他们正在卸下什么东西。

葛拉斯把车子开到车道边上停了下来。前面是一个横着栏杆的检查岗，旁边站着一个卫兵。他正望着他们。"让我把第一级安全检查告诉你。建造这地方的那个陆军工程师只知道他造的是座仓库——一座正规的仓库。他接到的指示里面规定，仓库里的地下室必须深达十二英尺。这是它的深度。那就得挖出许多的土方，让垃圾卡车把泥土运走，找一个地方堆放等等。而这并不符合陆军建造仓库的规定。于是占领区司令就不肯照办，除非他直接从华盛顿得到有关的指示。他被带到了一边，告之以真相，这时他才知道安全检查有着不同的级别。而他也就被提升到第二级安全检查。人家对他说，要他造的其实不是一个仓库，而是一个雷达站，而那个特别深的地下室是用来安放特殊器材的。于是他就开始工作，他也觉得很愉快，因为他认为，这工地上只有他一个人知道这座建筑物的真正的用途。可是他错了，如果他能够通过第三级别的安全检查的话，他就会知道，它根本不是一个雷达站。如果谢尔特雷克曾经对你作过指示的话，你也就会知道了。我是知道的，可是没有人授权我提高你的安全级别。关键是，每个人都以为他达到的那个安全级别是最高的那个级别，每个人都以为只有他所知道的那些情况才是真实的情况。只有当别人对你这么说的时候，你才会知道，另外还有一个更高级别的安全检查。可能还有第四级别的安全检查。可我不知道那究竟是怎么回事。不过，如果有人告诉我，我才会知道与它有关的事情。……"

葛拉斯迟疑了一下。又一个卫兵从岗亭里出来,挥了挥手叫他们驶上前去。葛拉斯说得很快。"你具备第二级别的安全检查。可是你现在又知道还有第三级别的检查。这对你是一个破格的优待。它并不符合规定的程序。所以我本来不妨把话对你挑明。可是我还是不能说,除非我先确保没人来找我麻烦。"

葛拉斯把车驶上前去,再把车窗摇了下来。他从皮夹里取出一张名片,把它交给那个卫兵。车子里的这两个男人都望着这个士兵大衣中央的扣子。

然后有一张相貌友善而骨骼粗大的脸孔填满了车窗,隔着鲍勃·葛拉斯的膝盖对伦纳德说道,"先生,你有什么东西给我。"

伦纳德刚把发自那个位于道里斯山的研究单位的介绍信取了出来。可是葛拉斯却叫了声,"天啊,不,"一伸手把那些信件挡在一边,不让那卫兵拿到。然后他说道,"豪威,把你的脸挪开,我要下车。"

他们两个朝着岗亭走去。站在栏杆前面的卫兵一直把手里的枪举在面前,保持着几乎是正式的姿势。葛拉斯走过的时候,他对葛拉斯点了点头。葛拉斯和第一个卫兵走进岗亭。从敞开着的门里,可以看见葛拉斯在打电话。过了五分钟,他回来了,站在车窗外面说了句话。

"我得进去解释一下。"他刚要走,却又改变了主意,就开了车门在车里坐了下来。"我还要告诉你一件事情,门口的这些人什么都不知道,他们连造仓库的事情也不知道。人家只对他们说，这儿是一个高级保密机构，而他们的任务就是保卫它的机密。你不妨让他们知道你的姓名，可是他们不该知道你是干什么的。所以你别把手里攥着的那些证件到处给人家看。事实上，你还是把它们交给我吧。我来使它们通过那些会像碎肉机那样把人折腾得死去活来的公事手续吧。"

葛拉斯"砰"地一声关上了车门，迈着大步走了。他边走边把伦纳德的证件塞在衣袋里，随即弯了弯腰，钻过栏杆，朝着那幢两层楼的房子走了过去。

于是一阵星期天才会有的寂静沉沉地压住阿尔特格里尼克这地方。那卫兵依然站在道路当中，寂然不动，他的同伴则坐在岗亭里。在边界铁丝栅栏的里面，毫无动静。那些卡车都已经行驶到矮房子的背后，不见了踪影。他的耳边只听见金属在收缩时发出的不规则的声音。想必是这辆车的铁皮壳子一遇到冷，正在收缩起来。伦纳德把外衣拉了拉，让它贴紧在身上。他想下车去来回踱它几步，可是那个卫兵站着的样子使他觉得很不自在。他只好拍打着双手，好让它们暖和一点，还把两只脚缩了起来，别碰着那金属的踏脚板。他等着。

过了不久，那幢矮房子的一扇门开了，走出两个人来。其中一个转过身去把门上了锁。那两个人都身高六英尺好几英寸。他们都留着平头，身穿灰色的 T 恤，下摆都垂挂在松松垮垮的卡其裤腰外面，似乎酷寒的天气对他们奈何不得似的。他们一边各自朝着相反的方向走开，一边把一颗橙黄色的橄榄球相互间抛来抛去。他们一直走着，直到那橄榄球让他们抛得不能更远了——绕着它的轴线滴溜溜地转，画出了一个个弧形，飞过来又飞回去。他们抛球的手法不是足球里发边界球的那种双手投掷的方式，而是单手把球从背后反扔出去——就像猛然抽了一下鞭子似的，动作优美而巧妙。伦纳德从来没有看过美式足球比赛。他甚至也没有听说过它是怎么个玩法。在他眼里，这种接球的方式——就在锁骨上面一点的部位"啪"地一声把球高高抓住，看上去似乎存心炫耀——表现出过于自我赞赏的姿态，以致他们不大像是在正经八百地练球，倒像是公然在展示自个儿的体力多么棒。他们都是大人了，可还在一个劲儿卖弄自己的能耐。而且他们只有一个观众在欣赏他们的球艺：一个躲在一辆冷得要命的德国制的汽车里的英国人，又着迷又恶心地看他们在那儿耍弄本领。他觉得，在你把球抛出去以前，伸出了左臂玩那么些花样，实在没有这个必要。当然，你也没有必要在对方把球扔过来的时候鬼哭神号地吼叫它一声。可是让那个橙黄色的球儿悠然升空而去的，毕竟就是那股喜气洋洋、昂扬舒展的力量。而它在白色的天空中翱翔时的清晰形象，它那悠然起落时展现出来的抛物线似的匀称，以及当你毫不怀疑地深信，那个旋转着从天而降的球儿，一定会让人干净利落地抓在手里时感觉到的这份舒心，几乎使他觉得无限美妙——毫不费力地颠覆了周围的气氛：那混凝土，那双重铁丝栅栏，和那两个 Y 形的工作哨所，还有那寒冷——这一切都因此而变得不在话下了。

　　两个大男人竟然会公然跳踉嬉戏——这就是使伦纳德看得

瞠目结舌，愤愤不已的原因。换了两个爱打板球的英国中士，就不会如此肆无忌惮。他们总会等到球队正式练习的时候，按照规定事先公告，不然也至少得组织起一场正正规规的临时比赛，才有个藉口可以过过球瘾。而现在这种玩法，纯属耍派头，出风头，孩子气的表现。可是他们两个只管玩下去。过了大约十五分钟，其中一个看了看手表。他们逛回到边门那儿，开锁跨了进去。在他们离开了以后的那一会儿，在铁丝栅栏和那幢矮房子之间的那片去年的草地，由于他们的突然消失，一时变得空空荡荡，杳无人迹，使人骤然空落落地觉得难受。过了好一会，这感觉才渐渐淡去。

那卫兵沿着那根画有条纹的栏杆，从这一头走到另一头，对坐在岗亭里的同事瞥上一眼，然后又回到他站岗的位置上去，在水泥地上跺着脚。又过了十分钟，葛拉斯从两层楼的房子那儿匆匆地过来。他旁边有一个美国陆军上尉。他们弯了弯腰，从栏杆下钻了过来，分别从那卫兵的两侧走过。伦纳德正想从车上下来，可是葛拉斯做了个手势，叫他把车窗摇下来。他介绍了那个军官，说他是安吉尔少校。葛拉斯后退两步，少校就把头俯进车窗，说道，"年轻人，欢迎!"他长着一张长而中间凹进去的脸孔，胡子刮得很光，留下了一片青灰的色泽。他戴着一双黑皮手套，正把伦纳德的材料递还给他。他压低了声音，故意装作推心置腹的样子，说道，"我没让粉碎机把这些材料给毁掉。鲍勃倒很想为此而帮我的忙哩! 以后可别把这些东西带在身上到处跑。把它们放在家里。我们会给你发一张通行证。"少校脸上的那股刮胡水的气味，顿时在这辆寒冷的汽车里闹腾开了。它闻上去是像柠檬冰冻果汁的味道。"我已经授权给鲍勃，让他带你到各处去看看。我无权在电话上为你提供例外的许可，所以就亲自出来对伙计们打个招呼。"

他转身朝岗亭走去。葛拉斯进了车，在驾驶座上坐下。那栏杆也就升了起来。当他们从那儿驶过的时候，少校对他们举手行了个滑稽的军礼——只有一个手指头举到他的太阳穴。伦纳德刚想对他挥手示意，可是又觉得这个动作会让人觉得他傻里傻气的，就把手放了下来，强自笑了笑。

他们在两层楼房边上停在一辆陆军卡车旁边。从一个屋角的什么地方传来了柴油发电机在运转的声音。葛拉斯没有带他到入口处去，却拖着他的手肘领他走了几步，穿过了草地，向分割边界的那座栅栏走去，还指着栅栏另一边的什么地方。一百码以外，草地的另一侧，有两个士兵正在用望远镜对他们进行观察。"那儿就是俄国人的占领区。东德的民警日日夜夜监视着我们，他们对我们的雷达站很感兴趣。他们把从这里进出的每一个人和每一件东西都登记在记事本子里。现在他们第一次观察到你。如果他们看见你是这里的常客，也许他们就会给你起一个代号。"他们走回到汽车那儿。"所以，你得记住的第一件事情就是，无论何时，你都得设法装出你只是到雷达站来参观的一个客人。"

伦纳德正想问问关于刚才那两个玩球的人的事情，葛拉斯却已经领着他绕过那幢房子的边上，一面转过头来对他说，

"我现在就要带你去看看你的那些设备。可是，见鬼！你还不如看看操作的情况吧。"他们转了个弯，在两辆轰鸣着的装载着发电机的卡车中间穿过。葛拉斯替伦纳德开了一扇门，里面是一条短短的走廊。走廊的尽头又是一扇门，门上赫然有个标志："未经批准，不得入内。"它到底还是一个仓库。从钢梁上垂挂下数十盏光秃秃的灯泡，把混凝土浇出来的一大片空间照得亮堂堂的。由螺栓装置起来的框架隔板把那些货物、木箱和条板箱分隔了开来。仓库的一端空着，伦纳德看见一辆叉车正在油迹斑驳的地面上东躲西闪地驶过。他跟着葛拉斯从两旁堆放着标有"易碎"字样的成包的货物中间穿过，朝那辆叉车走去。

"你的那些设备，有些还在这儿，"葛拉斯说道。"可是大部分都已经放在你的房间里了。"伦纳德没有问什么问题。葛拉斯正在逐渐把这个秘密一点一点揭开，而且显然他因此而颇为得意。他们两个就站在这儿的空地上，观看叉车的操作。它停在许多堆放得整整齐齐的大约一英尺宽、三英尺长的弯形的钢材前面。钢材有几十堆之多，也许几百堆，一些钢材已经被叉车举了起来。

"这些是管道钢板，它们都被喷上了橡皮溶液，以免相撞。我们不妨就跟在这些钢板后面。"他们跟在叉车后面，走下一个混凝土浇成的斜坡，到了地下室里。叉车的驾驶员是个身穿陆军工作服的肌肉发达的小个子。他转过脸来对葛拉斯点了点头。"那是弗里茨，人家都把他们叫作弗里茨，格伦手下的一

31

个人。你知道我指的是谁吗？"伦纳德的回答被从下面升腾上来的那阵气味给呛住了。葛拉斯继续说下去，"弗里茨以前是个纳粹，格伦的手下大多是纳粹，可这一个弗里茨却是个真正让人感到恐怖的家伙。"然后他对伦纳德闻到了那种怪味道以后作出的反应微笑着表示歉意——他的神态却活像一个受到客人恭维后显得十分满意的主人似的。"是的，这里面有个故事。我以后告诉你。"

那纳粹把叉车开到地下室的一个角落里，就让车子熄了火。伦纳德和葛拉斯一起站在斜坡的底部。那味道来自遮盖了地下室的三分之二地面的泥土，而且一直堆到天花板上。伦纳德这时想到了他的祖母——说得确切一些，他想到的其实不是他的祖母，而是在她老人家花园尽头一棵维多利亚时代种植的李树下面的那个厕所，那儿就和这里一样阴暗。那个马桶的木头座儿的边缘已经磨得十分光滑，而且让人擦洗得发白了。从它的屎孔里升上来的就是这种气味——倒也并不难闻，除非在夏天。那是泥土的气息，以及一股强烈的潮气，还有就是化学制品还没有来得及把它中和掉的粪便的臭味。

葛拉斯说道，"比起以前来，这味道算是好闻多了。"

叉车停在一个照得很亮的竖井旁边。它的直径约为二十英尺，深度也相同。一把铁扶梯被螺栓固定在打进竖井的地下的一根桩子上。在底部，挖进竖井的墙里去的是一个圆形的黑咕隆咚的洞穴，它是一个隧道的入口。许许多多管道和电线从上面通到洞穴里去。一个通风管和一个噪声很响、安置在地下室

32

顶端墙边的鼓风机连接在一起。野战用的电话线，一大束电缆，一根沾满了水泥的粗管子——它通往另外一台较小的、和第一台并排、没有噪声的机器里。

在竖井边缘附近围着四五个彪形大汉——后来他听说他们都是隧道中士。其中有一个正在管理一部装置在竖井边上的绞车，另外一个人则在对着一部野战电话讲话。他朝着葛拉斯的方向懒洋洋地挥了挥手，然后他又扭转头去对电话机里说道，"你听他说了，你正好就在他们的脚下。把它慢慢地拆开来——千万别他妈的敲打它。"他听了一会，又打了岔。"假如你——听我说，你听我说嘛，不，你听，你听着，如果你要发脾气，你就上来发吧。"他放下听筒，隔着竖井的洞口对葛拉斯说道，"混蛋打眼机又卡住了。今天早晨它卡了两回了。"

葛拉斯没有把伦纳德介绍给这儿的任何人，他们对他也毫无兴趣。他在洞穴边上绕过去，想要找个看得清楚一点的地方。这是老规矩了。他自己也养成了这种习惯：你不要和人家说话，除非他们的工作和你的有关。之所以会形成这种办事的规矩，主要是为了保密。他后来发现还有另外的原因：出于相互竞争的缘故。遇到了陌生人，你不妨不予理睬，就当他们并不在场。

他沿着竖井的洞口走过去看上下运货的交接过程。一辆很小的无盖有轨车从隧道里驶出，来到竖井口的下面。车上是一只长方形装满了泥土的木箱。那个推着车子的家伙的上身赤裸，仰着头招呼那个管绞车的人。可是管绞车的人却不肯把钢缆和吊钩放到下面去。他对竖井下面叫道,既然那台水压打眼机卡住了,再把管道钢板送到隧道里去也是白搭。这样的话,地下室里的那辆叉车上的钢板没法卸下来,因此,即使把那箱泥土运了上来,叉车也没法把它运走。所以,他说,还是让它留在那儿吧。

竖井里的那个家伙仰着头对上面照下去的灯光眯起了眼睛、皱起了眉头。他没有听清楚。于是那个管理绞车的人就把刚才说过的那些话重复了一遍。隧道里的人摇了摇头,把他的两只大手按在他的臀部。他说那箱土可以先吊上去搁在旁边,等叉车空了再把它搬走也不迟。

可绞车手已经想好了他该怎么回答。他说他要利用这个空当检查一下绞车的排挡。竖井里的人就咒骂起来,说那个他妈的可以等这箱土吊上去了以后再干。而绞车手也就骂骂咧咧地说,这他妈的可不行。

那个人说他要上来找绞车手算账,绞车手说那很好,他在等着他。

竖井里的那个人仰起了头望着那台绞车。他的眼睛几乎闭着。然后他就从扶梯的横档上"蹬、蹬、蹬"连蹦带跳爬了上来。眼看他们俩即将打架,伦纳德就觉得腿脚发软。他对葛拉斯望去,只见他交叉着双臂侧转了头。那个人一会儿就爬到了扶梯顶上,一眨眼就绕着边沿从设备后面朝着那台绞车走了过去。绞车手故意低着头一个劲儿干他的活,不予理睬。

不知怎么的,只见别的那几个隧道中士都懒洋洋地、随随便便地荡到这两个争吵着的家伙中间，把他们隔了开来。接着就爆发出一阵阵进行劝说的喃喃的抚慰。这样缓解气氛也习以为常了。隧道里上来的人对绞车手骂了几句下流话，对方正在用一把螺丝旋在机器里摆弄着什么，没有搭腔。那个气愤不平的人到底给别人劝说得消了气，也就利用打眼机卡壳的机会休息一会。他终于朝那个斜坡走了过去，一面仍还嘟嘟囔囔地对自己说着什么，对准地上的一块小石头踢了一脚。对他的离开，周围也没什么反应。等他走了以后，绞车手对竖井里吐了口唾沫。

葛拉斯把手搁在伦纳德的手肘上。"他们从八月开始干到现在，每天三班轮换，每班要干八个钟头。"

他们从一条与之相连的通道走到办公楼里去。葛拉斯在一扇窗口停了一下。他又一次把位于边界铁丝栅栏另一侧的那座瞭望台指给伦纳德看。"我要让你看清，我们走了多远。你看，东德民警的岗哨后面是一个坟地，它的后面有许多军用车辆，它们都停放在大道上，就是舍讷费尔德大道上。我们就在他们的下面，快要穿过那条马路的下面了。"

那些东德军用卡车离他们约有三百码远，伦纳德能够看得清那条路上的交通情况。葛拉斯继续朝前走去。这时伦纳德对他的这种工作方式第一次感到恼火起来。

"葛拉斯先生，……"

"你叫我鲍勃好了。"

"你是不是愿意告诉我，这些都是用来干什么的？"

"当然。它和你的关系最密切。在那条路的另一边，深埋在一条沟里面，就是直通莫斯科最高指挥部的苏联陆上通信线。所有东欧各国的首都之间的通信线路都进入到柏林，再从柏林通往别处。这种手段是古老的帝国留下来的老传统了。你的任务是往上面挖掘，并且装上窃听器。别的都由我们来干。"葛拉斯一直在朝前走去，穿过两扇转门，进入一间点着荧光灯的接待室，里面有一台自动出售可口可乐的机器，还可以听见打字机正在打字的声音。

伦纳德一把抓住葛拉斯的衣袖。"你看，鲍勃。我对挖掘隧道这一行可一窍不通。至于安装窃听器……至于别的那些事情……"

葛拉斯喜不自胜地大叫了一声。他拿出一把钥匙。"很有趣。我说的是英国人，你这个白痴。这儿的这桩工作是你的任务。"他开了门锁，伸手进去开了灯，让伦纳德先进去。

它是一间宽敞、没有窗户的房间。靠墙有两张搁板桌，桌上有一些基本的电路测试设备，还有一个电烙铁。房里还有许多一模一样的硬纸板盒子，一直堆到天花板。每一摞有十个盒子。

葛拉斯对最近的那摞纸盒轻轻地踢了一脚。"一百五十台安派克斯磁带录音机。你的第一个任务是拆开它们的包装，把盒子全都处理掉。这儿后面有一个焚烧炉。这些任务会花掉你两三天的时间。然后，你得在每一台机器上面安装一个插头。你得把他们逐一检查。我会告诉你，你该如何弄到机器上的备件。你懂得信号激活吗？好，它们都得改装成那个样子。那会花去你许多时间。在这以后，你不妨帮助他们把电线接通放大器，然后是安装。我们还在挖掘，所以你不必着急。我们希望全套设备四月里开始运转。"

伦纳德感到快乐得难以形容。他捡起了一个欧姆表，它是德国制造的，装在一个褐色的胶木盒子里。"我需要一个比这更加精细的工具，电阻很低的工具。还需要通风。水汽凝结可能成为一个问题。"

葛拉斯一仰头抬起了他的胡子，好像在向伦纳德表示赞赏，在他的背上轻轻地拍了拍。"这才是办事的精神，不断地勇敢进取，我们都会因此而尊敬你的。"

伦纳德抬头去看看葛拉斯脸上的讽刺表情究竟是什么样子的，可是他已经熄了灯，开了门准备出去。

"明天早晨九点开始。现在，让我们的行程继续下去吧。"

伦纳德只去参观了那个小食堂——那儿有从附近的一座军营里送来的热乎饭菜，葛拉斯自己的办公室，还有那些淋浴间和厕所。那美国人在向他炫示这些设备时，也显得和他一样的愉快。他严肃地向伦纳德提出警告，由于供不应求，那些厕所的门口非常容易被排队等候的人堵塞。

他们在离小便池不远的地方站着，葛拉斯一边正在讲一个故事给伦纳德听。当有人走过来的时候，他立刻就装作他们只是在闲谈的样子。他说，起先的空中侦察发现，排水情况最为良好的地区——因此也是挖掘隧道最为理想的地区——是在铁丝栅栏东边的那个坟地一带。可是，经过了长久的讨论，原来建议中的那条路线被放弃了。原因很简单，这隧道迟早会给俄国人发现的。不能无缘无故给俄国人一个宣传的机会，说什么"美国佬亵渎了德国人的坟地"啦等等，而且那些隧道中士也并不乐意在他们作业区的头顶上有一些正在腐烂中的棺材，所以那隧道只好穿到坟地的北边去。可是，就在开始挖掘的第一个月里，他们就遇到了透水情况。那些工程师说，这只是遇到了上层滞水而已。可是这些中士说话了，你们自己下来，亲自闻闻这味道试试。原来，为了一心想要绕过那块坟地，设计人员顾前不顾后，一不小心就让挖隧道的路线穿过了本机构自己的那个化粪池里的排水区。等到他们发现情况不妙而再想改变路线，当然已经太迟了。

"你一定不会相信，我们正在穿过什么地方，而这都是我们自作自受。与之相比，闻到一具正在腐烂中的尸首发出来的气味，倒会成为一种享受。你真该来听听那时候大伙发作出来的一阵阵咆哮如雷的脾气。"

他们在小食堂里吃了午饭——一个摆着一排排丽光板的长桌、灯光明亮的房间，窗下放着几盆供人观赏的花草。葛拉斯为他们两个都要了一份牛排和炸薯条。那块牛排可是奇大无比——除了在肉店里，伦纳德从来没有见过这么大的肉块。他吃罢就对着盘子，双手扶在餐桌上，肚子撑得差点使他直不起腰来。到了第二天，他的牙床还因咀嚼过甚而酸痛不已。当他提出要喝茶的时候，不免引起了大伙一阵手忙脚乱的骚动。正当他们即将发动一场彻底的搜查，因为厨房里的大师傅说，他们的供应品里面有袋装的茶叶，所以要把整个营地翻个底朝天的时候，伦纳德实在看不下去——他也实在觉得过意不去——就再三央告，恳求他们别再费心，不要为他沏什么茶了。他就要了份和葛拉斯一样的饮料：冰冷的柠檬汽水——而且他还学他的主人的样子，就着瓶口喝。

后来，当他们朝着那辆甲壳虫走去的时候，伦纳德问，他是不是可以把安派克斯录音机的线路图带回家去看看。他能想象这个美妙的情景：正当黄昏的阴影渐渐笼罩这座城市的时候，他兀自蜷缩着身子坐在那张军用沙发上，就着落地灯的暗淡的光线，正在孜孜不倦地仔细研究。这时他们正从那幢房子里出来。

葛拉斯一听这话可真光火了。他特地停下了脚步，为的是把话说清楚。"你这是疯了不成？和这个任务有关的任何一样东西，你都绝对不可以带回家。听明白了没有？图表啦，笔记簿啦，甚至他妈的连一个螺丝旋子——都不准带回家。你他妈的听懂了吧？"

他嘴里的脏话让伦纳德听得眼睛直眨巴。他在英国经常把活儿带回到家里去做——甚至把它放在自个儿的膝头上，一边和他的父母亲一起听着收音机里的节目。他把眼镜朝鼻梁上面推了推。"是的，当然。对不起。"

他们从房子里出来时，葛拉斯四周张望了一会，看清旁边没人。"这个工程花费掉政府——我说的是美国政府，好几百万元美金。你们英国人正作出宝贵的贡献——尤其在垂直隧道作业方面。你们也提供了灯泡。可是你知道吗?"

他们正站在那辆甲壳虫的两侧,隔着车顶彼此面对面望着。伦纳德听了刚才的那番话,不由得觉得,他该让他的脸上流露出一副莫名其妙的神色。他什么都不知道。

葛拉斯还没有开车门上的锁。"我来告诉你,这些都是出于政治方面的考虑。你以为我们自己不会安装那些窃听器吗?你以为我们没有自己的放大器吗?我们让你们参加进来,纯然着眼于政治方面的影响。人家都认为我们和你们的关系不一样,所以——喏,就是为了这缘故。"

他们钻进车子。伦纳德但愿独自一个人待一会儿,使劲表现殷勤多礼的样子,可真累人。可是要他装出盛气凌人的样子来,也不可能。

他只好说,"感谢你的好意,鲍勃。"对方却没有领略到他话里的那股酸溜溜的讽刺。

"别谢我,"葛拉斯旋动了点火器。"只求你别在安全保卫方面砸锅就行。讲话留点神,注意你和谁在一起。记住你的那两个同胞勃基斯和麦克林的教训。"

伦纳德掉转脸去望着车厢外面。他由于气愤而觉得脸颊以至头颈都热得发烫。他们穿过了岗亭,车身颤抖着驶上了大路。葛拉斯的谈论转到了别的话题上面——柏林市内饮食的好去处,居高不下的自杀率,最近的绑架案,在本地兴起的占星术热。伦纳德心里没好气,一味哼哼哈哈地敷衍。他们驶过了难民住的棚屋，新的建筑物，不久他们就回到了那些废墟和建设之中的地区。葛拉斯坚持要开车把他一直送到梧桐林荫道。他要熟悉这段路程，而且他还为了"职业和技术上的原因"，需要看看伦纳德住的那个公寓。

他们在向那幢公寓驶去的时候，经过了选帝侯堤道的一段地区。葛拉斯带着得意的神色向他指出开设在废墟之间的那些气派非凡的新商店，熙来攘往地采购货物的顾客，闻名遐迩的动物园大旅馆，尚未点亮的辛札诺商场和博施商店的霓虹灯光。在那个尖塔被毁了的威廉皇帝纪念教堂附近，甚至还遇到了一次小小的交通堵塞。

伦纳德有点儿料想到，葛拉斯会在他的公寓里面搜查一番，寻找隐藏着的窃听装置什么的。可是他却没有。他从一个房间走到另一个房间，在每个房间的中央立定了朝着周围张望一会，然后再继续参观。让他闯到卧室里去探头探脑地到处张望，似乎有点不太好意思——床没有铺好，昨夜脱下来的袜子还在地板上。可是伦纳德没有说什么。他在起居室里等着，心里一直在想，他就会听到人家对他的安全意识进行一次评价。这时葛拉斯终于进来了。

那美国人却摊开了双手在嚷嚷："不可思议，你看到过我住的那个鬼地方。一个在邮政局里干活的技术员工，怎么能够住得进这么一套房子?"葛拉斯的目光越过了他自己的那把胡须直盯着伦纳德，好像他当真希望能够听听伦纳德如何回答这个问题似的。对于这种侮辱性的话，伦纳德无法立刻回击。他

41

长大成人以来，还没有受到过这种攻击。他待人和蔼可亲，彬彬有礼，所以人家也对他以礼相待。听了那句话，他的心顿时跳得很快，感到头昏目眩，思想混乱起来，不由得答道："我想是有人弄错了。"

葛拉斯好像没有改换话题的意思似的，说道，"喂，我大约在七点三十分左右到这里来。带你去一些地方看看。"

他说着话转身就要出去，伦纳德这才放下心来，知道他们之间毕竟不会发生一场斗殴。他就热情而殷切地把他的客人送到大门口，一路上彬彬有礼地为了当天早晨的那次旅途和晚上的那次款待表示感谢。

葛拉斯走了以后，伦纳德回到起居室里，觉得心里好像打翻了五味瓶似的，说不出哪种感情占了上风。他的呼吸有点肉腥味，像是狗的呼吸似的。他的胃里仍然有胀气，紧鼓鼓的。他一屁股坐了下来，解开了他的领带。

三

二十分钟以后，伦纳德正坐在餐桌边上替他的自来水钢笔灌墨水。他拿一块特别准备的布片擦干了钢笔尖，把面前一张纸摆正。现在他有了一个差使，他也就感到满意了——尽管葛拉斯弄得他心烦意乱。他有个难以更改的习惯，总想把事情安排得有条不紊。现在他正打算开列出他有生以来的第一张购物单子。他在头脑里仔细思考着他需要的东西。可现在要他思考吃的东西的话，那可不行，因为他现在一点不饿。事实上，他已经有了他需要的每一件东西。他有了一个差使——一个人家专门等着他来就任的职位，他还会有一张通行证，他成了一个工作集体里的成员。他参与了一项机密的任务。他是一个秘密核心组织里的一员——葛拉斯对他说起的关于当地的五千或者一万个市民都是间谍的话还真起了点作用，使他知道了这个城市的真正的性质。他写下了"盐"。他见过他的母亲在一张巴斯尔登公债券上面毫不费力地列出一张单子：一磅肉，两磅胡萝卜，五磅马铃薯。可是不用上一些比这更加玄妙的暗号可不行——那样会有失他作为秘密工作人员之一这么个身份——更何况他在"黄金行动"中通过了第三个层次的安全检查，而且他不会烹调。他考虑到了葛拉斯的寓所里的安排,就划掉了"盐",写下了"咖啡和糖"。他在字典里查到了德语里"奶粉"这个词。现在这张单子就不难列了。它变得越来越长,他觉得自己仿佛是在胡编乱造似的。他在自己的屋子里不会有食物,没有乱七八糟的东西,没有任何庸俗的玩意。花上十二个德国马克,他就可以在晚上到一间酒馆里去吃晚餐,白天则在阿尔特格里尼克的食堂里用餐。他又查了查字典,写下了"茶叶","香烟","火柴","巧克力"。最后一种食品是在他工作到深夜时用来使血糖保持在一定的高度的。他站在那儿把购物单看了一遍,他觉得这张单子开得恰如他之为人:无牵无挂,果断泼辣,严肃认真。

他安步当车,来到总理广场,发现就在他吃罢晚饭的那间酒馆附近的街上有一排店铺。原来位于沿街人行道旁的那排房子被炸塌了,露出了六十英尺开外的第二排建筑物。它们的上面几层空荡荡的屋子都被炸裂了墙壁,露了出来,让人看得非常清楚。一些三面有墙的房间吊在半空中——电灯开关,壁炉,墙纸等等一应俱全,丝毫无损。有一间空房里,有一个锈迹斑驳的床架子。另一间有一扇门半掩着,显示出门里边的一个空洞的去处。再过去一些,有个房间只剩下一堵墙,看上去活像一张巨大无比的邮票,印在凸起来的泥灰墙上,由于风吹雨淋而变得污秽不堪,贴附在湿漉漉的砖头上。在它隔壁是一片白色的浴室里的瓷砖,下水管道横七竖八,疮痍满目。在一堵尽头的墙上,还可以看见每一层楼的楼梯在墙上留下的锯齿形的印迹——曲折而上，直抵五楼。屋子里还剩下的最为完整的东西，就是烟囱下侧的那个炉膛。它们从一个个房间里穿过去，把那些以前似乎互不来往的壁炉连成了一个网络似的机构。

那些房子里，只有底层才有人住。固定在人行道的边缘的两个柱子上，高高地挂着一块漆得很内行的招牌，宣告着每间店铺的名称和行业。曾有无数人留下过他们的足迹的一条走道，在瓦砾和一堆堆砖头中间蜿蜒而过，一直通往那些悬空吊着的房间下面的入口处。店铺里光线明亮，看上去几乎可以算是兴旺发达。店里的货物也应有尽有，可供顾客任意挑选，品种之多不亚于托特纳姆的街角上的那些铺子。每间店铺里排着一个短短的队伍。只有速溶咖啡缺货。售货员给他的是磨碎了的咖啡。食品店里的那位小姐只肯卖给他两百克咖啡。她对他解释了原因，他也点着头，好像听懂了似的。

在他回去的路上，他在路边的一家铺子里吃了小香肠，喝了可口可乐。他回到了梧桐林荫道，在等电梯的时候，有两个穿着白色连衣裤工作服的男人从他的身边走过，上了楼梯。他们手里拿着油漆桶、梯子和刷子。他和他们的目光相遇，听他们从旁边走过时咕噜了一声"白天好"。他正站在自己的家门口从口袋里掏钥匙的时候，他听见那两个男人在他下面那层楼梯口说着话。他们的声音被水泥的梯级和楼梯间里光滑的墙壁弄得走样了，他没有听清楚他们说的那些确切的字眼，可是从他们讲话的节奏和腔调来判断，他们讲的，毫无疑问，一定是伦敦腔的英语。

伦纳德把他买来的东西放在他的门口，然后朝着楼下叫道："喂！……"他一听到自己说话的声音，他才意识到他多么寂寞。其中一个人放下了手里的梯子，抬起头来朝上面望着。"喂，喂?"

"那么，你们原来是英国人，"伦纳德从楼梯上下去。第二个男人从伦纳德下面的那套公寓里走了出来。"我们还以为你是个德国佬，"他解释道。

"我也以为你们是德国人哩！"伦纳德这时已经站在他们面前，可是他却不知道自己想要干什么。他们对他看着，既不表示友好，也似乎并无敌意。

第一个男人重新拿起梯子，把它搬到那个房间里去。"你住在这儿?"他掉转头来问道。

看来他不妨跟在后面进去。"刚到这儿，"伦纳德说。

这套房间比他的那套要考究得多。天花板更加高些，门厅很宽敞——他那套房间里的门厅窄得像条走廊。

第二个人搬进来一叠防尘罩。"这些活儿大多承包给德国佬去干。可是这套房间里的活儿却一定得由我们自己动手。"

伦纳德跟着他们走进一间很大的起居室，里面什么家具都没有。他看着他们把那些防尘罩铺在光滑的木制地板上。他们似乎为了有此机会谈自己的情况而感到很高兴。他们以前在英国辎重部队里服役，他们这些士兵都并不急于想要回国。他们喜欢这里的啤酒和香肠，还喜欢这里的姑娘。他们接着就动手干起活来，用裹在橡皮块上的沙皮纸擦着屋子里的那些木制的结构。

第一个男人是从沃尔瑟姆斯托来的。他说，"只要你不是俄国人，这儿的姑娘都会听你的——这个你尽管放心。"

他的朋友——他是刘易舍姆那儿的人——表示同意。"她们恨俄国人。俄国人在一九四五年五月打到这里来的时候，他们干出来的事情像禽兽——像下流的畜生。这些姑娘，她们都有自己的姐姐，或者母亲，甚至她们的祖母，给那些俄国佬强奸，被他们用刀子捅死。她们都认识几个给他们糟蹋过的女人。她们都还记得。"

第一个男人正跪在地上擦那护壁板。"我们有几个伙计在一九五三年的时候在波茨坦广场那儿值勤，亲眼看见那些俄国佬对着人群开起了枪来①。就那样，都是些带着孩子的女人。"他抬起头来看着伦纳德，神情愉快地说道，"他们都是些人渣。"接着，他说道，"这么说，你不是个军人。"

伦纳德说他是邮政局的一个工程师，到这里来改进陆军的内部通信线路。这是和道里斯山那儿的人商量好了的说法——他这是第一次有机会把它给用上。当着这两个说起话来坦坦荡荡的人面前，他觉得自己这么哄骗人，真像个小人。他倒很想把他到此地来的目的对他们和盘托出，以此来表示，在对付俄国佬方面，他也在作出他自己的一分贡献。接着他们又攀谈了

---

① 一九五三年六月，东柏林的工人举行罢工和示威，后为苏联和东德的军警镇压。

一会，然后那两个人把背对着他一个劲儿干起活来。

　　他们说了声再见，伦纳德就回到楼上去，把他买来的那些东西拿进他的房间里。由于他得在架子上找个地方放这些东西，使他心情变得愉快起来。他替自己沏好了茶，在那张座位很深的扶手椅里无所事事地坐着。尽管他从来就不太喜欢看书，可是，如果有一本杂志可以让他看看的话，他也会津津有味地读起来的。不久他就在他坐着的地方睡着了。等他一觉醒来，可以让他为今晚的约会做些准备的时间只剩半个小时了。

四

当伦纳德跟着鲍勃·葛拉斯下楼到了街上，他发现甲壳虫的驾驶座旁的座位里坐着一个男人。他名叫罗瑟尔。他刚才一定从车厢里的那面后照镜里看见他们走过来，因为当他们从车子后面走近它的时候，他从车厢里一下子跳了出来，一把抓住了伦纳德的手掌狠狠地握了一会。他说他是柏林美军电台"美国之声"的广播员，还为西柏林广播电台写新闻简报。他身穿一件金扣子法兰绒运动上衣——红得很张扬，一种介于红棕色与橙色之间的红色，下身穿一条折痕笔挺的奶油色长裤，脚蹬一双没有鞋带而有流苏的皮鞋。介绍过以后，罗瑟尔扳动一根杆子，把他的座位折叠起来，做了个手势让伦纳德进入后座。罗瑟尔和葛拉斯一样，他也敞开着衬衫，露出了一件高领白色T恤衫的内衣。车子开动的时候，伦纳德在黑暗的掩护下，伸手摸了摸他的那条打了结的领带。他当场决定，如果那两个美国人已经看见他戴着这条领带，他就决定一直把它戴着。

罗瑟尔好像认为他自己有此责任，要尽量为伦纳德提供各种信息。他的声音由于职业上的习惯而听上去轻松随便。他说起话来口齿清晰，从不重复，也从不在句子和句子的当中稍作停顿。他在卖力地执行任务：随时说出他们正在经过的街道的名字，指点炸弹造成的破坏的程度或者一幢正在拔地而起的新办公大楼。"我们现在正在驶过动物园。你得在白天经过这里来看看。简直连一棵树也没有。没有给炸弹炸掉的东西，都给柏林的市民在空运时期①用来取暖了。希特勒以前常把这里叫做'东—西轴心'。现在它被叫作'六月十七日街'，为的是纪念前年爆发的那次起义②。前面是俄军攻占这个城市的阵亡将士纪念碑。我相信你一定知道这座有名的建筑的名字……"

当他们的汽车驶过西柏林的警局和海关时就慢了下来。在这些机构的另一侧有五六个东德民警，其中有一个用手电筒对车上的车牌照了照，就挥了挥手把它赶进俄国占领区里。葛拉斯让汽车在勃兰登堡纪念门过去。现在光线更暗了。没有别的汽车在这里行驶。可是这并没有使伦纳德感到高兴，因为罗瑟尔的口头旅途指南还在不快不慢地继续进行。即使当这辆甲壳虫在地面的一个凹窝里哗哗地响着冲过去的时候，这位义务讲解员依然毫不动摇地在为伦纳德效劳。

"这儿没有一个人影的地段以前一度是这个城市的神经中枢，欧洲最有名的通衢大道之一：菩提树下大道。在那边，就是德意志民主共和国的真正的总部，苏联的大使馆。它就在那

---

① 自四十年代末起，东西方之间的冷战越演越烈，而柏林成为冷战中的一个重要的问题。一九四八年，苏联对西柏林进行封锁，不准物资从水陆两路进入西柏林。由美国为首的英法等三国就用空运的方式，把西柏林军民所需的各种物资用飞机从三个所谓"空中走廊"运抵该地。一九四九年五月封锁失败而告解除，同年九月空运也即停止。

② 见第三章注释①。

个过去最时髦的布里斯托尔旅馆里面……"

葛拉斯一直沉默不语。现在他很有礼貌地打岔了一句。"对不起，罗瑟尔。伦纳德，我们先让你熟悉一下东区的情况，好让你以后把它作为比较和对照的依据。我们这就要到涅瓦旅馆去……"

罗瑟尔一听到这个就又来了劲。"它以前叫'诺兰旅馆'。它只是一个二级旅馆。现在它的境况更加不如以前了。尽管如此，它在东柏林算是最好的一家了。"

"罗瑟尔，"葛拉斯说道。"你很需要喝一杯。"

四周很黑，他们看见涅瓦旅馆门厅里的灯光从街道的尽头处斜照到人行道上。他们从车子里出来，这才发现另外还有一道光线——那就是旅馆对面的一间合作饭店"美食家总汇"的蓝色霓虹灯。窗户上凝结着的水珠是唯一能够表明里面还有生命迹象的证据。在涅瓦旅馆的旅客接待处，一个穿着褐色制服的男人静静地引导他们朝着一个刚好供三个人乘坐的电梯走去。电梯下降得很慢，而他们的脸孔则在一盏光线暗淡的灯下面挨得太近，以致无法交谈。

酒吧间里有三四十个人，默默地喝着酒。在酒吧一角的一张台上，有个乐手在吹奏单簧管，还有一位拉手风琴的乐师正在翻阅几张乐谱。酒吧间里到处张挂着饰有金属扣子和流苏的、已经让人触摸过多而变色的粉红色的被褥，一直延伸到柜台。屋里有几盏颇有气派的枝形大吊灯，可是都没有点亮。还有一些裂缝斑斑、配着镀金架子的镜子。伦纳德正在朝柜台走

55

去，打算作个东，去给大伙买第一杯酒，可是葛拉斯却把他拦住，领他到那个镶嵌木地板的小小的舞池边上的一张桌旁坐了下来。

葛拉斯虽在悄声低语，可是他的声音听上去却很响。"别让你的钱在这儿露眼，只用东德的马克。"

终于来了个侍者。葛拉斯要了一瓶俄国香槟。当他们举杯祝酒的时候，那两个乐师就奏起了《夕阳下的红帆》。被乐曲引诱到了舞池里去跳舞的人却一个也没有。罗瑟尔扫视着那些阴暗的角落，然后他站起身来，从桌子中间穿过去，他回来的时候带来了一个身材瘦削的女人，她穿了一件原来为了一个个子比她大的人做的白色的裙服。他们看他熟练地领着她跳了一曲狐步。

葛拉斯在摇头。"这儿的光线太暗，害他把她看走了眼。她不行，"他的预言很准。一曲既罢，罗瑟尔对她彬彬有礼地鞠了一躬，就把她领回到她自己的桌边去了。

罗瑟尔回到他们的桌边来的时候，耸了耸肩。"她是这儿的常规菜肴。"接着他又用他那广播宣传员的声音说开了。他对他们讲了东柏林和西柏林居民的热量平均消耗量的对比。然后他突然停了下来，说了声"见他的鬼"，又叫了一瓶酒。

那种香槟酒甜得像柠檬汽水，而且汽也太多，喝上去根本就不像一种硬性饮料。葛拉斯和罗瑟尔在谈论德国问题。究竟还要经过多少时间，才能让通过柏林逃到西方去的难民，多得足以使德意志民主共和国由于缺少劳动力而在经济上发生全面的崩溃？

罗瑟尔报得出具体的数字，每年逃出来的难民以数十万计。"而且这些人都是他们人才中的精英，其中有四分之三的人都在四十五岁以下。我认为三年就够了。到了那时东德就运转不动啦。"

葛拉斯说，"只要政权存在，就会有国家存在。只要苏联认为有此需要，就会有一个东德政权存在。生活固然会变得十分艰难，可是那个政党仍然会勉强维持下去。你若不信，就等着瞧吧。"伦纳德点点头，嘴里"哼"了一声表示同意。可是他不想发表意见。当他举手示意的时候，他惊讶地发现，就像别人举手时那样，那侍者居然也走了过来。他就又要了一瓶酒。他从来没有觉得这么愉快过。他们现在已经深入到了共产党人的地盘里面，喝着共产党人酿的香槟，他们都是一些肩负重任、谈论着国家大事的要人。话题转移到了西德，那个联邦共和国。它即将被接纳为北大西洋公约组织的正式成员国。

罗瑟尔认为这是一个错误。"这就好像从火焰里钻出了一头混蛋的凤凰。"

葛拉斯说道，"你若想要一个自由的德国，那么你就得有一个强大的德国。"

"法国人可不会答应的，"罗瑟尔说道。他转过身来向伦纳德寻求支持。这时香槟端了上来。

"我来付账，"葛拉斯说。等侍者走了以后，他对伦纳德说，"你欠我七个西德马克。"

伦纳德把酒杯斟满。这时那个身材瘦削的女人和她的一个女朋友从他们身边走过，于是他们就换了个话题。罗瑟尔说柏林的女人是世界上最富于朝气、性格最为坚强的女人。

伦纳德说，只要你不是俄国人，你就不怕她们不要你。"她们都还记得那些俄国佬在一九四五年打到这里来时的情景，"他的语调平静，颇具权威口吻。"她们都有姐姐，或者母亲，或者甚至祖母，被俄国佬强奸和糟蹋过。"

那两个美国人不以为然，可是他们对他说的话都认真对待。他们甚至还就关于"祖母"的说法取笑了一会。伦纳德一边听罗瑟尔说着话，一边喝了一口酒。

"在乡下，俄国人和他们的部队在一起。城里的那些人——军官和政委——他们对女人都很规矩。"

葛拉斯表示同意。"总有个把傻丫头想和俄国人睡觉。"

乐队在演奏《你将怎么让他们留在农场上?》。香槟甜得发腻，没法多喝。当侍者送来了三杯清水和一瓶放在冰箱里冰过的伏特加时，他们这才如释重负。

他们又在谈论俄国人了。罗瑟尔的广播员那么流畅自如的声音已经不复存在。他汗渍满脸，容光熠熠，映照出他身上那件运动衫的鲜艳的颜色。罗瑟尔说，他在十年前是个二十二岁的少尉，在一九四五年跟随着法兰克·豪莱上校的先头部队，出发到柏林去占领应由美国占领的那部分地区。

"我们觉得那些俄国人都是一些很规矩的家伙。他们死了好几百万人，他们都是一些英勇善战，高大魁梧，办起事来兴

58

致勃勃，喝伏特加像喝水似的家伙。我们在那场战争里面一直送给他们许许多多装备，所以他们当然是我们的盟友。这些都是我们在和他们见面以前的感觉。后来他们打了过来，在柏林西面六十英里的地方拦住了我们的去路。我们从卡车里下来，张开了双臂迎接他们。我们准备好了礼物，对彼此间的相会怀着无比美好的遐想。"罗瑟尔抓紧了伦纳德的手臂。"可是他们却对我们非常冷淡！冷淡，伦纳德！我们准备了香槟——来自法国的香槟——可是他们连碰都不碰。我们能够做到的，只是使他们和我们握了握手。他们不让我们从那里过去，除非我们把队伍减少到五十辆军车的规模。他们逼得我们只好在离柏林十英里的地方扎营。第二天早晨，他们让我们在他们严密的护送下进城。他们不信任我们，不喜欢我们。从第一天起，他们就把我们当作敌人来对待。他们想要阻止我们把占领区建立起来。"

"这情况就一直继续下去。他们从来不笑。他们从来不想让我们把事情办成。他们骗人，他们设置障碍，他们的心肠很狠。他们的措辞总是那么强烈，即使在一个协议书里的某项技术性的问题上，他们说起话来也是如此。我们为了这个一直在说，见鬼！他们打了一场糟糕的战争，所以他们办起事情来就和别人不一样了。我们让步了，我们成了头脑简单的笨蛋。我们在谈论联合国，在谈论一个崭新的世界秩序，而他们却在全柏林绑架并且殴打非共产党员的政治家。我们几乎花了整整一年时间，才了解他们。你猜怎么样？我们每次见到他们的时

59

候，那些俄国军官都显得闷闷不乐。看上去他们好像知道，他们随时都会在背后挨到枪子儿似的。他们甚至不爱干那些混蛋干的勾当。这就是我之所以对他们恨不起来的原因。这都得怪上面的政策。毛病出在最高层。"

葛拉斯又斟了些伏特加。他说，"我可恨他们。我不像有些人那样把他们恨得咬牙切齿的。我恨得没有这么厉害。你可以这么说，该恨的是他们的制度，可是每个制度都得有人去贯彻执行，使它运转。"当他把酒杯放下来的时候，他稍稍泼出了一点酒来。他把食指放进那一小摊酒液里。"共产党向人家推销的是贫困的生活，既贫困又没有效率。现在他们想用武力来把它出口到国外去。我去年在布达佩斯和华沙。嗨，他们在那儿推行的政策，可真的把幸福减少到最低点了。他们自己也知道，可是他们并不停止。我是说，你看看这地方！伦纳德，我们把你带到了这个区里的最漂亮的地方。可是，你看看它。看看这些人。看看他们！"葛拉斯几乎叫喊起来。

罗瑟尔伸出手去安慰他。"鲍勃，你别激动。"

葛拉斯在微笑。"不要紧，我还不至于不知检点。"

伦纳德朝周围看看。他在暗淡的灯光里看见人们在他们的酒杯面前低着头。酒吧的服务员和那个侍者都站在卖酒的柜台那儿，掉转了头望着别处。两个乐师正在演奏一支节奏轻快的进行曲。这是他在那天晚上得到的最后一个清晰的印象。到了第二天，他就忘了他究竟怎样离开涅瓦旅馆的。

他们一定是从那些桌子之间绕出来，登上那部小得让乘客掉不转身的电梯，再从那个身穿褐色制服的人旁边走过。甲壳虫旁边是一间合作商店的黑黝黝的橱窗，里面是沙丁鱼罐头叠成的一座塔，上方有一幅斯大林的画像，周围绕着绉纸，还有用白色的巨大的字母排列出来的标题——葛拉斯和罗瑟尔一致地把它译作"苏联人民和德国人民的不可动摇的友谊是和平和自由的保障"。

然后他们来到了占领区交界的界线旁边，葛拉斯让引擎熄了火。在他们的证件让人检查的时候，有人把手电筒的光束照到车厢里来。黑暗深处，不时传来装有铁尖的靴子在来回走动的声音。接着他们驶过一块牌子，上面用四种语言写着："你们正离开柏林的民主地区"，驶向同样用这四种语言写着字的另外一块牌子："你们现在正进入英国地区"。

"现在我们是在维滕堡广场，"罗瑟尔在前排的座位上说道。

他们驶过坐在一支巨大的蜡烛下面的一个红十字会的护士，那支蜡烛的顶端真的点燃了火。

罗瑟尔想要恢复他的导游介绍。"她是在为尚未回国的人募捐，为成千上万仍被俄国人扣留着的德国军人。……"

葛拉斯说，"十年了！忘了它吧。他们现在不会回来了。"

他们遇到的下一件事情发生在一个巨大而吵闹的场地上，和几十张别的桌子放在一起的一张桌子。还有舞台上的一个乐队正在演奏被改编得像爵士音乐的《在那边》这个曲子。演奏的声音响得几乎把那些喧闹的说话声都淹没了。菜单上附有一张印着德语和英语两种文字写就的通告——印得很差劲，字迹歪歪扭扭，跳上跳下的。"欢迎您到创造出技术上的奇迹的舞厅里来。这儿是娱乐场所中的娱乐之王。数以十万计的机遇可以向您保证……"伦纳德记不起来，他在什么地方见到过德语里的"保证"这个字眼。"可以保证你会享受到现代化的、由两百五十台桌面电话组成的桌子电话系统的功能。还有气动管道传送邮件的服务①，每天晚上把成千上万封信件或者小礼物从一个顾客的桌子送到另外一个顾客的桌子上去——对每一个人都是一件独特而且有趣的事情。著名的蕾西舞厅的水珠表演美丽无比。一分钟里面会有八千升水从九千个水柱喷嘴里喷射出来。为了表演这些正在不断变化之中的灯光效果，就须使用彩灯十万之多。"

葛拉斯抚捋着胡子，笑逐颜开。他说了些什么，可是还得大声嚷嚷着重复了一遍，才让人听得明白。"这儿要好些!"

可是这儿太喧闹，没法让人展开一场关于西区的优越性的讨论。彩色的水柱在乐队前面喷射出来，忽升忽降，忽左忽右，闪烁不定。伦纳德尽力不去看它。他们很谨慎，只喝啤酒。侍者刚走开，就出现了一个提着一篮花的女孩。罗瑟尔买了一朵玫瑰，把它献给了伦纳德，而伦纳德就扭断了花梗把它插在他的耳朵后面。在旁边的那个桌子上，气压管道里嘎嘎作响地落出了什么东西。两个穿着巴伐利亚式的夹克衫的德国人

---

① 以气压为动力，通过管道传送各种物品的自动系统。

凑近去检查，管道里传过来的那只筒里装的是什么东西。一个穿着饰有圆形的小金属片拼缀而成的美人鱼衣装的女人在亲吻乐队的领班。四处传来了色鬼为了调情而发出来的口哨和喝彩。乐队演奏了起来，有人把一个话筒递给了那个女人。她摘下了眼镜，带着很重的外国口音开始唱起了《实在太热》。那些德国人看上去都很失望。他们朝着大约五十英尺以外的一张桌子望着，那儿有两个咯咯地笑个不停的姑娘瘫倒在彼此的怀里。她们两个后面就是那个挤满了人的舞池。那个女人又唱了《日日夜夜》、《什么都行》、《只是其中的一桩事儿》，最后她唱了《奥蒂斯小姐后悔了》。然后每个人都站起身来喝彩，跺着脚叫道，"再来一个！"

　　乐队稍事休息。伦纳德又替大家买了一杯啤酒。罗瑟尔仔细看了看四周，说他喝得太多，所以没法挑选姑娘了。他们谈论了科尔·波特①，各自说出了他们所喜爱的歌曲。罗瑟尔说他认识一个人，他的父亲就在波特一九三七年遇到车祸以后被人送去抢救的那所医院里工作。不知为了什么原因，有人叫医院里的医生和护士别和新闻记者说话。这个话题引起了一场关于保密问题的讨论。罗瑟尔说，世界上保密的事情太多了。他在笑着。他对葛拉斯的工作一定略有所知。

　　葛拉斯兴致勃勃地说起话来，显得很认真。他仰起了头，沿着他的那把胡子的方向瞪眼瞧着罗瑟尔。"你知道我在大学

---

① 　科尔·波特（1891—1964），美国作曲家兼歌词作家。

里要数哪门功课最好？生物学。我们学了进化论。我学到了一些重要的东西。"现在他的视线把伦纳德也包括在里面了。"它帮助我选择了我的职业。几千年以来——不，几百万年以来——我们一直有着这些巨大的头脑——就是所谓'新的大脑皮层'，对不对？可是我们那时相互并不说话，活得像猪一样。什么都没有。没有语言，没有文化——全都没有。然后，突然，'呼'地一下子，它在这儿了，它突然变成我们非有不可的东西了。而且我们没法子让自己倒过来走回头路。这是怎么回事？这究竟是怎么会突然发生的？"

罗瑟尔耸了耸肩。"是上帝的那只神奇的手起了作用？"

"去你的'上帝的手'。我来对你说说这是怎么回事。在那个时候，我们都整天在外面干着同样的事情。我们一伙一伙地在一起生活。所以没有必要使用语言。如果有一头豹子来了，没有必要说什么'喂，老兄，从那儿跑下来的是个什么玩意？一头豹子！'因为这伙人里面的每一个人都能够看得见它是个什么东西——大家都在跳上跳下，大声尖叫，想要把它吓跑。可是，当有个人独自为了什么事走开一会，那时候会发生什么事情呢？他在这时看见了一头豹子的话，他这就发现了一件别人都不知道的事情。而且他知道，他们都不知道这件事情。他就具备了一件他们所没有的东西——他有了一个秘密。这也就是他的个人素质的开端，他的个人意识的开端。如果他想要让别人知道这个秘密，并且跑到他的伙伴那儿去警告他们，这时他就需要创造一种语言。这就是文化的开始。或者，他也许保

64

持着自己的秘密，不让别人知道，因为他希望那头豹子会把一直使他的日子很不好过的那个头儿干掉。这样的话，他的这种自私的想法就成了一个秘密的计划，也就成了更加明显的个性化，和更加明显的自我意识。"

这时乐队开始演奏一首又快又响的曲子。葛拉斯无奈，只好大声喊叫着把他的结论说出口来。"我们人类之所以能够有今天，全靠了我们懂得保持秘密。"罗瑟尔听了就举起酒杯来，向他的这个理论致敬。

一个侍者误会了他的这个手势的含义，立即走到他的身边来。他就又要了一轮啤酒。当那个美人鱼全身闪闪烁烁地来到了乐队的面前，喝彩声随之而雷动的时候，他们的桌子上发出一阵刺耳的嘎嘎声，接着就有一个罐筒从管道里滚落了下来，停在那儿不动了。他们都望着它，可是没有人动弹。

接着葛拉斯把它捡了起来，旋开了顶上的盖子。他从里面取出一张折叠了的纸，把它摊开了放在桌子上。"哦，上帝，"他喊道。"伦纳德，这是给你的一封信。"

伦纳德心情慌乱之中，差点以为它也许是从他母亲那儿捎来的——他正在等从伦敦来的一封信。他想，它迟到了。而且，他没有对家里的人说过他会到这儿来。

他们三个都在这封信的上方倾侧着身子，他们的脑袋却把光线挡住了。罗瑟尔大声读起来，"给头发里插着花的那个年轻人。我那漂亮的小伙，我一直从我的桌子这儿望着你。如果你能够过来邀请我跳舞，我会觉得很高兴的。可是，如果你不能这么做，如果你转过头来朝着我的方向微笑一下，我就会感到非常幸福。你的，第八十九桌。"

那两个美国人站起身来朝四周望着，寻找那张桌子。伦纳德一个人拿着那张纸片依然坐着。他把那些德国字重新读了一遍。这封信几乎并不使他感到惊奇。现在它就在他的面前，它更加意味着这是一件他应该认得出什么来的事情，意味着他应该接受一件无法避免的事情。事情总是这样开始的。如果他对自己诚实的话，他一定得承认，在某些方面来说，他其实一直都已经知道它会发生了。

他被拉起身来。他们把他转过身去，让他面对着舞厅的另一边。"你瞧，她在那边。"越过许多人的脑袋，穿过衬托着舞台的灯光里的那片浓重的、袅袅升起的香烟的烟雾，他看见了一个独自坐着的女人。葛拉斯和罗瑟尔演哑剧似的正在为了设法改善伦纳德的形象而忙乱：拂拍掉他夹克衫上的灰尘，拉正他的领带，把那朵花儿在他的耳朵背后搁得更加稳当一些。"去吧！好伙计！"然后他们把他推了出去——像是从一座码头上推出了一条小船似的。

他正朝着她晃晃悠悠地移动，而她也在望着他逐渐过来。她把她的胳臂肘搁在桌上，一只手掌托住了下巴。那美人鱼在唱歌，"除了你和我，不要和任何人坐在苹果树下。"他想他的生活从此将会发生变化——事实证明，他猜得很对。当他还离开她十英尺的时候，她微笑了。他到了那里的时候，那首歌刚唱完。他站在那儿，微微摇晃。他的手按在一张椅子背上，等待喝彩的声音静止。当它终于静了下来，玛丽亚·艾克道夫以美妙而甜蜜的外国口音说道，"我们要去跳舞吗?"伦纳德用他的手指轻轻地按了按他的胃部，表示了他的歉意。那里面有三种完全不同的饮料正在作怪。

　　他说道，"说真的，我坐下来，你不会在意吧?"他说着就坐了下来。他们两个立刻就相互握紧了手。过了好几分钟，他才说得出别的话来。

五

她的名字叫玛丽亚·路易丝·艾克道夫，三十岁，她住在克罗伊茨堡的阿达尔勃特街，从伦纳德住的那幢公寓乘车过去，只要二十分钟就可以到达。她在位于施潘道区的一间很小的英国陆军车辆工场里当打字员兼任翻译。她的一个名叫奥托的前夫每年出其不意地来找她两三次，向她索取钱财，有时候则来敲她的脑袋。她住的那套公寓有两个房间，一个用帷帘隔开的小小的厨房。而且你得爬上五层阴暗的木楼梯才能到达那儿。经过每一层楼梯平台的时候，你都会听见那些房门里面传出来的声音。屋子里没有热水供应，到了冬天，水龙头里滴滴答答地滴着水珠子，不能哗哗地流淌，以防水管冻裂。她是从她的祖母那儿学的英语。第一次大战前后，她的祖母曾是瑞士的一所英国女子学校里的德语教师。玛丽亚一家在一九三七年从迪塞尔道夫搬到了柏林。那时她才十二岁，她的父亲在一间制造重型汽车变速箱的公司里担任一个地区业务代表。现在她的父母住在俄国占领区里的潘考夫，她的父亲则是铁路上的收票员。这些日子她的母亲也找到了一个差使，在一间工厂里包装灯泡。他们至今还为了她在二十岁那年不听他们的劝告而结的那次婚感到十分气愤。他们当时为此而作的那些最坏的预言，如今不幸都成了事实。尽管如此，他们依旧悻悻不乐，并不因此而感到满意。

一个没有孩子的女人独自住在单间卧室的公寓里，而且居然仍能够过得很惬意的，实在罕见。柏林的住房很紧张。住在她这一层楼和下面一层楼里的邻居们因此都对她保持着一定的距离，可是再下面几层里的邻居对她的情况不很了解，对她也就至少很有礼貌。她在工场里的那些比她年轻的妇女里面有几个好朋友。她遇见伦纳德的那天晚上，她和她的朋友简妮·施奈德在一起。简妮一直在和一个法国陆军中士跳舞。玛丽亚也是一个自行车俱乐部的会员，俱乐部里的那个年已五十的出纳毫无希望地爱上了她。前年四月里，有人从她公寓的地下室里偷走了她的自行车。她的雄心壮志是：她要把英语学得地地道道，以便在外交机构里当个翻译。

当伦纳德鼓起劲来移动了一下他的凳子，把葛拉斯和罗瑟尔两个从他的视线里赶了出去，并且为玛丽亚要了一客皮姆斯和柠檬汽水，自己又要了杯啤酒，然后他在和她谈话里面了解到了上述情况中的一部分。其余则是他经过了好几个星期的时间，好不容易才逐渐积累起来的。

去了蕾西舞厅以后的第二天早晨，他在八点三十分就来到了阿尔特格里尼克的门口。他从鲁道村走了最后一英里路，早到了半个小时。他又累又渴，还有点醉，觉得很不舒服。这天早晨，他在床头的一张桌子上发现了一张从一只香烟纸盒上撕下来的纸片。玛丽亚在纸片上写下了她的地址。现在这张纸片就在他的口袋里。他在地铁里把它拿出来看了好几次。她从简妮的朋友——那个法国中士那里借了一支笔，又用简妮的背作桌子，靠在她身上把它写了下来，而葛拉斯和罗瑟尔则在车里等着。伦纳德手里拿着那张雷达站的通行证。卫兵把它接了过去，使劲盯着他的脸看了看。

当伦纳德来到了他现在把它看作自己的房间的那个地方。他发现房门敞开着，有三个人在里面收拾他们的工具。从他们脸上的神态看来，他们显然整整一夜都在这里干活。装着安派克斯录音机的那些盒子都堆在房间的中央。所有的墙壁上都有用螺钉拴牢的架子，深得足以在架子上放一台尚未开箱的录音机。一座图书馆里常用的那种梯子供人用来爬上去够到架子上较高的那些搁板。天花板上已开了一个圆洞，好让通风的管道从洞里穿过。一个金属制的格栅刚被他们旋紧了螺丝固定下来。从天花板上面的什么地方传来了一台抽风机的扇翼旋转的声音。当伦纳德往旁边跨了一步让一个装配工人把一座梯子搬走的时候，他发现搁板桌上有装着电线插头和新仪器的十来只箱子。他在检查它们的时候，葛拉斯在他的旁边出现了，手里拿着一把插在一个绿色的帆布刀鞘里的猎刀。他的胡子在灯光下面闪闪发亮。

他直截了当地说道，"用这个把它们打开。每次十个。把他们放在架子上，然后把硬纸板盒子搬到后面去烧为灰烬。不管你在做些什么事，你别拿着它从屋子的正面走过。东德的民警会注视着你的。别让风把任何东西吹走。你也许不会相信会有这种事情，可是真有那么个天才，他竟然会在这些盒子上印上了号码。你离开这个房间的时候都要把门锁上。这是你的钥匙，也是你的责任。你在这里签个字。"

有个工人回来了。他在屋子里寻找着。"昨夜很不错。多谢了。"伦纳德希望葛拉斯会向他问起玛丽亚，会对他承认他的胜利。可是那美国人却已经转过背去看那些架子了。"把它们放到架子上去以后，就得用防尘布盖在上面。我会去拿一些来。"那装配工人正趴在地上瞪视着地板。葛拉斯用他的粗革皮鞋的鞋尖指着一个小锥。

"那地方可真不错，"伦纳德不肯罢休。"我今天还觉得有点头晕。"

那工人捡起了那件工具，走了出去。等他走后，葛拉斯踢了一脚，把门砰地关上。从他的胡须翘得老高的样子看来，伦纳德知道自己这下可免不了会挨他一顿责怪。

"你听我说，你以为这没有什么了不起——开箱啦，烧纸盒啦，什么的。你以为这是杂工干的活。其实，你错了。每一件事情——这个项目里的每一件事情——都是重要的。每一个细节都是重要的。你有什么理由要让一个工人知道你和我昨晚出去喝酒了？你仔细想想，伦纳德。一个高级的联络员怎么会和一个英国邮政局来的技术助理一起出去？这个工人是个士兵。他也许会和他的一个朋友在一家酒吧里厮混。他们也许会把这件事情当作一桩无所谓的小事而随便谈谈。也许他们会觉得这里面有点奇怪。坐在他们旁边的，也许是个头脑机灵的德国小子，他已经学会了他该怎样竖起了耳朵听着。整个柏林有着成千上万个这样的人。他听了就立即会赶到布拉格咖啡馆——或者到随便什么地方——去把这个信息卖掉。值五十马克——如果他运气好，说不定会加倍。我们就在他们的脚底下挖地道——我们是在他们的地区里活动。如果他们知道了的话，他们就会开枪杀人。他们完全有权这样做。"

葛拉斯挨近了一些。伦纳德觉得很不舒服——不但由于这个人离他这么近的缘故，还因为这场表演也太过分了一点。而且作为它的唯一观众，伦纳德格外感到压力。他又一次为难——不知道自己究竟应该装出一副什么样的表情来。他闻得到葛拉斯呼出来的气息里含有速溶咖啡的气味。

"我要你有一个崭新的心理状态来对待这件事情。无论你做什么事情，你都要停下来预先考虑一下，它会产生什么样的后果。伦纳德，这是一场战争。而你则是这场战争里的一个士兵。"

葛拉斯走了以后，伦纳德等了一会儿，然后他开了门，朝着走廊的两头张望了一下，这才急急忙忙地去到饮水池那边。那水经过冰冻处理，喝上去有点金属的味道。他一连喝了好几分钟。当他重新回到房里来的时候，葛拉斯已在里面。他摇了摇头，把伦纳德留在房里的那把钥匙举在手里。他把它紧紧地压在这英国人的手心里，又把他的手指都合拢起来攒紧了它，然后他一言不发就走了出去。伦纳德虽然宿酒未消，但也因此羞红了脸。为了想要使自己心里变得好过一些，他把手伸进口袋里去取出了那姑娘给他的地址。他把身子靠在那些箱子上，慢慢地读那个地址：阿达尔勃特街八十四号五楼后屋第一间。他用手抚摸着那个箱子的表面。硬纸盒几乎和皮肤一样苍白。他的那颗心成了不停跳动着的棘轮，它每次怦然一跳，他的心情就卷绕得更紧、更厉害了。凭他这样的心情，怎么能够把这些箱子都拆开？他把脸颊贴在纸盒上。玛丽亚，他需要宣泄心里的东西，还有什么别的法子可以让他的心思变得清晰起来。可是葛拉斯也许会重新出乎意料地回到这里来。这念头也同样使他难以忍受。那荒唐，那羞辱，那些和安全措施相关的种种方面——究竟哪个更加害人，他可也说不上来。

　　他呻吟了一声，就收起了地址，伸出手去拿那一摞箱子里的最上面那一只，把它搬到地板上。他把猎刀从刀鞘里拔出来，刺了进去。那硬纸板像皮肉一样，一下就给捅破了。他感觉到而且也听到了刀尖刺破了什么脆而易碎的东西。他感到心慌意乱。他割掉了箱盖，取出满把满把的木屑和一张张压紧了的瓦楞纸板。等他把裹在录音机外面的包布拆开，就看见放录音带卷轴的地方有一条划破了的刻痕，有一个旋钮裂成了两半。他好不容易把纸箱的其余部分都拆开，把那台机子捧了出来，装上一个插头，搬到梯子那里，爬上去把它放在最高的那层搁板上。他把那个裂开了的旋钮放在衣袋里。他可以填张表格去申请另外配一只。

　　伦纳德为了脱掉夹克衫才停了一会，接着他就动手开第二只箱子。一小时以后，架子上又有了三台录音机。那封条很容易拆开，盖子也不难拆掉。可是那些箱子角却经过一层层的硬纸板和 U 字钉加固，所以刀子不太容易对付。他决定干完了第一批的十只箱子以后才休息一会。直到中饭时间，他才把第一批的录音机放到搁板上，于是房门附近堆起了五英尺高的一大摞压平了的硬纸板盒，旁边则是一大堆刨花，一直堆到电灯开关那儿。

除了一张桌子上坐着几个黑人隧道中士以外，食堂里空无一人。他们都没有注意他。他又要了牛排、炸薯条和柠檬汽水。那些中士在低声喃喃地说着话，咯咯地笑着。伦纳德竭力想听清他们在讲些什么。他听见他们有好几次提到了"竖井"这个词语，因此就断定他们毫不谨慎，竟然会轻率地谈论自己的工作。他刚吃完，葛拉斯就进来了，问他工作进展得如何。伦纳德讲了他的进度，然后下了个结论："它要花掉比你所设想的更长的时间。"

葛拉斯说，"听上去你干得不错。你在上午干十件，下午干十件，晚上干十件。一天三十件。五天就可以干完。问题在哪儿？"

伦纳德的那颗心激烈地跳动起来，因为他要把他想说的话说个痛快。他把柠檬汽水喝了下去。"好吧，老实说，你也知道，我的本行是电路，不是开包装箱子。我准备在合理的范围以内什么都干，因为我知道这是件大事。可是我希望晚上总让我有一点可以自由活动的时间。"

起先葛拉斯没有回答，他也没有流露出任何表情，他望着伦纳德，等他把话说完。最后他说道，"你想要讨论工作时间？讨论工作的分工界限？这是不是我们老是听到的英国共产党工会的老调？自从你的安全检查通过了以后，你的任务就是要你干什么，你就得干什么。如果你不想干，我就会打电报给道里斯山，让他们把你召回去。"然后他站起身来。他的表情变得松弛了。他在走开以前，碰了伦纳德的肩膀，说了声，"好家伙，坚持下去。"

　　于是，在整整一个多星期里，伦纳德什么都不干，除了拆开硬纸板箱，把它们拿去烧掉，在每台录音机上装上一个插头，贴上一个标签，把它放上架去。他每天干十五个小时的活。他来回乘车也得花去几个小时。他从梧桐林荫道乘地铁到边界林荫道，在那儿他改乘四十六路公共汽车到鲁道。从那儿他还得沿着一段毫无情趣的乡村小径走上二十分钟。他在食堂和在总理广场的快餐店里去吃了饭。他在上下班的途中，在用他的那根长长的木杆拨动那些燃烧中的硬纸板箱的时候，或者对油煎香肠作菜肴的饭食进行抵制的时候，他就抽个空想想那个姑娘。他知道，如果他只要稍稍有一点空闲，只要他并不累得这么厉害的话，他就会害起相思病来，就会坠入情网。他需要坐下来而不至于瞌睡，而且集中精神把这件事好好地想一想。他需要他的心神处于困乏的边缘，好让他的幻想任意遨游。他所干的活儿也使他感到心神不定，甚至这种委屈了他的身份的低级劳动，对他那有条不紊的天性也富有催眠的作用，

78

而且使他真的排遣掉烦恼的心情。

他穿得像学校里戏剧表演节目里的时间老人，戴着一顶借来的阔边帽，一个拖到脚踝那儿的军用披肩，还有套鞋，装备着一根长长的木杆，站在那儿一烧就是好几个小时。原来这个焚化炉只是一个长燃不熄、微弱无力的篝火似的火焰。它三面由砖砌的矮墙围住，以免风雨把它熄灭。附近摆着二十四只垃圾箱。再过去就是一个工场。过了一条泥泞的小路是一个装卸货物的站头，军用的卡车一天到晚进进出出，一刻不停，低挡行驶的喧闹声不绝于耳。他接到严格的命令，直到每次都把需要烧掉的东西烧得一点不剩，否则他就不能离开那个火炉。可是即使他用汽油来帮忙，有些纸板却只会慢慢地闷燃着烧不起火焰来。

回到他的房里，他见了越来越少的这摞箱子，和架上越来越多的那些录音机，就觉得心烦意乱。他设法自我陶醉，把自己正在干着的活儿当作他为了要替玛丽亚效劳而拆开那些箱子。这是她对他的耐心的一次考验。他得把它干好，以此来证明他值得她的爱恋。这是他奉献给她的一件礼物。他为了她，用猎刀剖开了箱盖，并且也为了她，把箱子毁了个干净。他也想到，当他把这件工作干完了以后，他的这个房间就会变得大了许多，还想到他将会如何安排这些多出来的空间。他在心里设想好了写给玛丽亚的一些心情轻松的信函，如何用巧妙的、无所谓的口气提议在她的寓所附近的一间酒吧里见面。等到他到家的时候，看看将近半夜，他也已经累得连原来想好了的词句的次序都记不得了，而且他也没有这分精神来重新予以设计。

过了好几年以后，伦纳德依然能够毫无困难地回想起玛丽亚的脸容。它在他的记忆里熠熠生辉，就好像古老的绘画里的许多人物的脸孔那样。它简直看上去似乎具有两度空间：额头上的发线高高的，而在这个完美的鹅蛋脸的另外一端，有一个既精致又有力的下巴，所以当她把脑袋微微抬起，显出她的独特的个性和迷人的撒娇的神态，她的脸蛋就像一个盘子，是一个平面而不是一个球体——就像一个艺术大师的神来之笔。她的头发细致得出奇，像婴儿的柔发似的，而且未经当时流行的烫发夹子的蹂躏而具有得自天然的鬈曲。她的眼神严肃端庄，却并不哀伤——绿的或者灰色的眸子，要看当时的灯光而定。它不是一张活泼而生机盎然的脸。她是个积习难改的空想家——时常为了一个她不愿意和人分享的思绪而变得恍恍惚惚、心不在焉。而她那最为典型的表情显得如梦如幻、略带警觉，稍稍仰起了头，向着一边微微倾侧着这么一英寸左右，她的左手食指则在那儿拨弄着下唇。如果你在沉默了一会以后再和她说话，你就也许会使她猝然一惊。她的这种脸，和她的这种姿态，往往具有正在望着她的那个男人自己所需要的各种含义。你也许会在她那默然遐想的神态里发现女人所特有的那种力量，但是她那静悄悄的凝神专注，也会使你理解为她对你怀有一种孩子般的依赖。可是，话又说回来，她也可能当真具备了这两种截然相反的素质。譬如，她的手很小，而且她把手指甲修得很短，像个孩子似的，还从不涂抹指甲油。可是她却仔细地把脚趾涂成鲜红或者橙黄。她的手臂纤细，而且软弱无力——再轻的东西她也提不起，没有一扇松动的窗户她能推得开。可是，她的两条腿尽管纤细，却是肌肉发达，强壮有力，也许这是她以前爱好骑自行车运动的缘故——直到自行车俱乐部里的那个面貌阴沉的出纳吓跑了她，以及她的那辆脚踏车在地下室的车库里给人偷走了为止。

对于这个年已二十有五、初次相逢以后再没有和她见面已有五天之久的小伙伦纳德来说——可怜他一天到晚和那些硬纸板箱和刨花打交道，而那唯一可供他寄托相思的纪念品只是写在一张比那些箱子的硬纸板小了许多的纸片上的一个地址——她的那张脸蛋实在令人难以捉摸。他越是用心去揣摩她的长相，它就越是恍恍惚惚，撩人心怀。在他的记忆之中，只有她那脸蛋的一个轮廓作为他冥思苦想的依据。即便如此虚无缥缈的一个幻影，他越是迫不及待地对着它凝神注视，它就越发在他的目光灼灼之下变得游移不定。有些景象他很想继续予以探索一番，以便经过了检验而得到若干肯定。可是他的记忆只能提供一些甜蜜而诱人遐思的印象，可是从无真实可信的形象。而他的耳朵仿佛也对她说过的任何一句英语置若罔闻。他不由得开始惶惑起来，一旦和她在路上邂逅，他是否还会把她认得出来。他所记得十分真切的，只是他和她在一间舞厅里的一张桌子边上，一起度过的那九十分钟的时光在他的身心上面留下的那份感觉。他爱他见到的那张脸。现在那张脸消失了，剩下

的就只有他的爱——没有什么东西可以供它作为养料来使自己
发展壮大的爱。他一定得再去见她。

　　他忙得已经记不清日期了。到了第八天或者第九天，葛拉
斯总算让他休息了。所有的录音机都已经开了箱，而且其中的
二十六台已经测试过，并且装上了信号启动装置。伦纳德比平
时多睡了两个小时，躺在暖和而充满情欲的被窝里迷迷糊糊地
瞌睡。然后他刮过脸，洗了澡，腰里只围了一块毛巾在公寓里
到处走动，又觉得胸有成竹、心情畅快起来。他能听见他楼下
的那座装修工用的扶梯在地板上移动的声音。对别人来说，今
天都是一个工作的日子——也许是星期一吧。他现在可有时间
来尝尝他买来的那包磨碎了的咖啡。它不能算是个了不起的成
功——咖啡渣子和没有融化的奶粉在杯子里随着水流而在不停
地上下浮动。可是他很高兴能够独自一个人吃比利时巧克力当
早餐，把脚伸进热得发烫的暖气装置的叶片之间，心里盘算着
他的这场战役该怎么打。家里有封来信犹待阅读。他用一把刀
把它随便地拆开，就好像他每天都在吃早饭的时候阅读来信似
的。"谨代表国人向您表示感谢，很高兴得知您在异国他乡过
得习惯起来了……"

　　他心里一直在挂念他准备写给玛丽亚的那封婉转有致的信
函，可是他在尚未把衣服全部都穿好以前，似乎不宜开始做这
件事情。然后，当他穿戴整齐以后，而且那封信也已经写就
（上星期当我们在蕾西相遇，承蒙你把你的地址给了我。所以
我想你总该不会嫌我给你写信，或者感到非得给我写封回信不

可……），可是一想到至少要等上三天才能收到她的回信，他就觉得难以忍受。到了那时候，他就已经到了他的那间没有窗户的房间并要一天干上十五个小时的班头。

他倒了第二杯咖啡，那些咖啡渣都已经沉到底下去了。他又有了一个计划，他送一封她下班一回到家就会收到的信去。他在信里说他碰巧经过这里，会在六点钟的时候在某一条街的一间酒馆里等她。具体的街名等等先留个空当，且待以后再填也不迟。他立刻动手写了起来。他起了六个稿子以后，仍然觉得并不满意。他想把信写得既亲切动人，又潇洒自然。要紧的是，它要让她读上去就好像他是站在她的房门外面一挥而就似的，好像他曾特意来访，后来他才想起，原来她已经去上班了。他不想使她感觉到什么压力，而且，更为重要的是，他不想让自己显得急不可耐，或者愚不可及。

等到吃饭的时候，他的周围已经摆满了他的这些努力的成果，而他的最后一稿仍还攥紧在他的手里。"我碰巧路过你的寓所，所以我想我该作个不速之客，进来向你问个好。"他把它放进一只信封，可是他却封错了信封。他就用刀把它拆开，一面把他自己想象作她——她刚下了班回来，独自一个人坐在桌边。他把信摊开来读了两遍，就像她会阅读的那个样子。它被认为完美无缺。他找到了另外一个信封，就站起身来。他有着整整一个下午的时间，可是他知道现在再也没有任何事情可以阻止他离开了。他到卧室里去换上他的那套最好的衣服。尽管他已经把上面的地址牢记在心里，可是他仍然把那张硬纸片从他昨天穿的那条裤子口袋里取了出来。他把街道图放在尚未铺好的床上摊开。他在想着那条鲜红色的针织领带。他一面研究地图上的路线，一面在解开他的那套旅行用的护鞋工具盒，并擦亮他的那双最好的黑皮鞋。

为了要消磨时间，也为了仔细品味这次冒险的乐趣，他在搭乘地铁到位于克罗伊茨堡的戈特布斯大门去以前，先徒步走到恩斯特—路透广场。到达阿达尔勃特街的时候，他简直觉得时间过得太快了。八十四号只要走上五分钟就可到了。这儿的房子被炸弹毁坏得最严重。即使它没有被炸，这里的气氛也已经够凄惨的。这里的公寓房子被小型武器的子弹打得千孔百疮，尤其是在门和窗的周围。每隔两三幢房子就有一个被炸空了的地方，屋顶也没有了。也有全部垮塌了的建筑物，地上一片瓦砾，从里面还突然横七竖八地耸现出一些屋梁和锈了的檐槽。他在这座城市里已经待了将近两个星期：购买东西，吃饭进餐，来回上下班。他以前为了它的毁灭而感到的自豪现在却似乎变得非常孩子气，非常令人厌恶。

当他穿过奥拉宁街并且看见一块清理了的场地上正在进行建设，他不由得觉得高兴起来。他看见一间酒吧，就向它走去。它名叫"埃尔斯姨妈"，而且它能让他派上他所设想的用场。他就把信取出来，把这个名字和街名填写在预先留出的空当里。然后，他忽然有了个主意，就走了进去。他在那个皮制的帘幔后面停留了一会，以便使自己的眼睛习惯于里面的阴暗的氛围。它是个狭窄得像个隧道似的地方。酒吧的柜台那边有

84

几个女人坐在一张桌子边上喝酒，其中有一个抚摸着自己的头颈，让别人注意伦纳德的那条领带，而且还指着说道，这儿没有共产党！她的那些朋友听了都笑了起来。起先他从她们的样子和装出来的时髦派头判断，还以为她们刚从办公室同仁举行的宴会上回来。然后他才意识到，她们原来都是些娼妓。在别的桌子旁，有几个男人把头搁在桌上睡着了。当他退出来的时候，另外一个女人对他叫了一声，于是又响起了一片哄笑。

他一回到外面的人行道上，就迟疑起来。这儿不是一个适宜于他和玛丽亚见面的地方。他也不想独自一个人待在里面等待。可是，再说，他又不能修改他的那封便条，不然就会把他故意在信里设法表现出来的那种漫不经心的口气破坏殆尽。于是他决定就在街上等她。当玛丽亚回来的时候，他就向她道歉，并且对她承认，说他对这段地区的道路并不熟悉。这可以成为一个蛮不错的话题，好让他们谈论一番。也许这件事还会让她听了觉得好笑。

第八十四号是和别的一样的一幢公寓房子。底层窗户上面的一排弧形的子弹孔也许是机关枪开火时留下的痕迹。一个很宽敞的入口里面就是一个阴暗的中央天井，天井里的卵石缝里长出了野草。刚倒空的垃圾箱倾侧着躺在那儿。一片寂静。孩子们还在上学。在屋子里，过时中饭或者晚饭正在准备着。他嗅得到煮肥肉和洋葱的味道。突然他怀念起每天吃的牛排和炸马铃薯片了。

天井的那一头是他当作"后屋"的地方。他走了过去，穿

85

过一个狭小的门户，来到一个陡峭的木头扶梯的下面，每一层楼里有两扇房门。他一路走上去，耳畔听见婴儿的啼哭，收音机里播放的音乐，笑声，还有，再往上面，有个男人的声音在央告着叫道，"爸爸，爸爸，爸爸，"第二个"爸"叫得更响些。他好像成了个私闯民宅的人，他挖空心思安排出来的这个虚假的场面使他觉得难堪起来。他把信封从口袋里取出来，打算把它从门缝里塞进去，然后尽快地跑下楼去。她的那套公寓在顶层。它的天花板要比别的几层低些——这也使得他格外急着想要离开。她的房门新漆成绿色，和别家的房门并不一样。他把信塞了进去，然后他干了一件无法解释的事情——一件完全和他的性格不符的事情。他握住门把往里推去。也许他以为门是锁了的，因此他的这个动作无非也就是我们的日常生活里面随时都会发生的一个小小的、无意识的行为而已。可是那扇门竟然会应手而开，而她赫然就在里面——就站在他的面前。

86

六

在旧柏林的房子里，位于房子后面的住房历来都是最便宜和最狭小的，它们以前被用来作佣人的房间，他们的主人则住在比较漂亮和堂皇的正对着大街的那部分房间里。屋子后面的那些间里有些窗子对着天井，或者相隔不远的一段距离就是位于隔壁的那幢房子。所以让人不可思议的是——伦纳德可没有心思去探索其究竟——冬天下午的阳光要到多晚才会从开着的浴室的门洞逐渐淡出浴室到地板的那段距离。它是一道金红色的光束，映照出正在空中翻转打滚的尘屑。它也许是从邻近的哪扇窗上反射过来的。可这不要紧，在当时，这好像是一个大吉大利的兆头。在那片阳光的前面就躺着那个信封。它的后面站着玛丽亚，一动不动。她穿着一条格子花呢的厚裙和一件美国制的开司米运动衫——它是对她迷恋不已的那个出纳送给她的一件礼物。对此，她既没有那份慷慨无私之心，也没有那种硬如铁石之心来退还这份礼物。

他们两个就隔着那条光束瞠目对视，两人都不说话。伦纳德想要用道歉的方式对她招呼，可是，像开门这样一件需要有明确的意志方能有所作为的行动，叫他怎么能够讲得清楚呢？

而且由于他发现她果然长得像他俩初次见面时得到的印象那么漂亮，这就使他的各种反应变得更加复杂得叫人困惑不解。他过去的那阵子心神不定的苦恼显然苦恼得不无道理。就她来说，在她认出他是谁以前，玛丽亚吓得不敢动弹。这个突然出现的人影，使她回忆起她在十岁时遇到的那些士兵——通常都是成双作对地出现，不打招呼就推开了大门。伦纳德误会了，他把她脸上的表情看作是一个当家人遇到了私闯民宅者的时候会很自然产生出来的那种敌意，而且当她在认出了熟人而流露出来的那个迅速而隐约的微笑，他也把它误解为她对他的冒昧表示了原谅。

他想碰碰运气。于是他就向前走了一两步，并且伸出了手来。"我是伦纳德·马汉姆，"他说。"你记得。蕾西舞厅？"

虽然她已经不再觉得自己的处境危险，玛丽亚仍然后退了一步，还把她的手臂交叉在胸前。"你要干什么？"

伦纳德给这个问题弄得很窘，一时回答不出来。他涨红了脸，手足无措，然后他把那个信封从地上拾起来递给她。她把它拆开，摊开了信纸。她在看信以前，先抬头望了一眼，确信他没有走近过来。看那双表情严肃的眼睛里泛现出来的眼白那么一转，他无可奈何，只好站在那儿动都不动。这使他想起他的父亲当着他的面阅读他的那篇平庸的学期终结报告时他的感觉，正如他所猜想的那样，她把它接连读了两遍。

"你这是什么意思？——这'不速之客'？指的就是打开我的房，闯了进来？这算是'不速之客'吗？"他正想提出一个解释来。可是她却已经笑起来了。"而你想要我到'埃尔斯姨妈'那儿去和你见面？'埃尔斯姨妈?'那间婊子酒店?"接着——使他大吃一惊——竟然唱起歌来。这歌是他们老在柏林的美军电台"美国之声"里唱的那些歌里面的一支。"你怎么会认为我也是她们那种人？"让一个德国姑娘想用纽约的布鲁克林人说话的口音，而且甜蜜得难以形容的口吻来取笑自己——伦纳德想他会乐得晕过去的。他心里很凄惨，他心里很兴奋。他急于寻求平静，他就用他的小手指正了正他鼻梁上的那副眼镜。"说真的，"他开始说了起来。可是她从他的身边绕过去，朝着门口走去，一面假装严厉地问道，"为什么你没有在头发里插了一朵花再来看我?"她把门关上，并且上了锁。她笑逐颜开，一面双手相握。看上去真是这么回事：她见了他感到很高兴。"现在，"她说，"现在是不是已经到了喝茶的时候了?"

　　他们所在的那个房间大约长宽各十英尺，不用踮脚，他站在地上一伸手就能摸到天花板。从窗口望出去，对面是一排与之相似的窗口。紧靠在这窗口，站直了身子朝着下面看去，你能看得见那些侧倒着躺在地上的垃圾箱。玛丽亚把一本高级英语语法书从唯一的那张舒适的椅子上拿开，好让他在她躲到用帘幔隔开的厨房里去忙着的时候坐下来等着。伦纳德能够看见自己呼吸时吐出来的气，所以他就没有把他身上的大衣脱掉。他已经习惯了仓库里的那种美国式的太暖的暖气，而且他的公寓里的每个房间都有个暖气管，把地下室里的什么地方散发出来的猛烈的热气传了过来。他现在冷得发抖，可是，在这儿，即使寒冷也让人怀有希望——他是在和玛丽亚一起挨冻受冷。

窗口的一张餐桌上有一棵栽在花盆里的仙人掌。离它不远处是插在一只酒瓶里的蜡烛。房里还有两张厨房里用的椅子，铺在地板上的一块沾了污迹的波斯地毯。钉在伦纳德认为是卧室的房门墙上的，是从杂志上剪下来的凡·高的那幅《向日葵》的黑白两色的复制品。此外，除了在屋角里的一个铁制鞋楦头周围有着一大堆鞋子，就没有什么值得一看的了。位于伦敦托特纳姆区的马汉姆家的那间起居室——布置着红木收音机以及布置在特制书柜里的《大英百科全书》，美轮美奂，井井有条——玛丽亚的房间与之相比，差距甚远。这个房间可以说一无是处。让你明天就从这里搬走，你也丝毫不会觉得有所留恋，或者感到有何遗憾——什么都不必携带，空着手儿离去。这个房间只做到了一点：它显得既空空荡荡，又毫不整齐。它又邋遢，又亲昵。它可以让你在这儿想说什么就说什么，无所顾虑。你可以在这里脱胎换骨，从头开始。对于一个从小就在妈妈的瓷器小人儿的周围小心翼翼地转悠，唯恐磕碰到它们，总得记住，不要用手指在墙上划出痕迹的人来说，他总觉得这真是妙不可言，难以相信：这间空空落落，大大咧咧的房间竟然会是一个姑娘的闺房。

她正把一只茶壶里的水倒在一个小小的水槽里，而水槽里却有两只煎盘摇摇欲坠地搁在一摞没洗过的碟子上。他坐在餐桌边上望着她的那条裙子的厚厚的料子，望着它懒洋洋地摇摆

92

着移动，望着她的那件开司米运动衫正好遮住了裙子上沿的褶裥，望着她绒拖鞋里穿着的一双足球袜。在这个冬天里，羊毛制品对伦纳德来说成为一种让他见了就为之放心的保证——那些穿着撩人心怀的女人容易使他觉得自己受到了威胁。羊毛意味着亲昵而无所央求，令你体会到躯体的温暖，以及让你揣摩得到那个舒适而娴静地隐藏在重重叠叠的皱褶里的那个身躯。她正在按照英国人的方式准备着茶水。她有一个地道的茶叶罐。她在热那个水壶。这也使伦纳德见了觉得安心。

她在回答伦纳德的问题时对他说，她刚开始在十二装甲工场工作时，她干的是为指挥官和副指挥官每天准备三顿茶点。她在餐桌上放了两只军用的白色大杯子——和他在他的公寓里用的一模一样的那种杯子。他曾好几次有幸让女士为他准备茶点，可是他以前从来没有遇到过哪个女士不是事先把牛奶装在一个小壶里待客的。

她在他的对面坐了下来，他们两个都把手围在大杯子上面取暖。他从以往经验里知道，除非他花费了很大的劲道来予以冲破，否则一种固定的模式接着就会发挥它的作用：一个彬彬有礼的问题会引出一个彬彬有礼的回答，然后又是另外一个问题。你在这里住了很久了吗？你上班的地方离这里远吗？今天下午你休息？这种机械的问答应该已经开始了。只有沉默才能打断这类一问一答顽强而执拗地进行下去。他们会相隔着无限遥远的距离而彼此召唤，就好像各自独处在两座相邻的山顶。最后他会变得情急而无奈，以至于笨拙地道别，带着自己的一番心思，夺路而走，去寻求他自己的宽慰。甚至现在他们就已经各自从刚才相互招呼时的那股热烈劲儿那里有所后退了。他已经问了些她准备茶水方面的问题。如果再问一个类似的问题，他就会变得一筹莫展。

她已经把她手里的那只大杯子放了下来，让双手插进她那裙子里的口袋。她穿着拖鞋的双脚在那儿轻轻地叩击着地毯。她的脑袋歪在一边，也许正在有所期待——还是她在替她的心里咏唱着的那首乐曲打着拍子？它仍然是她刚才用来嘲笑他的那支歌吗？"收回你的貂皮大衣，那些破旧的皮毛……"他从来没有遇见过一个会用她的脚叩击地板的女人。可是他知道，他千万不能惊慌失措。

这里面有着一个不言自明的假定，它根深蒂固，无法予以查核或者甚至无法予以意会。这就是：要使当前的这件事情有所发展的责任全然落在他的身上。如果他想不出什么话来缩短他们之间的距离，那么因此而感到失望的就不止他一个。可他能够说些什么话才能让人听上去既不无聊又不唐突呢？她现在又拿起了那只大杯子，而且她在望着他，抿紧了嘴唇微微而笑。"你一个人住在这里不嫌冷清吗？"这话让人听上去似乎在甜言蜜语地进行挑逗。她会以为他想要搬进来和她住在一起似的。

与其僵在那里一言不发，他决定还是试试闲聊的方式而开始问道，"你在这里住了很久了吗？"

可是突然她却比他先开了口，急急忙忙地说道，"你不戴眼镜的时候会是什么样子？请你让我看看好吗？"她说最后两个字的声音拉得很长——长得会使一个英国人认为毫无这个必要——使伦纳德听了觉得心里为之一动，好像她在缓缓地展开了一张纸那样地美妙。他一把抓下了眼镜，眨巴着眼睛望着她。他在三英尺以内还可以看得清，所以她的脸孔看上去还不很模糊。"是这样，"她平静地说道，"就像我想的那样。你的眼睛长得很美，可它们却一直给眼镜遮住了。没有人对你说过它们有多美吗？"

伦纳德的母亲在他十五岁的时候说过和这相似的话，而那时他配了他的第一副眼镜。可这没有什么相干。他觉得他在屋子里缓缓地升了起来。

她把眼镜接过去，把它折起来，放在仙人掌的旁边。

他的声音听上去哽住了。"不，没有人说过。"

"没有别的女孩子？"

他摇了摇头。

"那么，我是第一个发现你的人咯？"她的表情里面含有幽默，可是没有嘲笑。

他觉得自己对她的赞美公然咧开了嘴笑的样子一定很傻，很幼稚，可是他没法子不这样笑。

她说："还有你的笑容。"

她从她的眼睛前面掠去一绺头发。她的额头高而呈蛋形，使他想起莎士比亚的长相。他不知道他该如何对她提到这个。于是他没有说，却等不再移动时就把她的那只手握在手里。他

95

们两个就这样静静地坐了一两分钟——就像他们上次遇到的时候那样。她让她的手指和他的手指交叉着相握。就在这时候，而不是后来他们在卧室里，也不是后来他们可以比较自在地谈论自己的时候，伦纳德觉得自己无可挽回地和她结合在一起了。他们的手很相配，一旦握在一起，就缠结得很美妙，难分难解，有着那么多密切相触的点和面。在暗淡的光线里，他又没有戴眼镜，他看不清哪些是他自己的手指。他穿着雨衣坐在这个渐渐暗下来的、寒冷的房间里紧握着她的手掌，他觉得自己正在舍弃他的生命。这舍弃很舒适。他的体内有什么东西在流淌出来，从他的手掌流进她的手掌里去。有什么东西在他手臂后面延展开去，穿过他的胸膛，使他的喉咙为之收缩而哽咽。他心里只想到一个念头，并一再重复：原来就是这个，它是这样的，原来就是这个……

她终于把她的手掌抽了回去，交叉起双臂，对他望着，有所期待。不是为了别的缘故，只为了她的神情如此严肃而端庄，他开始解释了起来。"我本来应该会来得早些的，"他说，"可是我从早到晚一直在工作。而且，说实话，我不知道你想不想见我，甚至也不知道你还会不会认得我。"

"你在柏林还有别的朋友吧？"

"哦，不，没有这样的朋友。"他没有怀疑她有权利问这个问题。

"你在英国有许多女朋友吗？"

"不多，不。"

“有几个?”

他迟疑了一下，才狠了狠心把真相说了出来，"好吧，事实上，我一个也没有。"

“你一个也没有过?”

“没有。”

玛丽亚向前俯过身去。"你是说，你从来没有……"

不管她接着会说出什么名词来，他听了都会觉得难以忍受。"不，我从来没有。"

她把手掩住了嘴巴不让自己"呵"地笑出声来。在一九五五年，对一个二十五岁、有着伦纳德这样背景和性格的小伙来说，从未有过性经验也算不得什么稀罕的事情。可是一个男人老老实实地这么承认下来，倒很难得。他立刻感到后悔。她克制着没有笑出来，可是现在她却羞红了脸。刚才他们手指交叉的情景，使他觉得不妨对她毫不掩饰地说出真话来。在四壁萧条、堆放着主人的各色各样的鞋子的这个小小的房间里，住着这么一个并不在乎使用什么牛奶壶或者茶盘里的杯垫的独身女子，他和她说话可以不必转弯抹角地绕圈子。

事实也真是这样。玛丽亚之所以脸红，那是为了她觉得难为情，唯恐她的笑声会使伦纳德产生误会。因为她之所以发笑，乃是由于她心里感觉到一阵子神经质的宽慰。她突然从进行引诱的负担和程式的压力下面得到了解脱。她可以不必扮演一个传统的角色并且让人就此进行评判，她也不必担心人家会拿她去和别的女人相比。她那受人糟蹋的恐惧感因此而消失，她不会被人逼着做一些她所不愿做的事情。她可以为所欲为，他们两个都可以为所欲为——创造出他们自己的名目，他们可以成为创造的伙伴，而且她当真以为自己发现了这个目光执着、睫毛长长的怕羞的英国人，她第一个拥有了他，而且他将为她一个人所拥有。这些想法是当她后来一个人待着的时候才想到的。在当时，这些想法一下子喷薄而出，成为发泄出一阵憋在心头的宽慰和兴奋的一片呼啸，然而又让她强自压抑在嗓子里，这才使它化为"呵"的一声惊叹。

伦纳德喝了一大口茶，放下手里的那只大杯子，由衷地发出了一声难以令人信服的"啊"。他戴上眼镜，站起身来。在经过了刚才的那番双手相握的经历以后，他觉得现在最苍凉的事莫过于重新走到阿达尔勃特街上、乘坐地铁、在茫茫的薄暮里回到公寓里去、看见早晨喝过的咖啡杯、还有为了那封傻呵呵的信散了一地的草稿。当他一边在调整他雨衣上的那根带子的时候，他仿佛在眼前都看见了这一切。可是他知道自己犯了一个令他感到屈辱的策略性的错误。这样一来，他就非得离开此地不可了。玛丽亚刚才还为他的缘故而羞红了脸，这使她显得格外甜蜜可爱，而且也使他感觉到，他犯了个多么巨大的错误。

她也站了起来，挡住了他到门口的去路。

"我现在真的应该回去了，"伦纳德解释说。"还得干活什么的。"他心里越是觉得难受，说话的语气却变得越发轻松。他边说边从她的身旁绕过去，一边说道，"你的茶好喝极了。"

玛丽亚说道，"我要你多待一会。"

他想要听的就是这句话，可是现在他的情绪已经过于低落，无法使自己转过弯来，无法避免他为自己造成的损失。他正在朝着门口走去。"我得在六点钟会见一个人。"这个谎言使他的痛苦变得实实在在，不能予以摆脱。就在他这么说着的时候，他也使自己感到吃惊。他想要留下来，她也想要他留下来，而他却坚持要离开这儿。这好像是一个陌生人干出来的事情，使他无可奈何地一味干着急。他没法让自己转过弯来为他自己的利益说点什么或者做点什么。他自怨自艾，自责自怜，以致他把自己惯常发挥得相当细致而出色的明事理、识大体的习性抹杀殆尽。他现在仿佛钻在一个转不过弯的隧道里，它只能通往唯一一个终点，那就是他自己造成的那个令人为之着迷的彻底消亡。

他在拨弄着那把他并不熟悉的门锁，玛丽亚就站在他的身后。虽然这使她还很惊讶，可是她对于男人的自尊心的某些微妙之处，她还多少懂得一点。尽管他们表面上装得信心十足的样子，可是他们却很容易觉得自己受了冒犯。他们的情绪会忽冷忽热，差别很大。一旦他们陷入了某种情绪而又不肯承认，他们就往往会用色厉内荏的方式掩盖心里的惶惑。她三十岁，她的经历不广，她所想到的大抵是她的那个前夫还有一两个她遇到过的狂暴的士兵的行径。这个拨弄着门锁、想要出去的男人不像她所遇到过的男人，却更加像她自己。她知道这是一种什么感觉。当你在可怜你自己的时候，你就会更加莫名其妙地和自己作对。她轻轻地触摸着他的背脊，可是他穿着外衣，所以他没有觉察。他以为，他用了一个听上去像是这么回事的藉口，而现在他也就该带着他的那份伤心离开这儿了。对于玛丽亚，她曾经经历过柏林的解放和她和奥托·艾克道夫的婚姻，一个男人表现出来的任何脆弱，都会使她意识到，他有着一个可以让人亲近的性格。

他终于把门打开了，转过身来向她道别。难道他真的以为，她给他的那份礼貌和他杜造出来的那个约会骗过去了？难道他真的以为，他心里的绝望没有流露出来？正当他在对她诉说，他不得不如此匆匆地告辞，实在感到万分抱歉，而且又在为了她的茶水而感谢她的盛情款待，并且向她伸出手去待握的时候——一次握手！——她却伸过手去，从他的脸上一把抓去他的眼镜，拿着它大踏步走回到她的起居室里。还没等他来得及跟在她后面走了进去，她已经把它塞在一张椅子的坐垫下面。

"你听我说，"他说道，把门在他的身后关上，他朝前走了一步，然后又走了一步，来到了屋子里面，这就行了。他已经回到屋子里来了。他曾经想要留下来，而现在他就非留下来不可了。"我真的得走。"他站在这个小小的房间的中央，拿不定主意，还没有忘记他曾迟疑着想要假装出来的那副英国式的受到冒犯而愤愤不平的神情。

她站得离他很近，好让他把她看得很清楚。多么美妙！能够面对一个男人而并不感到害怕。这使她有一个机会喜欢他，有一个机会产生并不只是他的欲望所引起的欲望。她握住了他的双手，说道，"可是我还没有看够你的眼睛。"然后她以罗素[1]称赞过的柏林姑娘所特有的那种直率，加了一句，"我的傻瓜！如果这一次是你的第一次，那我真是个幸运的姑娘。"

她说的"这一次"把伦纳德留住了。他回来就是为了"这一次"。他们在这里做了一切都是"这一次"的一部分——都是他的"第一次"。他低下头去望着她，那张脸孔，微微仰起来弥补他们之间的那七英寸的差距。从整齐的椭圆形的脸孔上面的三分之一起，婴儿般的头发松松地垂下来，成了飘散的一个个发鬈。她不是他亲吻过的第一个年轻的女孩，可是她是第一个对他亲吻好像感到喜欢的女孩。他受了鼓舞，胆子也大了，就把舌头伸进她的嘴里——他曾以为，亲吻就应该如此。

她把脸往后缩回去一两寸。她说，"慢慢来，有的是时间。"于是他们只是挑逗着轻轻地亲吻。他们仅仅舌尖相触而已，可是这使他们感觉到了更大的乐趣。接着玛丽亚绕过他的身边，从鞋子堆里拉出了一台电热器。她说道，"有的是时间，我们可以让手臂就这样搂着过上一个星期。"她说着话，用手臂搂着她自己的身子给他看。"对，"他说。"我们能。"他的声调有点高。他跟着她进了卧室。

它比他们刚离开的那一间大些。地板上铺着一个双人床垫——这又是一桩他从未见过的新鲜事儿。一面墙给一个抛光

---

① 伯特兰·罗素（1872—1970），英国数学家，哲学家。

了的木料做的衣柜占去了，窗口是一个油漆过的抽屉柜和一个放置亚麻织品的矮柜子。他坐在那个矮柜上，看她插上了电热器的插头。

"天太冷，别脱衣服。我们就这样上床。"真是太冷，你能看得见你自己呼出来的热气。她踢掉了脚上的拖鞋。他解开了鞋带，脱下了外衣。他们躺在鸭绒被下面，像她刚才做给他看的那样，互相搂在一起，又吻了起来。

不是过了一个星期，只在几个小时以后，刚过半夜，伦纳德终于能够把他自己看作符合最最严格的定义所规定的一个成年人。可是天真无邪和深谙世故之间的那条界线毕竟非常模糊，而且正因为它模糊，所以令人心醉神迷，如痴如狂。当他们的床暖和了一些的时候——还有这房间，虽然在暖和的程度方面它要差一点——他们就相互脱去了对方的衣服。于是地板上的那堆衣服一件件多了起来——运动衫，厚衬衫，羊毛内衣和足球袜子——那张床，还有时间本身，都变得宽敞了起来。玛丽亚陶醉于随心所欲地享受她的需要，她说现在正是让人吻她和舔她——从她的脚趾一直往上以至她全身的大好时光。这就是伦纳德以他办事一丝不苟的作风，在他的这个任务完成了一半的时候，怎么会先把舌头伸进她的阴户里去的缘故。这当然是他一生的经历中的那条分界线。可是，半小时以后，她把他的阴茎含到嘴里去舔去吸，而且还用她的牙齿干了一点什么的时候，它也成为一条分界线。从身体的感觉来说，这是这六个小时里的高峰。也许也是他一生中的那个高峰。其中有过一段很长的插曲。那时候，他们正静静地躺着，他在回答她的问题：对她讲了他上学的情形，他的父母，他在伯明翰大学读书时度过的那三年寂寞的生活。她则比较含蓄地提到了她的工作，自行车俱乐部，那个自作多情的出纳，还有她的前夫奥托——他以前在军队里是个中士，现在成了个酒鬼。两个月以前，他在走了一年以后又出现了。有过这么一两次，他用手掌在她头上到处乱打，向她讨钱花。这不是他第一次对她进行威胁了。可是当地的警察却对此不问不闻。有时候他们甚至还请他喝上一杯。奥托已经使他们相信，他在战争中是个英雄。

　　一提到这些事情，他们也就暂时忘却了欲念。伦纳德穿上了衣服，殷勤地跑到奥拉宁街去买了一瓶酒。街上人来车往，依然各自忙着去干各自的事情，对眼前正在发生的这场重大的变故一无所知。当他回来的时候，她正穿着一件男人的晨衣和她的那双足球袜子站在炉边，她在做马铃薯和香菇馅的煎蛋饼。他们在床上就着黑面包吃了蛋饼。那瓶白葡萄酒甜而凶，他们把它倒在大茶缸里喝，还一个劲儿说它如何如何好喝。每当他把一块面包放进他的嘴里，他都会在他的指头上嗅到她的气味。她刚才把瓶里的那支蜡烛拿到卧室里来了，现在她把它点燃了。那些让人见了觉得邋遢而惬意的衣服和油腻的盘碟，全都隐没在幢幢阴影里。火柴点火时留下的硫黄味兀自还在空气中氤氲，还和他手指上的那股气味混合在一起。他怀着趣味盎然的感觉，回忆着并且叙述了他在学校里听到的一次讲道，说的是魔鬼的诱惑和女人的躯体之间的关系。可是玛丽亚误会了他的意思，或者她认为他不该对她说这个，不该觉得它好玩，所以对他生起气来，不和他说话了。他们在阴暗里各自撑在手肘上躺了一会，啜饮着大茶杯里的酒。过了一会，他碰了碰她的手臂，说道，"对不起。那故事很蠢。"她转过手来捏了捏他的手指，原谅了他。

她蜷缩在他的怀抱里睡了半个小时。在这段时间里，他仰卧着，感到很自豪。他仔细看她的脸——她的眉毛多么稀少，她睡着的时候，她的下嘴唇显得有些浮肿——他于是想到，如果他有一个孩子，一个女儿，她也像这样躺在他的身上的话，他会有什么感觉。当她醒来的时候，她已恢复了精神。她要他也像这样躺在她的身上，他就蜷缩着身子吮吸她的奶头。他们亲吻，当他的舌头活动起来的时候，这回它就受到了接纳。他们把剩下的酒全都倒了出来。她还用大茶缸和他碰了碰杯。

后来发生的事情，他只记得两件。就好像去看一场人人都在谈论的电影，事先很难预料，可是到了那里以后，在座位里坐定，就会觉得有些熟悉，也有些惊讶。譬如说，整个滑溜而光润的情景正和他所期望的一样——事实上，要比他所料想的要更为美妙——可是他从广泛地阅读来的知识，都没有能使他在事先领会到，自己的阴毛和别人的阴毛相压的时候所产生的那种瑟瑟地鬈曲的感觉。第二件则使他发窘。他曾经读到过早泄的情况，而且曾有所疑虑，不知道自己会不会犯有这个毛病。现在看来，他有此可能。这倒不是由于什么动作会使他泄精，而是当他望着她脸孔的时候。她仰天躺着，因为他们当时正在玩她教他的所谓"老德意志的性爱方式"。汗水使她的头发变成一绺绺扭曲得蛇一样的发丝，她的手臂后仰，伸展在头上面，手掌伸开，就像连环画册里画的那种投降的样子。同时，她向上望着他，眼神里流露出理解和亲切的表情。就是她的这种放纵姿势和脉脉含情的关注两者结合起来的表情楚楚动人，完美无瑕，以致他不忍再看，只好掉转头去，或者闭上眼睛，而且想到……想到，是的，一张线路图，一个特别复杂细致、有趣美妙的线路图，使他在把信号激活器装在安派克斯录音机上去的时候，不由得就把它记在心里了。

七

测试所有的录音机和安装激活装置前后花了四个星期之久。伦纳德在他的那个没有窗户的房间里干得很来劲，重复操作相同的工作把他吸引住了。当另外十台录音机准备就绪，就来了个年轻的军人。他把它们装在一台橡皮轮子的手推车里，沿着走廊拉到录音室里去了。录音室里已经有更多的人在那里工作，有几个还是从英国来的。没有人把伦纳德介绍给他们，他也故意回避。空闲的时候，他就爱瞌睡。在食堂里，他总是独自一个人坐一张桌子。葛拉斯一个星期来一两次，总是行色匆匆。他和别的美国人一样，也爱嚼口香糖。可是他嚼得特别起劲，这又显得与众不同。他的这副忙忙碌碌的神气，还有他眼睛下面那个半圆形的青灰色印痕，使他看上去活像一头忧心忡忡、昼伏夜出的啮齿动物。他的胡须虽然不见灰白，可是它似乎也不像以前那么乌黑光亮。它变得干巴巴的，没个样儿。

　　可是他的态度倒没有什么变化。"我们的进度符合日程表的规定，伦纳德，"他来了就会在门口说道——显然他忙得没空进来。"我们几乎就要到舍讷费尔德大道的另外一头了。每天都有新的人手参加进来。这地方的人多得到处都听得见说话的声音!"没等伦纳德放下手里的电烙铁,他就已经跑得没了影。

不错。二月中旬以后,你想在食堂里面找到一个空位子可就并不那么容易了。在四周鼎沸的人声里,他时常听见英国人的口音。他现在要一份牛排的时候,人家会自动给他送来一杯茶,里面已经加好了三四茶匙的糖,并且已经搅拌妥当。为了避开手持双眼望远镜的东德民警的耳目,许多英国人穿上了缀有陆军通信部队领章的美国陆军的制服。垂直作业的隧道工人已经到来,他们懂得如何在柔软的泥土里向上掘进,直到电话线缆,而不至于让上面的土层坍塌下来,压在他们的头上。英国皇家通信部队也派来了人,他们负责在隧道口上装置放大器,伦纳德认出几个从道里斯山来的,其中有几个人朝他这儿点点头,但是他们没有过来和他说话。也许这是他们为了遵守安全条例的缘故,但也可能因为他只是一名技术助理,地位比他们低,所以他们不屑搭理。这种人在伦敦也从来不肯和他交谈。

食堂里的安全条例制订得并不严格,吃饭的人一多,讲话的声音也就响了起来。如果葛拉斯在场的话,他会因此而大为光火的。来自这幢房子里的各个部门的人都会各自聚在一起聊他们的本行。伦纳德独自一个占了一张桌子,他就可以毫无妨碍地想他的玛丽亚。他至今还为了生活中发生了这么巨大的变化而惊诧不已。有时候他迫不得已,也被卷进邻近一张桌子的谈话里去。他的整个世界都缩小成为一间没有窗户的房间和他

110

和玛丽亚分享的那个床垫。她屋子里的别的地方都太冷了。他使自己在这儿成了个局外人，而现在他快成了个不由自主的窃听者——一个间谍。

他听见两个挖掘垂直隧道的工人坐在他旁边的那张桌子边谈着话，他们在美国同事面前强自压抑着热烈的情绪。看来这种隧道在维也纳有过先例。我们的军事情报六处在一九四九年从施韦夏特郊外的一幢私人住宅里挖掘过七十英尺，穿过一条道路，通到了位于帝国大厦里的苏联占领当局的总部和莫斯科指挥部相连接的电缆。"他们需要掩护，你懂吧，"其中一个说道。他的伙伴伸出手去按在他的手臂上，于是说话的人就把声音压低了。伦纳德只好聚精会神，仔细谛听，才能听得出来。"他们在安装窃听设备的时候，需要为来来往往的装运安排一个迷惑人的掩护，他们就开了一间哈利斯花呢进口商店。他们以为维也纳这种地方的人对这个不感兴趣。可是，你知道怎么样？当地的人竟然会迫不及待地争着想要购买世界闻名的哈利斯牌的呢绒。他们排起了长队抢购。第一批货仅几天就销售一空。那些可怜家伙就不得不整天忙于填写订单，接电话，而正经活儿却一点也干不了。最后，他们只好把那些顾客统统打发走，让那爿铺子关门大吉。"

"然后，"笑声稍息，那个美国人说道，"我们的人闯了进来。"

"对，"英国人说。"那是纳尔逊，纳尔逊，……"这名字——伦纳德还会听到它——使说话的人意识到，他们的话题

111

违反了安全条例。于是谈话就转到了体育方面。

又有一次，另外一群隧道工人，其中有垂直挖掘的也有横向挖掘的工人，在相互交换信息。他听到的那些故事都是人家为了取乐而随便讲的。那些美国人讲的是他们怎样只好从他们自己的粪坑的下水道里挖过去，于是又招来了一阵阵哄笑，而一个英国口音说的话又让大家增添了笑声，"干这一行买卖的人可以用这句话来概括：从你自个儿的粪便里挖过去。"接着美国中士里面有一个人提到，他们有十六个人，都是挑选出来的好手，在他们出发到柏林来以前，被派到新墨西哥州去试挖一条隧道作为练习。"他们让我们去试挖和这儿相同的泥土——这是他们的打算。他们想要知道，最适宜挖掘的深度为多少英尺，而且他们还想搞清楚，地表上会不会发生塌方。于是我们就挖呀挖的……"他的朋友插了嘴，"挖呀挖的，我们挖了五十英尺，就挖到了最佳的深度，还没有发生塌方。可是他们会就此让我们停下来吗？你见到的是一个徒劳无益的景象：沙漠里的一条坑道，并不从任何地方通到任何别的一个地方，长达四百五十英尺。四百五十英尺哩！"

正在进餐的工人经常谈论的话题是：那些俄国人——或者东德人——究竟会花多少时间才会突然冲进正在进行窃听的那个房间里去，还有，他们冲进去的时候会干些什么。正在窃听室里工作的那些人还来得及逃走吗？东德人会开枪吗？还来得及把那些钢门关上吗？有人设想过，用一些燃烧器材来破坏某些机密设备。可是，火烧会引起的危险太大，这些设想没有被

112

采纳。在这一点上，大家都一致表示同意，而且葛拉斯也已经予以证实。美国中央情报局曾经作过一次调查。如果俄国人真的闯了进来，他们也只好对此保持沉默。如果他们声张的话，他们自己就会大失面子，他们最高层的军事通信电缆竟然会被人窃听。"世界上有各色各样的掩盖，"葛拉斯对伦纳德说。"可是无论哪种掩盖，都比不上俄国人掩盖得那么彻底。"

另外还有一个故事，伦纳德也曾听人说过不只一次，他听到的内容都只是略有差异，而且它让新来的、对乔治还不熟悉的人听了印象最为深刻。所以在二月中旬里，食堂里让人讲得最多的，就是这个故事。伦纳德第一次听到它，是在食堂里排队的时候。这故事提到的是比尔·哈维，中央情报局在柏林基地的头儿，他是伦纳德从未见到过的一个离开他遥远而权力很大的家伙，他有时驾临此地来查核隧道工程的进度。因为哈维在柏林是个引人注目的大人物，所以通常他只有在晚上才会来到这儿。有一次，他坐在一辆汽车的后座，偶然听见他的司机和坐在驾驶座旁的那个士兵在抱怨，说他们缺乏社交生活。"我毫无进展，可是，老兄，我可等急了，"其中一个说道。

"我也一样，"他的朋友说。"最近唯一性交过的人就是乔治。"

"乔治真有福气。"

按照规定，在仓库里干活的人应该少和外界接触。在他们迷迷糊糊的时候，谁知道他们会对那些德国姑娘说什么话来。所以哈维听了这话就怒不可遏——至于他究竟愤怒到了什么程度，这就得看讲这故事的那个人的说法。有的人说，他只是把值日官找了来。另外一些人的说法则是：他一阵风似的冲进办公楼里，气得什么似的，而那个倒霉的值日官则站在他面前直发抖。"替我把乔治这混蛋给找来，再把他从这里撵出去。"于是大动干戈，到处调查。查到后来这才发现，乔治原来是一条狗——一条本地产的杂种狗，留在仓库里算是一个吉祥物。有的人讲起这个故事来格外细致详尽，说是哈维听了这个汇报以后，为了顾全自己的面子，竟然丝毫不动声色，说道，"我可不管他自以为是个什么东西。他既然惹得我的部下不痛快，就给我把他撵走。"

　　干了四个星期以后，伦纳德的任务算是大功告成。最后四台待装激发器的录音机被装在两个特制的箱子里，上面装有弹簧锁和帆布制的扣带，以供特殊安全的需要。这两台机器是用来放在隧道口供人监听用的。它们被放上车子，运到地下室里。伦纳德锁上房门，沿着走廊踱到录音室里。罩着罩子的荧光灯把它照得通亮。它虽然很大，可是有了一百五十台录音机，还有那么些围着它们忙着的人们，那地方可也就挤得可以了。那些机器每三台放置在上中下三格分开的金属架子上，横里共有五排。在每个架子之间的过道里，都有人趴在地上寻找着电线和别的电路。他们的四周还有不少人拿着一盘盘录音带、进或出的托盘、编了号码的标志和有黏性的纸张走来走去地忙着。两个装修工人在用电钻往墙上打洞，准备在墙上装置一排二十英尺长的分类架，另外有些人已经在每个格子上黏上编了号码的标签。门口有一大摞盛放着文具用品和备用的录音带盘子的白箱子，门的另外一边，就在屋角里，地上有个洞，电缆就从这里通到地下室里，再从竖井下去，沿着隧道直到将要装置那些放大器的地方。

伦纳德大约在仓库里待了一年以后，他才懂得了那个录音室里的工作程序。那些垂直挖进的隧道工人正进入到舍讷费尔德大道的另外一头、埋着三条电缆的一条沟渠，每条电缆里有一百七十二个线路，至少负载十八个电路。苏联指挥部每天二十四小时叽里咕噜地说个没完没了——包括电话里的谈话和转成密码的电讯。在录音室里，只有两三条线路受到监听，那是东德民警和东德电话修理工人用的线路。他们的活动使人最为关切。如果这个隧道会被人发现的话——如果有时葛拉斯称之为野兽的那些人准备闯进来，威胁我们的人的生命——那么最早的警告就会来自东德的民警和电话修理工人使用的线路。至于其他信息，电话录音被传送到伦敦，电讯则被传到华盛顿去破译密码。这一切都在武装人员护送下由军用飞机送去。在那儿，大量的工作人员，其中不乏俄国移民，在白厅的小房间里，也在分散在华盛顿纪念碑和林肯纪念堂之间的一些临时房子里，正在孜孜不倦地进行研究。

就在他的工作结束后的那一天，伦纳德站在录音室的门口，只想替自己找一个新的差使。他和一个年纪较大的德国人结成对子一起干活。那德国人过去是格伦手下的人——也就是他到这里来的第一天看见的那个叉车驾驶员。现在德国人都不算是前纳粹分子——他们是玛丽亚的同胞。于是他和弗里茨——弗里茨的原名叫罗迪，以前他曾是一个电工，一起干的就是剥开电线，为接线盒连接线路，为电力线装上保护层并且把它们固定在地板上，以免绊倒正在这里走过的人。他们在相互介绍了各自的姓名以后，就密切配合，默默地干了起来。他们相互传递用来剥开电线的开剥器。每当他们干完了一件小小的活，就在喉咙里咕噜一声，相互鼓励。伦纳德认为，他现在居然能够和被葛拉斯描绘作魔鬼的人共事，足见他真的已经成熟了。罗迪的巨大而宽扁的手指头干起活来动作敏捷而精确。黄昏的灯光亮了，咖啡送了进来。当英国人背靠在墙上坐在地板上，吸着一支香烟，罗迪却一刻不停地仍在干着，不吃点心。

到了傍晚，人们逐渐散了。到六点钟的时候，房间里只剩下伦纳德和罗迪两个。他们的活儿干得更快了，想做完了最后一套接头以后就息工。伦纳德终于站起身来伸了一个懒腰，现在他觉得自己不妨再想念想念克罗伊茨堡和玛丽亚了，不到一个小时，他就可以到达那里。他从一张椅背上取下他的夹克衫，这时他却听见门口有人在叫他的名字，有个男人朝他走了过来。对他穿在身上的那件双排扣上衣来说，这个人显得太瘦了。罗迪正要出去，他就向旁边跨了一步，隔着那个陌生人对伦纳德说了声"晚安"。伦纳德把夹克衫穿了一半，就一面和陌生人握手，一面回了声"晚安"。

他在一阵慌乱之中，只能模糊地意识到自己的仪态，礼貌和声音——一个英国人要想掌握另外一个英国人的身份，靠的就是对方在这些方面的表现。

"我是约翰·麦克纳米。我们有个人病了，所以我下星期需要一个人来隧道口帮忙。我和葛拉斯已经说过了。如果你要我带你去看看那儿的情况，我现在还有半个小时空闲。"麦克纳米长着一副龅牙，掉得没剩下几颗了——离得很开的一个个竖着的小桩子似的，而且还是些黄斑牙。所以他说起话来透风，伦敦腔却依稀可辨，那声音几乎透着亲热，听上去容不得他拒绝。麦克纳米已经领头从录音室里出去，可是他的领导架子倒看不大出来。伦纳德猜想，这是一个高级的官方科学家，有过一两个在伯明翰教过他，在位于道里斯山邮政总局的研究所实验室里，他们是一代毫无架子，天赋优异的专家。他们在四十年代里，由于现代战争所需要的是科学，所以他们风云际会，进入政界，成为职务显赫的官员。伦纳德对他遇到的那些官员都很尊敬。他们并不使他感到自己笨拙难堪，并不像他学校里的同学那样，会使他觉得说起话来找不到确切的字眼——就像那些不愿在食堂里和他说话的人，只要掌握了若干拉丁文和古希腊语的某些知识，就会官运亨通，步步高升。

到了地下室里，他们只好在竖井旁边等着。在他们前面的那个人找不到他的通行证给卫兵看，正在着急。离他们站着的地方不远，泥土堆到了天花板那儿，散发着一股阴寒的恶臭。麦克纳米在沾着泥巴的水泥地上蹬着脚，拍打着瘦骨嶙峋的白手掌。在出来的时候，伦纳德从他的房间里取了一件葛拉斯给他找来的大衣，可是麦克纳米身上只穿着他的那身灰西装。

"我们下去让那些放大器运转起来以后，就会暖和了。甚至还可能变得太暖和，反而成了一个问题，"他说。"你喜欢这个工作吗？"

"这是一个很有趣的工程。"

"你把那些录音机都装配了起来。那一定让你感到很乏味。"伦纳德知道，对你的上级抱怨什么，绝非明智之举，尽管对方对你有所提示，也不宜向他诉苦。麦克纳米这时正在出示他的通行证并且为他请来的客人签名作保。伦纳德回答说，"其实那工作也并不怎么乏味。"

他跟着这个年纪比他大的人走下扶梯，到了坑道里面。在隧道口，麦克纳米把他的一只脚举起来搁在一根铁轨上，他弯下腰去系鞋带。他说话的声音就变得瓮声瓮气的，叫人听得不真切。伦纳德只好俯下身去才听得清楚。"马汉姆，你受过几级安全检查？"竖井边上的那个卫兵正在向下面张望着看他们。难道他像大门口的那些卫兵那样，以为他守卫的只是一个仓库或者甚至一座雷达站？这可能吗？

伦纳德等麦克纳米站直了身子，他们走进了隧道。那些荧光灯没能使隧道里的阴暗减少许多。音响效果等于零。伦纳德的声音听上去死气沉沉的，毫无精神。"受过三级。"

麦克纳米走在前面，他的双手插在口袋里取暖。"哦，也许我们得让你升到四级。我明天去办这件事。"

他们在铁轨之间走在一个稍稍往下的斜坡上。脚底下有些水塘，在墙上，那些钢板连接在一起成为一条延续的管道的地方，冷凝剂在眼前闪烁。耳边一直可以听见抽地下水的水泵在嗡嗡地响。在隧道的两侧，沙袋堆到齐肩高，以此来支撑电缆和管道。有些沙袋已经破裂，沙石泄漏了出来。泥土和水在四面八方向隧道里挤压着，似乎想要重新占领这个空间。

他们来到了一处地方，这儿的一摞沙袋旁边有一捆捆缠紧了的有刺铁丝网。麦克纳米等伦纳德跟了上来。"我们现在已进入到俄国人的地界了。当他们冲到地道里来的时候——这事迟早会发生的——我们打算一面撤退一面把铁丝网张开了架设起来。迫使他们尊重占领区的边界。"他对自己的嘲讽颇为欣赏，因此微微发笑，露出了他那几颗可怜巴巴的牙齿，一颗颗东倒西歪，活像插在古老坟地里的一座座墓碑。他看到伦纳德在注视他的牙齿，他用食指轻轻地敲了敲自己的嘴巴，直截了当地对着感到十分困窘的伦纳德说道，"这些是乳牙。别的牙齿从来没有长出来过。也许我从来就没想到要长大过。"

他们继续沿着平地朝前走。在他们前面一百码，有几个人从一扇钢门里出来，向他们迎面走来。他们看上去好像正在热烈地讨论着什么，可是当他们走近了的时候，他才知道他们没有发出任何声音。他们在单列行进中时，相互在队列里穿插着。等他们到了三十英尺的地方，伦纳德听见他们嗫嗫作声的耳语。这两队人对面相互挤近了身子交叉走过时，彼此谨慎地点了点头。

"总的原则是，不准发出声音来——尤其当你过了边界以后。"麦克纳米的声音只比耳语稍稍响一点。"你知道，低频的声音，人说话的声音，穿透力很强。"伦纳德低声说，"是的，"可是他的回答给水泵的声音盖住了。

沿着两旁的沙袋堆成的堤岸铺设的线路里面，排在最上面的是电线、空调设备的导管，以及从录音室里通出来的线路，全都包裹在铅制的外壳里。沿路还在墙上装配了电话机、灭火罐、保险丝箱子和紧急电闸。每隔一段距离，就有一盏盏红的和绿的信号灯，就像小型的交通信号灯似的。它是一座装备了许多孩子气的发明的玩具城。它使伦纳德想起了他小时候玩的那些秘密营地——他和他的游伴一起穿过他家附近的那片小小的树林里的矮树丛构成的一条条隧道。他还想起在伦敦哈姆利玩具店里的那套巨大无比的列车交通的玩具，玩具商店——静止不动的羊和牛在陡峭的绿色的山上啃啮着青草的平安无事的世界，那些山只是为了开挖隧道而设计出来的。隧道是个悄无声息的和安全无虞的处所，男孩和列车在这里爬了进去，瞬间影踪全无——也无法让人照顾。然后，你瞧，他又从什么地方冒出来了——毫无损伤。

麦克纳米又在他的耳边喃喃地说了起来。"我对你说，我干嘛喜欢这个工程。我喜欢的是这股子精神。美国人一旦决定要干一件事情，他们就认真把它做好——不惜工本。我要什么，就有什么。从来没有听到过什么抱怨。从来没有听到过'你能不能节省点开销而仍然把它办得一样好'这类屁话。"

伦纳德承蒙上级如此信任，感到受宠若惊。他想要用幽默的方式来表示他有同感，于是他说道，"你看他们在烹饪方面也不厌其烦。我就爱他们在土豆丝上面舍得花那么多时间和精力。"

麦克纳米听了却掉首他顾。看来这句孩子气的话一直陪伴着他们，沿着隧道走到那座钢门那儿。

钢门的另一侧是空调设备——架设在隧道的两侧，为铁轨留出了一条狭窄的走廊。他们侧身让过了一个在那里干活的美国技师，然后又打开了第二扇门。

"现在，"麦克纳米把门在他身后关上，说道，"你看这儿怎么样？"

他们现在是在隧道里的一段灯火辉煌，清洁整齐，井井有条的地区。墙上铺着漆成白色的胶合板。铁轨消失在铺了漆布的混凝土地板的下面。从上面传来了舍讷费尔德大道的来往车辆和行人发出的声音。夹在一排排的电子仪器中间的是小小的供人工作用的地方：胶合板桌面上放置着一台台头戴送受话器以及监听用的录音机。整齐地堆放在地上的是伦纳德在这一天送下来的箱子。他知道，人家不是想让他称赞那些放大器的，他在道里斯山见到过这种型号的机子，它的性能好，体积小，重量不到四十磅。他在那里干活的时候，它是实验室里价格最为昂贵的一种器材。使他为之惊叹的不是那台机器，而是它们的数量，以及那些转换装置，全都安装在隧道的一侧，延伸大约长达九十英尺，堆到齐头那么高，就像电话交换机的内部结构一样精致而巧妙。麦克纳米引为自豪的是机器的数量，处理

121

的容量，扩大的能量，以及它涉及的回路工艺之卓越非凡。在门口，给铅罩裹着的电缆分散成为不同颜色的无数股电线，以扇状展开，通到各连接点，再在那里结合成为较小的、由橡皮夹子夹在一起而成的一束束电缆。有三个英国皇家通信部队的人员在这儿忙着，他们对麦克纳米点了点头，却没有理睬伦纳德。他们两个人沿着那排机子迈开步子走着，就好像他们正在检阅一支仪仗队似的。麦克纳米说道，"这儿是差不多值二十五万英镑的器材。我们是在监听俄国人的极小一部分信号，所以我们需要最好的设备。"

自从他对土豆丝发表了他的高见以来，伦纳德只用点头或者叹息来表示他的赞同和欣赏。他在思索，如何问一个具有远见卓识的问题，所以他对麦克纳米在滔滔不绝地描绘回路方面的技术问题时，他却似听非听，心不在焉。其实他也根本不必全神贯注地仔细谛听。这间明亮、洁白的增幅室使麦克纳米感到自豪，可是这种自豪与个人情感无关，只是要让一个没有到这里来过的人见识见识而已。所以任何一个人都行——他只要带了眼睛来看看就得了。当他们来到了第二扇钢门前面的时候，伦纳德还在心里盘算着他想要以此来显露才华的那个问题。麦克纳米在钢门的前面停住了。"这是一扇双重门。我们得在窃听间里加压，防止氮气外溢。"伦纳德又点了点头。俄国人在电缆里灌了氮气后密封，这样就可以防止潮湿，并且有助于检查泄漏。在电缆周围加压以后，就可以切割电缆而避免让人发现。麦克纳米推开钢门，伦纳德跟在他后面走了进去。

他们好像走进了一个正在被什么野人捶打着的一面大鼓，街上的种种喧闹的声音充斥在垂直的竖井里并且在录音室里回响。麦克纳米抬腿跨过堆在地板上的空了的隔音器材的袋子，从一张桌子上取了一个手电筒。他们站在进口隧道的底部。就在它的顶上，被狭窄的横梁衬得很显眼的，就是那三条电缆——每条四五英寸粗，裹在烂泥里面。麦克纳米正想说话，可是喧闹的声音响得厉害，他们就只好等待。喧闹声减轻了以后，他说道，"是马车在上面，这是最糟糕的了。当我们一切就绪了以后，我们就会用一台液压千斤顶来把那些电缆拉下来。然后我们需要一天半的时间在顶上抹上水泥来使它加固。在所有与此有关的辅助性工作都已经做好以前，我们不会动手切割。我们将会先连接好回路，然后切割进去，接通出来。每根电缆里大概有一百五十个回路。会有一个军事情报六处的技师负责按上窃听器，一个由三个人组成的支援组站在旁边做好准备，以防出现什么问题。我们有一个人病倒了，所以也许你得来参加那个支援组。"

麦克纳米说着话，把他的手搁在伦纳德的肩膀上。他们从竖井下面走开，离开了最喧闹的地方。

"我有个问题，"伦纳德说道，"可是你也许不愿意回答。"

那位官方的科学家耸了耸肩，伦纳德觉得自己得需要他的许可。"当然，所有重要的军事方面的通信都会用密码通过电报传送。我们怎么能够读得懂它？据说现代的密码安排得非常巧妙，别人都无法破解得出。"

麦克纳米从他的夹克衫口袋里取出一个烟斗，把烟斗柄咬在嘴里。当然，要想在这里吸烟，根本无此可能。

"这就是我想对你说的。你没有和任何人说起过这个工程吧？"

"没有。"

"你有没有听说过一个名叫纳尔逊的人？他叫卡尔·纳尔逊？替中央情报局的通信办公室工作的？"

"没有。"

麦克纳米带头朝那扇双重门走了回去。在他们继续向前面走以前，他先把门栓拴好。"这就是四级安全检查。我想我们会让你参加进来的。你将会加入到一个对它的成员挑选得非常严格的团体里来。"他们又停住了，这次他们停在第一排增幅设备的旁边。在另一头，那三个人还在静静地工作，不会听见他们说的话。麦克纳米在说话的时候，他的一个手指头沿着一台放大器的表面轻轻地移过去——也许那是为了使人觉得他是在讨论这台机器。"我来按照那个简单的方式来对你说说其中的道理吧。有人发现，当你把电文译成密码并且把它从电线传送出去的时候，就会产生一个微弱的电子的回声——就是电文的原文的影子。它会和那个密码电文一起被传送出去。它很微弱，传到了二十英里左右就会渐渐消失。可是，有了适当的设备，而且如果你能够在电报的始发点二十英里以内就对它进行窃听的话，无论它被译成了多么不易破译的密码，它都可以被直接送到电信打印机上打出来，而你就能够得到一份可以让你读得懂的电信稿。这就是我们的整个工程的基础。我们不会建造这么大规模的工程来窃听别人的无关紧要的电话上的闲聊。这就是纳尔逊发现的，而且这套设备也是他发明的。有一天，他在维也纳的街上到处逛，想要找个合适的地方，在俄国人的通信电缆上试试他的理论。这时他偏偏闯进了我们正在营造的、就是用来窃听那些电缆的那个隧道。所以我们就非常慷慨地让美国人到我们的隧道里来，给了他们种种设备，让他们使用我们的窃听装置。可是你猜怎么样？他们甚至不把纳尔逊的发明告诉我们。他们把东西都拿到华盛顿去读出了明码的电文，而我们则绞尽脑汁，想要破译密码而未能。可他们还算是我们的盟友哩。简直让人难以相信——你不这么想吗？"他停下来等伦纳德对他表示同意。"现在我们参加了这项工程。他们让我们参与了他们的秘密。可是我们只知道一个轮廓，你记住，我们不知道底细。这就是我唯一能对你讲的最简单的原因。"

有两个皇家通信兵朝他们走了过来。麦克纳米把伦纳德领回到窃听室那个方向去。"就你的工作需要让你知道的情况而言，我本来不必把这方面的事情告诉你。你现在已经感到奇怪，我这么做，究竟有什么打算。好吧，我对你说。他们答应会把他们得到的情报都和我们分享，我们只好拿他们说的话作准，可我们不想吃他们的残羹剩饭，这不是我们所理解的伙伴关系。我们在发展我们自己的那套纳尔逊的技术。我们也发现了一些奇妙的、很有前途的东西。可是我们不让美国人知道这些。速度很重要，因为那些俄国人迟早会发现这个秘密，这样一来，他们就会改进他们的设备。有一支道里斯山的队伍在从事这方面的工作。可是我们需要在这儿有个自己人，让他竖起了耳朵，睁大了眼睛。我们认为，这儿也许有一两个美国人知道关于纳尔逊的设备的事情。我们需要一个懂得技术的人，而且他的地位又不能太高。他们一看见我，就逃之夭夭了。我们需要得到的是有关的那些细节，关于电子技术方面的点点滴滴的闲聊——随便什么，只要对这个有所帮助就行。你知道，那些美国佬有时候会变得多么麻痹大意。他们的嘴不紧，随身带的东西丢三落四，随便乱放。"

他们已经停在双重钢门的门口。"就是这么回事。你怎么想?"他的牙齿漏风，好像在说"你告什么密?"①

"他们都爱在食堂里闲聊，"伦纳德说道。"我们自己的伙计也是这样。"

"那么你愿意干? 好吧。我们以后再细谈。我们上去喝茶吧。我快冻死了。"

他们沿着隧道走了回去，来到了美国占领区，走上了斜坡。你不想为了这个隧道感到自豪，简直是不可能的。伦纳德记得，战前他的父亲在厨房外面造了一间与之相连的小小的砖房。伦纳德在一旁当了个象征性的帮手——向他爸爸递过一把铲子什么的，手里拿着一张纸条去五金店里买点儿东西等等。

---

① 麦克纳米把"think"（想，认为）一词念成了"fink"（告密）。

126

当它造好了以后，还没有等桌子和椅子拿进新屋里去，他站在那间有着涂满泥灰的墙，电力装置，和自己做的窗户的房间里，为了自己的成就而感到非常快活。

伦纳德一回到仓库里，就找个藉口没有到食堂里去喝茶。现在他得到了麦克纳米的同意——甚至得到了他的感激——他觉得信心十足，自由自在。他在离开这幢房子的时候，他对自己的房间望了望。架子上的那些录音机都已经被搬走了。这事情本身就是一个小小的胜利，他锁上了房门，把钥匙送到了值日官的房里。他穿过天井，经过大门口的卫兵，就动身到鲁道去。那条路很暗，可是他现在已经对他走过的每一步路都很熟悉了。他的大衣在御寒方面帮不了他多少忙。他感觉得到，他的鼻毛冷得发硬了。当他用嘴呼吸的时候，冰冷的空气刺得他的肺部生疼。他感觉到周围的冰冻了的平坦的田野。他走过了那些从东德逃过来的难民住的棚屋，黑暗里有些孩子在玩耍，当他的脚步在寒冷的地上囊囊地作响的时候，他们彼此"嘘，嘘"地警告着静了下来，直到他走了过去。他从仓库那儿每走远一步，就离玛丽亚近似一步。他在干活的时候从来没有对人说起过她。他也不能对她说起他干的是什么样子的活。他并不能够确定，他在他的这两个秘密的世界之间跋涉时所消耗掉的这段时间里，他才是那个真正的自我，才能够把他的这两个世界不偏不倚地放在他的手心里端平，而且知道它们和他自己毫无关系。他也不能确定，这是那个他空无所有的时光——在两点之间飘荡着的一个虚空。只有当他抵达终点的时候——在这一头或者在那一头——他才会承担或者被指派一个目的，然后他才重新成为他自己，或者重新成为他的那些众多的自己里面的一个。他毫无疑问地知道的只是：当他乘坐的这趟地铁接近他的那个克罗伊茨堡站头的时候，这些念头也就渐渐淡去。他还知道，当他匆匆地穿过那个天井，两步甚至三步作一步奔上那五层楼梯的时候，这些念头也就会全然消失。

八

伦纳德加盟的那一天，恰巧也是这年的冬天里的最冷的那一天。住在当地的那些久经寒冷考验的人都同意，按照柏林的严酷的标准来衡量，气温低至零下二十五度，是绝无仅有的冷天气。天上没有云，到了天光大亮的时候，被炸弹造成的废墟在金黄的阳光下面闪耀，看上去也几乎很美。在晚上，玛丽亚的玻璃窗里面凝结起来的气体给冰冻成为离奇古怪的图案。到了清晨，床上最外面的那一层——通常是伦纳德的那件大衣——被冻得僵硬了。在这种时候，他难得看见玛丽亚赤裸着她的身体——她不会一丝不挂。当他拱进温暖而润湿的幽冥中去的时候，他会瞥见她的皮肤泛现出来的光泽。他们在冬天里躺在上面的那张眠床处境岌岌可危——靠它本身的重量负担着薄毛毯，外衣，浴巾，一只扶手椅的罩子，育儿室里的鸭绒被，弄得头重脚轻。另外就没有一件东西大得足以让他们把这些都搁在它的上面。动作一不小心，放在床上的东西就会一件件滑落下来，而堆放在一起的所有东西就会分崩离析。这时他们就会隔着床垫站在那儿面面相觑，浑身打颤，一面重新把那些东西放在床上，让它们拼凑成为一个可以御寒的被窝。

所以当伦纳德拱进被窝里去的时候，他得学会静悄悄地行动。寒冷的天气迫使人聚精会神地注意到了种种琐碎的事情。他喜欢把脸颊贴紧在她那由于骑惯了自行车而绷得很紧的肚皮上，或者把他的舌尖抵进她那像内耳一般迂回曲折的肚脐眼儿里。在这儿的欲明还暗的氛围里——床单没有在床垫下面塞紧，总会有一丝丝光线从四面八方钻进来——在这闭合而凝结了小小的空间里，他逐渐爱上里面的气味：汗水像刚割过的草儿的气味，还有她的性兴奋引起的两种成分的湿气，强烈而圆润，浓郁而迟钝：水果和乳酪的气味——欲望本身发散出来的味道。这些综合而产生的感觉熏人欲醉，难以压抑。她的脚趾上有着小小的一片老茧。他听见她的膝盖关节里的软骨组织籁籁作声。在她背脊上的腰部有一颗长了两根长毛的疣子。直到三月中，房间里暖和了一些，他才发现那两根毛原来是银色的。当他对着她的奶头呵气的时候，它们就会陡然坚挺。她的耳垂上有耳环留下的痕迹。当他把手插在她那婴儿似的头发里抚弄，他发现她的发根在头顶上的一个有三条岔路的旋那儿分开，而她的头颅看上去却是那么白皙，那么脆弱。

　　玛丽亚陶醉于这些勘探活动。她躺在那儿做着白日里的迷梦，多半悄无声息。有时候她用三言两语提到了一个骤然而至、转瞬即逝的念头，定睛凝望着她呼出的热气袅袅上升，直到天花板上。"艾许唐少校是个怪人……好，这样很舒服，把你手指头放在所有的脚丫里，对了，就这样……每隔四个钟点，他就得在办公室里喝一杯热牛奶，吃一个煮鸡蛋。他要把面包切成一、二、三、四、五，这样，你知道他把它们叫做什么，这个军人？"

伦纳德的声音含糊不清。"士兵。"

"一点不错。士兵！你们就靠这个打赢了这场战争？用了这些士兵？"伦纳德为了要呼吸空气而钻到上面来，她用双臂围住了他的头颈。"我的小傻瓜，今天你在下面学到了一些什么？"

"我听了听你的肚子。大概吃饭的时候到了。"

她把他拉过来，吻着他的脸。玛丽亚随心所欲，无所顾忌。她任凭伦纳德满足他的好奇心，并且因此而觉得他可爱。有时候他的问题是在逗弄她，勾引她的情欲。他低声问，"为什么你喜欢让我插进一半来玩？"她就央告着说，"可是我喜欢你插得深，真正地深。"

"你喜欢我插进一半，就到这里。对我说，你为什么喜欢这样玩。"

伦纳德天生喜欢过一种井井有条的、于健康有益的生活。可是，在他一生中，第一次尝到了爱情的滋味以后，他竟接连四天没有更换他的内衣裤和袜子。他没有干净的衬衫，也几乎不洗衣服。他们在一起的第一夜里，都花在玛丽亚的床上，说着话，打着瞌睡。到了五点钟的时候，他们吃了乳酪，黑面包和咖啡，就在隔壁房里的一个邻居难听地清着喉咙，一面准备去上班。他们又亲热了起来，而伦纳德则由于自己的性的能力恢复得快而觉得很得意。他想他自己会过得很好的，就像别人一样。在这以后，他就进入了悄然无梦的睡乡。过了一个钟头，闹钟把他叫醒了。

他从被单下面钻出头来，进入到一个使他的头颅为之收缩的寒冷之中。他把玛丽亚搂着他腰的手臂移开，在黑暗之中赤裸着身子趴在那儿发抖。他在烟灰缸下面，煎蛋饼碟子下面，蜡烛熄灭了的盘子下面找到了他的衣服。他的衬衫袖子里有一只冰冷的叉子。他曾想到过，要在一只鞋子里藏起他的眼镜。酒瓶打翻了，淌出来的酒液沾上了他的内裤的腰带。他的大衣铺在床上，他把它取下来，又重新把那些用来遮盖的东西盖在玛丽亚的身上。当他抚摸着找到了她的头并且亲了亲它，她寂然不动。

他穿上了大衣，站在水池边上把一只煎盘移到地板上，把冰冷刺骨的水泼溅在脸上。他终于想起，这里有个浴室。他开亮了浴室里的灯，走了进去。他生平第一次用上了别人的牙刷。他从来没有用女人的发梳梳理过他的头发。他仔细看了看他在镜子里的形象，这儿就是那个新人。一天留下来的胡须长得稀稀拉拉的，还构成不了一个放荡淫乐的形象。他的鼻子旁边还长出一个红而硬的粉刺的疖子。可是他觉得，尽管他精疲力竭，可是他的目光却比以前沉着镇定。

他一整天都没有显示出他有多累。这也正是他感到愉快的一个方面。轻飘而遥远，这一天里发生的事情在他的面前浮动不已：地铁里和公共汽车里的那些旅程，走过一个结冰的池塘，穿过白白的、有着许多尖桩的田野，独自和那些录音机待在一起的那些时刻，食堂里的牛排和炸薯条，又是和那些熟悉的回路待在一起许多个小时，在黑暗里回到车站去的那段步行，乘车，然后又是克罗伊茨堡。经过她住的那个地区而继续到他住的地方去，这是对宝贵的工作时间的一种毫无必要的浪费。那天晚上，当他来到她的门口，她也刚好下了班回来，屋子里仍然一片狼藉。他们又逃到床上去取暖。那个夜里又变着花样重复昨晚的情景，而早晨则过得没有什么变化。那是个星期二的早晨。星期三和星期四也一样。葛拉斯语气冷淡地问他是不是想要留胡子。可是，如果伦纳德想要为他之情有所钟拿出证明来，那么他的那双脏得变厚了的灰色袜子，以及当他解开衬衫上的上排扣子时，从他的胸前散发出来的牛油、阴道里的液体和土豆的气味可以为他作证。在这间没有窗户的房间里，加热加得过于厉害的仓库内部，从他的衣服的夹层里释放出用得过久仍未洗涤的床单和由此激发起来的、令人变得无能为力的种种遐想。

直到星期五的晚上，他才回到他自己的寓所里去。他觉得，好像他已离开这儿好几年似的。他到处走着，旋亮了一盏又一盏灯，以前的那个自我留下的种种印迹使他感到迷恋——坐下来写那些情绪骚动、挖空心思，然后却丢了一地信稿的那个年轻人，浑身擦洗得干干净净的天真无邪的那个浑小子——他在浴室里留下了从他身上洗下来的浮垢和毛发，却把毛巾和衣服留在卧室的地板上。这儿就是这个对于煮咖啡毫不擅长的年轻人——他现在已经从玛丽亚那儿学会了煮咖啡的全部过

135

程。这儿就是他的孩子气的巧克力长块糖，在它旁边的是他母亲的来信。他很快把它读完，而且觉得信里提到的那些为他担忧的话，实在令人厌烦，使他恼火。当洗澡盆里在灌水的时候，他在周围踱来踱去，身上除了内裤，一丝不挂，又一次尽情地享受这宽敞的空间和惬意的温暖。他吹着口哨，哼着几段歌曲。起先他想不出哪一首歌可以让他发泄他的感情，他所熟悉的那些卿卿我我的情歌都太拘谨，太优雅。事实上，他觉得对他合适的，倒是他以为他所瞧不起的那些粗鲁不堪的、瞎胡闹的美国歌曲。他只记得一些零碎的片断，可是它们很难记忆。譬如："而且用那些坛坛罐罐造一点儿什么东西。摇，摆，滚！摇，摆，滚！"在浴室里的那些哄人欢喜的音响效果的帮衬下，他一再拔直了喉咙吼叫了几声。他用英国口音唱出它来，听上去傻呵呵的，可是它是正宗的摇滚歌曲。它欢乐而性感，而且多多少少毫无意义。在他的一生中，他从来没有如此无牵无挂地愉快过。他暂时寂寞，可是他并不孤独。有人在等他。他有时间洗洗干净，整理整理他的寓所，然后他就动身。"摇，摆，滚！"两小时以后，他开了大门。这次他带了一只外出过夜用的小包。他整整一个星期没有回来。

他们早期的这些日子里，玛丽亚没有到伦纳德的寓所里来——尽管他在她面前吹牛，说他的那个地方多么豪华、多么舒服。她担心的是，如果她整夜地不回家来住，那些邻居就会说她找到了一个主儿了，说她找到了一个好地方去住了。如果让当局知道了，她就会给撵出来。在柏林这个城市里，甚至单

136

间一套，没有热水供应的房子也都供不应求。对伦纳德说来，她似乎只想在她自己的地区里活动，仅此而已。于是他们就蜷缩在床上，要吃饭就打冲锋似地奔到厨房里去吃一些匆促煎就的东西。要洗澡就得在平底锅里煮一锅水，一直到它沸腾，然后把它倒进冰冷的洗澡盆里。因为塞子漏水，冷水龙头的压力又难以预测。所以对伦纳德和玛丽亚来说，他们需要关心的是让自己感到暖和，并且吃得像样。在家里，这就使他们没有地方可去——除了床铺以外。

　　玛丽亚把伦纳德调教会了，使他成为一个精力充沛、温柔体贴的情人——在他自己到达性的高潮以前，先让她享受到性的满足。这似乎只是为了对女士应有的礼貌和殷勤，就和你应该让一位女士先你而进出一扇门一样的道理。他也学会了按照狗儿的方式相好，这也是一种最逼人勤换床单的方式。他也学会让她背向他侧躺着似睡非睡地做爱，然后他们俩面对面地侧躺着紧紧地纠缠在一块，一点都不会扰乱床单。他发现，她在性的准备方面没有固定的规律可循。有时候他只要看她一眼，她就会兴奋起来。在另外的一些时候，他就得耐心地予以诱导，就好像他在哄一个男孩子玩一个模型玩具似的，可是到头来，她却建议说，让他们吃点乳酪，面包，再喝一杯茶。他知道她最喜欢的是在她的耳朵边喃喃地对她说一些甜言蜜语——可是不可超越一个界限。一旦她的眼珠子开始朝里转动的时候，他就得赶快煞车。她不想在她享受高潮的时候让人分了心。他也学会了到药店里去索取避孕套。他从葛拉斯那里打听

137

到，他可以通过美军机构免费得到这方面的供应。他把由一只灰蓝色的硬纸板盒子里装着的四十八打避孕套带回家，公共汽车上，他把纸盒搁在膝盖上，却觉察到乘客都在观看它。他这才意识到，它的颜色泄露了机关。有一次，玛丽亚带着可爱的神情，自告奋勇，愿意替他把它戴上，可是他却以过于生硬的口气对她说了声不。后来他觉得迷惑不解，究竟是什么事情惹烦了他。这是他第一次觉察到自己有了一种新的、使他疑虑的特征。它很难描绘。有一种心理因素在悄悄地潜入进来——他自个儿的一些细微的部分，而且还是他所不喜欢的一部分。一旦他对它不再觉得新奇，一旦他确信自己能够干得和别人一样，而且他知道自己不会过早地泄精——当一切疑虑都已消除，而且当他确信玛丽亚是真心喜欢他和需要他，而且她会一直需要他，于是他在和她做爱的时候，就开始有了许多他无法排遣的念头。这些念头很快就和他的欲念结合为一，变得无法分开了。这些荒唐的幻想每次都越来越真切，每次都在继续增添，发展出新的形式。在他的思想的边缘出现了一些形象，现在它们在朝着那中心，朝着他在逼近。他们就是他自己的形形色色的化身，并且他知道他无法拒斥。

在他第三或者第四次产生这种感觉的时候，它以一个简单的意识开始了。他看着他下面的玛丽亚——她正闭着眼睛——想起她是一个德国人。这个概念毕竟还没有失去它的那些含义。他又回想起他刚到柏林的那一天的情景。德国。敌人。死敌。打败了的敌人。最后这个念头使他心里涌起一阵狂喜。接着他让自己暂时计算起某一个回路的全电阻来，想以此来使自己分心，不去多想这个念头。然后，她就是那个被打败了的人，他有占有她的权利——由于征服，由于难以想象的暴力和英勇的行为和牺牲才获得的权利。多么得意啊！这是权利，是胜利后被奖赏的权利。他望着他自己的向前伸展着的手臂，插在床垫里，在那儿，微带红色的毛发最为浓密，就在手肘下面一点。他体格强健，孔武有力。他干得更快，更猛烈——他几乎在她的身上蹦跳不已。他是个胜利者，他又好又强壮又自由。他想起了这些概念的含义，他觉得有点窘迫，他就把它们推在一边，不去多想。这些念头和他的谦让和气的天性并不相容，它们触犯了他在什么算是合乎情理的观念。你只要对她看上一眼，就会知道玛丽亚身上根本没有什么地方给人打败过。她由于欧洲战争而被解放了，而不是被摧毁了。而且，至少在他们的欢爱里，她不是他的向导吗？

可是到了下一次，这些念头又来了，它们使他感到兴奋，因此无法予以拒绝。这些变得格外具体而细致的念头使他一筹莫展。这一次由于征服了她而把她占为己有，而且，她对此无可奈何。她不想和他做爱，可是她又别无选择。他就回忆那些线路图，它们却都想不起来了。她在挣扎着想要逃出他的魔掌。她的身子在他下面猛烈地摆动，他想他听见她在叫喊"不！"她把脑袋摇来摇去，她闭紧了眼睛不愿观看她所无法逃避的现实。他把她牢牢地按在床垫上，使她无法动弹。她是他的。她无法可施。她永远逃不了。这就行了，这就是他的结束的时候，他完了。他的神志变得清醒了，他躺了下来。他的神志很清醒，他想起了吃的东西，想起了香肠。不是德国的油煎香肠或蒜香肠，而是真正的英国香肠——又肥又柔软，煎得周围都呈棕黑色，再加上土豆泥和豌豆糊。

在以后的几天里，他那困窘的感觉消失了。他接受了这个明显的事实；他的头脑里想着的这些念头不会让玛丽亚意识到，尽管她离开他只有几英寸的距离。这些念头只为他自己所有，和她毫无关系。

最后，他的头脑里形成了一个更加富于戏剧效果的幻想，它概括了所有他以前想到的那些幻想的要点。是的，她被打败了，被征服了，他有权占有她，她逃不了，而现在，他是一个士兵，疲惫，伤痕累累，鲜血淋漓——可是依然斗志旺盛，富于英雄气概，并未失去战斗力。他俘虏了这个女人，并且在强逼她。她则对他又怕又崇拜，不敢有所违拗。他把他盖在身上的大衣再拉上一点，这样一来，他只要随意左顾右盼，都会看见大衣上墨绿的军服颜色。他进一步想象到的是她的不愿就范和他的令出法随，不可违拗。当他在一个到处都是士兵的城市里工作的时候，他的这些关于士兵的幻想都显得荒唐可笑。可是，不要紧，他能够很快就把它们全部打发掉。

可是当他发现，他自己忍不住想要把他的这些想法讲给她听的时候，事情就不那么容易了。刚开始，他只是把她挤压得更加厉害一些，相当克制地咬她，把她伸开的双臂拉下来——他一面在胡思乱想，认为自己正在阻止她逃跑。他有一次在她的屁股上扇了一巴掌，可是这些动作似乎没有让玛丽亚觉察出什么不同。她没有注意，或者她假装没有注意，可是他自己却因此得到了更大的乐趣。现在这些想法变得更加迫切了——他要她承认他心里的想法，不管这些想法其实多么愚蠢。他不信这不会使她产生性欲。他又打了她，咬得和压得她更加厉害些。她一定得把属于他的东西给予他。

他独自一个人的演出变得对他不够刺激了，他需要他们两个相互配合，真人真事，不是幻想。想个法子对她说——这是接着就得办的一件无法避免的事情。他要设法使他的权威得到她的承认，要使玛丽亚因此而受苦——只那么一点点苦，出自于一种最舒适的方式的苦。他们一旦结束以后，他毫无困难地保持着沉默。可是他觉得羞愧。他想要她承认的是什么？它只是藏在他的脑袋里的一个让人作呕的、瞎想出来的荒唐事儿而已。过后，他却又暗自感到诧异，不知道她若听见了他说的这些荒唐事儿，会不会也觉得兴奋起来。当然，这里面没有什么可以让人相互讨论的东西。这里面没有什么东西他能够，或者敢于，用语言表达出来的。他简直无法要求她的同意，让他怎么怎么行事。他一定得出其不意地使她吃一惊，做给她看，让她用从中得到的乐趣来克服她那来自理性的反感。他想到了这一切，而且他也知道，这种事情是一定会发生的。

到了三月中，普通的白云遮满了天空，气温也一个劲儿往上升。剩下的一点肮脏的残雪在三天里面就融化了。在鲁道和仓库之间那段徒步的行程里，你可以看见泥浆里伸出了绿芽，而路旁的行道树肥大壮实、黏黏糊糊的叶芽儿也绽露出来了。伦纳德和玛丽亚也从他们俩的蛰居生活之中摆脱束缚。他们离开了他们的床和卧室，把那台电热器搬到了起居室里。他们一块儿在一家快餐店里用餐，到当地的一家酒馆里喝一杯啤酒。他们在选帝侯堤道看了一场关于人猿泰山的电影。一个星期六，他们到蕾西跳舞，那里的一支巨大的乐队交替着演奏美国的爱情歌曲和巴伐利亚的那种节奏明快的进行曲。他们买了香槟酒来庆贺他们的第一次相会。玛丽亚说她要独自坐在另外一个地方，从气压管道里给他送几封信去。可是他们找不到别的空桌了。他们买了第二瓶香槟，剩下的钱刚够他们乘半程公共汽车回家。当他们走到阿达尔勃特街的时候，玛丽亚大声打着呵欠，把手插进伦纳德的臂弯里让他搀扶。她在过去三天里面加了十个小时的班，因为另外那个煮咖啡的姑娘得了流行性感冒而没能来上班，而且，在前一天夜里，她和伦纳德两个一直到天亮才睡着——不但如此，他们入睡以前还得起来一次，以便把被窝重新铺好。

当他们开始爬上楼梯的时候，她静静地说道，"我累了，累了，累了。"进了门，她径直跑到卧室里去铺床。伦纳德在起居室里等候，喝掉了酒瓶里剩下的白葡萄酒。当她一回到起居室里来，他迎上前去走了一两步，挡住了她到卧室里去的路。他知道，只要他有信心，而且忠实于自己的感情，他就不会失败。

她走过去握他的手。"让我们现在就去睡吧。这样就可以有整个上午让我们派上用场了。"

他把自己的手移开，放在自己的臀部上。她散发出一阵孩子气的牙膏和肥皂的气味。她手里拿着她一直戴着的那个发夹。

伦纳德保持着平静的声音，而且，他自己认为，毫无表情地说道。"把你的衣服脱掉。"

"好的，到卧室里去脱。"她想从他的身边绕过去。

他抓住她的手肘，推她回到原来的地方。"在这儿脱。"

她恼了。他知道她会不快，他知道他们会经过这个阶段。"我太累了。你看得出来。"最后这几个字是带着妥协的口气说出来的。这使伦纳德花了一点劲道，才伸出手去把她的下巴颏捏在他的食指和大拇指之间。

他抬高了声音。"照我说的做。就在这儿。现在。"

她把他的手推开。她真的感到吃惊了，而且现在也觉得有一点好玩。"你喝醉了，你在蕾西喝得太多，现在你就成了个人猿泰山。"

她的笑声激怒了他。他把她推到墙上，用的力气比他原来设想的要大得多，这使她喘不过气来。她的眼睛睁得大大的。她缓过气来，说道，"伦纳德……"

他知道她也许会感到恐惧，他知道他们一定得尽快闯过这一关。"照我说的做，就会什么事都没有。"他的声音似乎在安慰她。"把衣服都脱掉。要不，我来替你脱。"

她贴紧在墙上，她在摇着头，她的眼睛看上去沉滞而幽暗，他以为这也许是他就要成功的最初的迹象。当她开始照他说的做的时候，她就会懂得，这一切只是为了增加乐趣而已——不但增加他的乐趣，而且也增加她的乐趣，然后她的恐惧就会完全消失。"你会照我说的做。"他设法克制了疑问的口气。

她让发箍掉在地上，把手紧紧地压在墙上。她的脑袋静止不动，微微下垂。她长长地吸了一口气，说道，"现在我要到卧室里去了。"她说话的声音里流露出来的德国口音比平时厉害多了。她刚从墙壁那里移动了一点，他就把她推了回去。

"不，"他说。

她抬头望着他。她的下巴垂着，嘴唇张开着。她望着他，好像这是她第一次见到他似的。她脸上的表情像是诧异，也许甚至是带着惊奇的崇拜。它随时都会发生变化——她会愉快地顺从，从而产生脱胎换骨的变化。他把他的手指插在她的裙子的腰扣里，用力拉着她。不能走回头路。她喊了一声，很快地叫了两声他的名字。她用一只手按住她的裙子，另一只手的手掌朝外伸着，想要保护自己。地上有两个黑色的纽扣。他一把抓住了裙子上的什么地方，用力一扯，就把裙子拉了下来。这时她猛然向房间的另一头冲去。裙子沿着一条缝儿裂开了。她绊倒了，在地上挣扎着想要爬起来，可是又跌倒了。他把她翻过来，使她仰面躺在地板上，把她的肩膀按在地上。他想，他们应该在嬉笑。这是一场游戏，一场让人兴高采烈的游戏。她不该表演得过火。他正跪在她旁边，双手按住了她。然后他松

144

开了手。他尴尬地在她的身边躺下，一只手肘撑着上身。他用那只空着的手去拉她的内衣，又去解开他裤子前面的纽扣。

她静静地躺着不动，眼睛望着天花板。她的眼睛几乎一眨都不眨。这是一个转折点。它就会到来。他想要对她笑，可是他又怕这样会损害他在她心目中的主宰的形象。于是当他准备就位的时候仍然保持着严肃的脸容。如果它只是一场游戏的话，它也得成为一场严肃认真的游戏。他几乎进入了位置。她很紧张。当她如此平静地说起话来的时候，真让人觉得震惊。她没有把她的目光从天花板上移开。她的声音很平静。

她说，"我要你离开。我要你回家去。"

"我要留在这里，"伦纳德说道。"我说的，一定算数。"可是他说的话听上去却不像他所希望的那样干脆有力。

她说道，"请你……"她的眼睛里充满了眼泪。她一直对天花板望着。她终于眨了眨眼睛，两行眼泪流淌了出来，它们流过她的鬓角，消失在她耳际的头发里。伦纳德的手肘发麻了。她吸进她的下嘴唇，又眨了眨眼睛。这次没有眼泪流淌下来。于是她敢于又说了一遍。"你走。"

他抚摸她的脸，沿着她的脸颊骨一直摸到她那黏湿了的头发。她屏住了气息，等他停下来。

他跪起身来，揉搓着他的手臂，扣上了裤子前面的扣子。他们的四周寂静无声，却有什么东西在嘶嘶作响。这不公平——这无言的谴责不公平。他向着一个想象中的法庭提出了申诉。如果这并不只是一场闹着玩儿的游戏的话，如果他存心想要伤害她的话，他就不会像刚才那样，一看见她那么紧张，就马上煞住。她这是在就事论事，拿它来和他作对——这样做对他是非常不公平的。他不知道他的这些话该从哪里说起。她没有从她躺着的地方移动。他在对她生气，而且迫不及待地想要得到她的原谅。可是他说不出口来。他握着她的手去抚爱它的时候，她却任凭它无力地垂着，毫无反应。就在半小时以前，他们两个还臂挽着臂，沿着奥拉宁街相偎而行。他怎么才能够回到和她那么亲昵的状态呢？他心里忽然出现了一辆蓝色的发条开动的机车——他在八岁或九岁生日时收到的一件礼物。它拖着七八节运煤的车皮沿着一条"8"字形的轨道奔驰，直到有一天下午，他带着一种虔诚的、姑且尝试一下看看的心情，把发条上得太紧而使它断裂了。

伦纳德终于站起身来，往后退了一两步。玛丽亚在地板上坐起来，把她膝盖上面的裙子理了理。她也记得一件事情。这件事就发生在十年前，而且这件事情在她的脑海里的负担要比伦纳德的那辆玩具机车要沉重得多。那是在柏林东郊的一座防空洞里，离奥伯鲍姆桥不远。四月即将过去的一天，这座城市陷落前的一个星期。她将近二十岁。一支红军的先遣部队把重炮安装在那儿的附近，朝着城市的中心地区轰击。防空洞里有三十来个人，都是些妇女，小孩，和老人。他们蜷缩在震耳欲聋的轰鸣声里，玛丽亚和她的华尔特叔叔在一起。炮声停止了一会，有五个士兵漫步来到了这座地堡里，这是他们见到的第一批俄国人。其中一个用一支步枪指着躲在堡里的那些人，另

146

外一个则比画着手势向他们索取手表，首饰，威胁他们交出德国人。他们收集得很迅速，毫无声息。华尔特叔叔把玛丽亚推得更加进深一些，让她藏在阴暗里，背靠在急救站上。她躲在一个角落里，把身子蜷缩在墙壁和一个空了的橱柜之间。在一个床垫上躺着一个五十来岁的女人，她的两条腿都中了子弹。她闭着眼睛，在不断地呻吟。它是一个哼得很响而长的音调，它引起了一个士兵的注意，他就在那女人的旁边跪了下来，取出一把短柄的小刀。她的眼睛仍然闭着。那士兵翻开她的裙子，把她的内衣裤割裂了开来。玛丽亚从她叔叔的肩膀上面看过去，起先还以为那个俄国人要替她动一些简便的手术——用一把没有消过毒的刀子取出一颗子弹什么的。然后她看见那家伙躺在那个受了伤的女人身上，扭动着、颤抖着身子在奸淫她。

　　那女人的声音变得很低。在她的另一边，防空洞的人们全都默不作声。然后人们骚动起来，另外一个俄国人，穿着便衣的一个大个子，把众人推开，一路挤到急救站这儿来了。玛丽亚后来知道他是个政委。他的脸涨得通红，愤怒得抿紧了嘴。他大喝一声，一把抓住那士兵的夹克衫的背部，把他拉了出去。那家伙的阴茎兀自在幽暗的光线里原形毕露——比玛丽亚所预料的要小些。政委揪着那士兵的耳朵，把他带走了——路上他用俄语大声叫喊着什么。然后那里又恢复了寂静。有人给那个受了伤的女人喝了点水。过了三个小时，当他们确信那支炮兵部队已经向前推进，就都从地堡里出来，外面下着雨。他

147

们发现，刚才那个士兵脸朝下躺在路边。他让人从头颈后面打了一枪。

玛丽亚这时站了起来，她用一只手扶着裙子。她把伦纳德的大衣从桌子上拖了下来，让它掉在他的脚边。他知道他得走了，因为他想不出什么话来对她说。他的头脑给堵塞住了。当他走过她身边，他把手放在她的前臂上。她低下头去对那只手看了一眼，却就掉转头去望着别处。他身上没有钱，只好一路走到梧桐林荫道。第二天，下班以后，他带着花去看她。可是她已经离开了。过了一天，他从她的邻居那儿听说，她到俄国人的占领区去和她的父母住在一起了。

九

伦纳德可没有时间让他自己黯然神伤。玛丽亚走了两天以后，一台液压千斤顶被送到了隧道口上，去把那些电缆拉下来。它在竖井下面固定就位。那扇双重的门被封住后，房间里就加了压。约翰·麦克纳米也在场，另外就是伦纳德和别的五个技术人员。还有一个穿着一套西装的美国人也在。他一直默不作声。为了使他们的耳朵适应越来越大的气压，他们都不得不用力吞咽。麦克纳米分发了一些煮过的棒糖给大家。那美国人从一只茶杯里啜饮着什么。房间里回响着上面马路上车辆来往的声音。他们不时听到一辆重型卡车的轰鸣，天花板都给震动了。

　　一架野战电话上的灯亮了，麦克纳米拿起听筒来听着。从录音室，管理增幅机的人员和负责发电机和空气供应的工程师那里，他都得到了认可。最后的那个电话是从仓库屋顶上的监视哨那里打来的。他们用双眼望远镜监视着舍讷费尔德大道，自从开挖隧道以来，他们日夜待在上面监视。每当东德的民警正好就在隧道的上面时，他们就暂时停止工作。麦克纳米放下听筒，对站在千斤顶旁边的那两个人点了点头。其中一个把一

151

条宽皮带套在肩膀上，爬上一把扶梯，到了电缆那儿。他把皮带穿过那些电缆，并把它固定在一条用橡皮裹着、防止它发出响声来的链子上。站在扶梯脚下的那个人把链条固定在千斤顶上，并对麦克纳米望着。第一个人下来以后，那把梯子也被收了起来，麦克纳米又捡起了那个电话，他点了点头，那个人就开始操作起千斤顶来。

走到竖井下面去站在那儿观看他们把那些电缆拉下来，这倒是一件让人很感兴趣的事情。他们已经预先计算过，应该使电缆垂挂到什么程度最为适当，截取多少电缆仍然可以安然无事。关于这些方面的事情，没有一个人说得准。可是如果你表现得过于好奇，就会显得你不像出于职业上的缘故才如此关心。那个操作千斤顶的人需要足够的空间。他们静静地等待，一面吮吸着棒糖。气压还在增加。空气中很热，充满了汗水的气味。那个美国人独自站在一边。他看了看手表，在一本笔记簿里记了一笔。麦克纳米把手按在电话机上。那个正在工作的人直起身来望着他。麦克纳米走到竖井那儿，抬头张望。他踮起脚，伸手去摸上面。当他把手放下来的时候，手上摸了一把泥。"六英寸，"他说。"不要更多了。"他又回到电话旁边。

刚才爬到梯子上去的那个人拿来了一桶水和一块布。他的那个同伴把千斤顶从地板上卸下，又在那个地方垫起了一个低矮的木头平台，提着水桶的人把它拎到麦克纳米那儿让他洗了洗手，然后他又把水桶提回到竖井处，把它放在平台上，开始擦洗电缆。伦纳德估计，电缆离地面只有六英尺。有人递了一块浴巾过去，让他把电缆抹干。然后另外一个一直站在伦纳德旁边的技师在平台附近接替了他的位置。他手里拿着一把电工刀和一柄电线切剥器。麦克纳米又在打电话了。他低声对房间里的人说，"气压很好。"然后他又对电话听筒喃喃地作了一些指示。

在切割第一条线以前，他们让自己干得从容不迫，不慌不忙。平台的台阶上刚好站立三个人。他们把手搁在电缆上——每根电缆粗得像一条胳臂。它看上去黑不溜秋的，触手冰冷，湿得黏糊糊的。伦纳德几乎触摸得到千百个从莫斯科来回的电话和电信在他的手指头下面通过。那个美国人走来看他们工作，可是麦克纳米没有过来。然后，只有那个手里拿着刀的技师留在平台上，他就动手切割起来。对那些站立在他周围的人来说，他们只能看见他的腰以下的身体部位。他穿着一条灰色的法兰绒长裤，擦得很亮的褐色皮鞋。不久他就递下来一段长方形的黑色的橡皮。第一根电缆被剥开了。当另外两条被切割开来以后，就是接上窃听装置的时候了。麦克纳米又在电话那儿，直到他发了个信号，他们静静地等待。他们知道，东德按时对他们的重要的线路进行安全检查，每隔一定的时间就从一根电缆发出一个脉冲波，如果电缆有什么缺口的话，那脉冲波就会沿着那根电缆弹回去。装置窃听器室顶上的那水泥壳只是很薄的一层，很容易让人炸开了冲进来。伦纳德和他的伙伴们已经学会了撤退的那些步骤。最后一个人在离开以前一定得把所有的门都关上并且拴好。在隧道穿越过边界的地方，预先放置在隧道里的沙袋和铁丝网都应该移置到位，把隧道里的通路拦断——还有那些手绘的标语牌，上面用俄、德两国文字提出口气严厉的警告，不准任何人擅自闯入美国人的占领区。

沿着隧道的胶合板，由托架托举着数以百计、捆扎整齐的一束束各种颜色的线路，准备接驳上陆上的通信线路。伦纳德和另一个人站在下面，一听到招呼，就把电线递上去。这工作方式不像麦克纳米事先所描绘的那样。留在台上操作的是同一个人，以伦纳德自叹弗如的速度干得正欢。他每干满一个小时，就休息十分钟。食堂里送来了火腿乳酪三明治和咖啡。有一个技师坐在一张桌子边上，桌上放着一只录音机和一副耳机。在第三和第四个小时，他举起手来，转身对着麦克纳米，他走了过去，他把耳朵凑到耳机上去听。然后他把它递给站在他身旁的那个美国人。他们接通了东德电话工程师们所用的线路。现在他们如被发现，就会预先得到警告。

一小时后，他们只好从那个房间撤离。空气里面的湿度大得墙上凝结起水珠子，麦克纳米担心这湿度会影响线路连接处的接触点。他们留下一个人监听东德工程师用的线路，其余的人都在那扇双重门外面等待，等湿度降低下来。他们手插在袋子里，站在那段放置放大器的隧道里，尽力克制着避免顿足抖落身上的汗水和水珠，以免发出不必要的声音。这里要比那里冷得多。他们都想上去抽支烟。可是不住地咬着他的那只烟斗的麦克纳米却并不作此建议，所以也没有人打算提出这个问题来请示。在以后的六个小时里，他们从装置窃听器的房里又出来了五次。那个美国人一言不发地走了。后来，麦克纳米终于把一个技师打发走了。又过了半小时，他让伦纳德也离开了。

　　一排排放大器旁边的人都在紧张而悄无声息地忙碌着，伦纳德从他们那儿穿过去的时候没有人注意他，他沿着轨道走去，回到了仓库里。他在隧道里踽踽独行，他心里明白，他这是故意拖延，不肯离开隧道。他不想离开这个热闹而紧张的场所，不愿回到使他想起自己的羞辱的地方去。前两个晚上，他手捧鲜花，怅然伫立在玛丽亚的房门外面，舍不得离开。他兀自哄他自己相信，玛丽亚正好外出去购买东西，不久就会回来。每当他听见楼下有人在上楼的声音，他就会从栏杆上面探身出去张望，随时准备走上前去对她表示迎迓。盼了一个小时，无奈，他就把那些花儿——价格昂贵、暖房里培养出来的康乃馨——一朵一朵从她的门缝里塞进去。然后他一溜烟似的从楼梯上跑了下来。第二天傍晚，他又去了。这次他带去了一盒杏仁巧克力，盒盖上画着一只柳条篮里装了几只可爱的小狗。这盒糖和那些花几乎用掉他一个星期的工资。他在玛丽亚的寓所下面一层的楼梯间里遇到了她的一个邻居——一个面貌强悍、很不友善的女人。她的房门开着，里面传过来一阵煤焦油的气味。她冲伦纳德又是摇头又是摇手。她知道他是个外国人。"走了！不在这儿！在她的爹妈那儿！"他谢了她。当他继续往上面走的时候，她又大声说了一遍，而且她还等他下来。那只盒子太大，门缝里塞不进去，所以他只好把那些巧克力一颗颗分开了塞进去。当他从楼梯上下来，走过那个邻居身边的时候，他想把那只空盒子给她。她把双臂交叉在胸前，咬着嘴唇，好不容易才拒绝了。

随着时间一天天过去，他觉得他对玛丽亚施展的那次强暴越发变得不可思议，也越发变得不可原谅。纵然他以前也曾为自己的行为想到过一些匪夷所思的、逐步推演的逻辑，现在他已经一点都不记得了。当时他似乎觉得很有道理，可是他现在唯一能够想起来的，只是他当时确实深信，她一定会允许他这么做的。他已经记不得那些推理的每个步骤。他觉得他所回忆的好像是另外一个人的行为，或者是他在梦境里干出来的行为。现在他已经回到现实世界里来——这时他正走过边界的地下衔接处，开始走上逐渐升高的那个斜坡——而且，用世人的行为准则来衡量的话，他的行为不但是可恶的，而且是极为愚蠢的。他把玛丽亚赶跑了。自从——他心里回想着他小时候的种种使他感到欢乐的事情，生日，假日，圣诞节，进入大学，他被调到道里斯山工作——以来，她是他一生中遇到的一个最使他感到幸福的人儿。以前发生过的许许多多事情里面，没有任何一件可以和它相比。在他的脑海里不请自来的她的倩影，和挥之不去的那许多往事——她对他的种种亲爱和关切，和她多么爱他的种种表示——一一涌上心怀，使他不由得猛然掉首他顾，连连呛咳，以此来掩饰他内心痛苦之甚而势将脱口而出的一声呜咽。他一定不能使她回到他身边来了。他一定得使她回到他的身边来。

他爬上扶梯，从竖井里出来，对卫兵颔首示意。他走上另

156

一层楼，到了录音室里。没有一个人的手里拿着一杯酒，甚至也没有人在微笑。可是这儿显然洋溢着热烈庆贺的气氛。那排用来试验的录音机——最先联机的十二台录音机，已经在收录信息。伦纳德走上前去和那群人一起望着它们。四台机器在运转，接着第五台也开始录了起来，然后是第六台。接着原来那四台里的一台停止了。然后另外一台也停了。那些信号激发装置——他自己亲手装配的机器，在运转起来了。它们已经被测试过了。可它不是用一个俄国人的声音，也不是俄国人搞出来的密码。伦纳德叹了口气。就在这一瞬间，玛丽亚的情影悄然隐去。

站在他旁边的一个德国人把手放在伦纳德的肩上，还稍稍把它挤了挤以示亲热。格伦以前的另外一个手下，另外一个弗里茨，转过身来对他们两个都咧开了嘴笑着。他们呵出气来都有吃中饭时喝的啤酒的味道。在房里的别的一些地方，一些人正忙于最后的联机和修改。五六个手里拿着书写板的人站在一起，俨然自以为是重要的人物。两个来自道里斯山的人员紧靠着第三个人坐着，那人正在全神贯注地听着电话——也许电话的另一头是麦克纳米在说话。

然后葛拉斯进来了，他朝着伦纳德举起了一只手，大踏步走了过来。好几个星期以来，他从未如此神采奕奕。他换了一套衣服，戴了一条新领带。最近伦纳德一直有意无意地躲着他。麦克纳米让他干的那件工作，使他在这个唯一称得上是他的朋友的美国人面前觉得惭愧。同时他却又知道，葛拉斯很可

157

能是一个很好的信息来源。葛拉斯揪住了他的衣领，把他拉到人少的一角。他的胡须又恢复了它的老样子——遮光似地朝前矗立着。

"这可真是梦想成真了，"葛拉斯说道。"试验的结果极为完美。四小时以后，整个工程就会运转起来了。"伦纳德刚要开口，葛拉斯就抢在前面说道，"你听我说。伦纳德，你可没有对我开诚布公。你以为你背着我干的事情我就会不知道吗?"葛拉斯微微含笑。

伦纳德忽然想到，也许那条隧道里面到处都装有窃听器。可是如果真是这样的话，麦克纳米肯定也会知道。"你在说些什么呀?"

"你承认了吧。这是一个很小的城市。什么事都瞒不了人。你们两个让人家看到了。罗瑟尔星期六去了蕾西舞厅。是他对我说的。他观察的结果认为，你已经和她相好了。对吗?"

伦纳德笑了。他无法自制，虽然这样做很可笑，可是他仍不免感到自负。葛拉斯假装很生气。"就是那个姑娘，送来了那张便条的那个? 你说你和她的关系毫无进展的那个?"

"起先是没有什么进展。"

"真了不起。"葛拉斯把双手搁在伦纳德的肩膀上，隔着伸直了的手臂对他仔细端详。他看上去那么羡慕，那么高兴，简直连伦纳德也受到了感动，因此他甚至把最近发生的那些事情一时全都忘记了。"你们这些不动声色的英国人——你们从来不会瞎起哄，不会到处声张，而是设法速战速决，先入为主。"

伦纳德打算扬声大笑起来，因为它是——它确实曾经是——他的一个了不起的成就。

葛拉斯放开了他。"你听我说。上个星期，我天天晚上打电话到你住的地方去找你。你搬到她那里去住了，还是怎么的？"

"只是有点像那样。"

"我想我们该喝一杯，可是现在你既然对我说了，我们为什么不把自己的女朋友约来聚聚？我有一个很好的朋友，她叫琼，在美国大使馆工作。她是从我的家乡塞达拉皮兹①来的。你知道这地方在哪儿吗？"

伦纳德低下头去看着他的鞋子。"可是，我们吵了一架，吵得很厉害，她去和她的父母住在一起了。"

"他们住在哪儿？"

"哦，在潘考夫区的什么地方。"

"她什么时候离开的？"

"前天。"

伦纳德把最后这个问题刚回答了一半的时候，他才明白，原来葛拉斯一直有任务在身。自从他们相识以来，这美国人不止一次握住了他的手肘，把他引领到什么地方去。除了玛丽亚和他的母亲以外，没有人比葛拉斯触摸他的次数更多了。

他们来到了寂静的走廊里。葛拉斯从口袋拿出一本笔记簿

---

① 塞达拉皮兹，位于美国爱荷华州东部的塞达河岸，为一工业城市和铁路枢纽。

来。"你对她说起过什么没有？"

"我当然没有。"

"你最好把她的姓名和地址告诉我。"

葛拉斯最后一个单词的重音读错了，这使伦纳德感到恼火。他说道，"她的名字叫玛丽亚。她的地址不关你的事。"

这个英国人竟然会发起脾气来，这似乎使葛拉斯来了劲。他闭上眼睛，深深地吸了口气，好像他在闻嗅什么芬芳的香气似的。然后他合情合理地说道，"让我把一些事实重新理一遍，说给你听听，然后你再说我该不该去理睬它们。一个你所从来没有见到过的姑娘，在一间舞厅里用一种非常少有的方式来和你接近。你终于和她好上了。是她挑选了你，不是你看上了她。对不对？你所干的是机密性的工作。你搬到她那儿去住了。在我们安装那些窃听器的前一天，她突然失踪了，跑到俄国人的地区里去了。你叫我们对上面怎么说，伦纳德？因为你很喜欢，所以我们就决定不去调查她了？你倒讲讲看。"

伦纳德一想到葛拉斯以合法的理由把玛丽亚和他自己关在一间审问室里，就感到一种刻骨铭心的痛苦。它从胃的上部开始，一直延伸下去，直到他的肠子。他说道，"玛丽亚·艾克道夫。克罗伊茨堡区，阿达尔勃特街八十四号。后屋的五楼右首。"

"就是那种没有热水供应的、没有电梯设备的公寓的顶层？不像你住的那幢梧桐林荫道的公寓来得气派。她有没有说她不想住在你那儿？"

"我不让她住到那儿去。"

"你知道，"就好像伦纳德没有回答问题似的，葛拉斯说道，"她要你去她那儿，如果她住的地方装了窃听器。"

伦纳德在一刹那间把葛拉斯恨得什么似的，简直想像自己会用双手揪住他的胡须，把它连他脸上的皮肉都一起拔下来，再把这一堆又红又黑的玩意儿丢在地板上，在它上面狠狠地踩上几脚。可是，他反而转过身去走了——也不管自己究竟朝着什么方向走去。他回到录音室里。现在有更多的机子在运转了。整个房间里的那些录音机有的在运行，有的则停了下来。它们都是他亲自检查和装配起来的——都是他寂寞而忠心耿耿地干出来的活儿。葛拉斯来到他的旁边。伦纳德从两排机子当中走去，可是有两个正在干活的技师挡住了他的去路，他就掉转头来。

葛拉斯走近过来，说道，"我知道这件事让你感到不痛快，我也见到过这种事情，可也许这里面没有什么。我们只是按照规章办事而已。我再问一个问题，就不再打扰你了。她在白天是不是去上班？"

伦纳德事先没有想一想，就让肺里吸足了气，然后大声叫道，他的声音响得几乎是在大声尖叫，房间里的气氛顿时紧张起来。大家都放下手里的工作，朝他们两个看着。只有那些录音机仍在不息地运转。

"白天上班？白天上班？你是针对她晚上上班而说的？你想要说的究竟是什么？"

葛拉斯把他的手掌往下压了压，做了个减轻些声音的手势。当他自己说起话来的时候，他的声音轻得比低声耳语响不了多少。他的嘴唇几乎一点都不动。"大家都在听着哩，伦纳德，包括你们自己的坐在电话机旁边的那些大人物。别让他们以为你是个傻瓜，别让他们把你从你的职位上撵走。"不错，从道里斯山来的两个高级职员正在冷冷地望着他。葛拉斯继续用他那嘴唇不动的说话方式说道，"你照我说的做，就会避免这种事情发生。你在我的肩膀上敲一下，然后我们像两个好朋友那样地，一起走出去。"

大家都在等待着，不知接着会发生什么事情。没有什么别的办法。葛拉斯是他唯一的朋友。伦纳德在他的肩膀上粗暴地捶了一下，那个美国人立刻爆发出一阵酣畅的大笑，把手搭在伦纳德的肩上，又和他一起走到门口。他边笑边喃喃地说道，"现在轮到你来笑了。你这个狗娘养的。免得人家踢你的屁股，你快笑呀！"

"呵，呵，"英国佬嘎着喉咙喊道。然后他又喊得大声一点。"哈，哈。晚上上班，说得倒真妙，晚上上班！"

葛拉斯也加入进来，和他一起畅怀大笑。他们后面传来了一阵阵低声耳语，恍若滚滚而来的友谊之波涛，簇拥着他们两个去到了门口。

于是他们又来到了走廊里，可是这一次他们依然不停地走下去。葛拉斯又把他的笔记本和铅笔拿在手里。"你只要把她工作的地点对我说，然后我们就到我的房间里去喝一杯。"

伦纳德可不能在一次里说给他听。这不啻是一次可耻的出卖。"它是一座军用车辆工场。英国陆军。"他们继续朝前走。葛拉斯等着。"我想它是英国皇家电气和机械工程师部队。它在施潘道。"然后，到了葛拉斯的房间外面，他又说，"那指挥官是艾许唐少校。""这样就很好，"葛拉斯说。他开了门锁，让伦纳德走了进去。"你要喝啤酒吗？还是来一杯苏格兰威士忌酒？"

伦纳德选了苏格兰威士忌。这儿他只来过一次。桌子上盖满了文件。他装作对它们没有兴趣的样子。可是他看得出来，其中有些是技术资料。

葛拉斯斟了酒，说道，"你要我到贩卖部去拿点冰块来吗？"伦纳德点了点头。葛拉斯就出去了。伦纳德向书桌走了过去。他估计，他花了不到一分钟的时间。

✝

每天晚上，伦纳德在下班后回家的路上，总要在克罗伊茨堡稍事停留。他只要登上玛丽亚住的那一层楼上，就会知道她不在里面，可是他仍然走上前去敲门。自从他把那些巧克力塞到门缝里去以后，他就不再投送什么东西。他在写了第三封信以后，就再也没有写过。住在下一层楼里那套散发出煤焦油气味的寓所里的那位女士，有时候会开了房门看他走下楼去。到了第一个星期的末了，她脸上的表情变为怜悯多于敌视。他在总理广场的那家快餐店里站着吃罢晚饭，夜里大多在那条小巷里的酒吧里喝酒，尽量拖延着晚些回到梧桐林荫道去。他现在已经能听懂不少德语，知道那些佝偻着背脊的本地顾客，不再讨论种族灭绝方面的事情。他们讲的大多是在酒馆里经常可以听见的那一套：春天来得晚了一些啊，政府方面的事情啊，还有咖啡的质量问题等等。

　　他回到自己的寓所，不去坐在那只舒适的安乐椅里，也不一味冥思苦想、耽溺于后悔莫及的心情之中。他绝不让自己从此一蹶不振。他逼自己干点什么，他在浴室里洗衬衫，用一把指甲刷子刷洗衣袖和领子。他自己熨烫，自己擦鞋，自己扫除灰尘，并且自己推着那台吱吱嘎嘎响的地毯清扫器在房间里到处打转。他给他的父母写信。尽管发生了许多变化，他在信里却依然未能免除那种一成不变、平平淡淡的语气，仿佛毫无令人振奋的消息。"亲爱的妈妈和爸爸，谢谢你们的来信。我祝愿你们福体康泰，受寒业已痊愈。我最近工作十分忙碌，进展非常顺利。天气……"说到天气，他平时从来不去想它，除非他在写信给他的父母的时候。所以他写到这里，就得停下来想想，然后他记起来了。"天气潮湿多雨，可是现在比以前暖和了一些。"

他开始感到焦虑——连他的这些繁重的家务活也没能让他的这种焦虑平息下来——也许玛丽亚不会再回到她的寓所里来了。这样的话，他就一定得去寻找艾许唐少校管辖下的那个单位的地址。他就一定得亲自到施潘道去，在她下班后去搭乘驶往潘考夫去的列车路上，就把她拦截下来。葛拉斯一定已经找她谈过了，她肯定会认为伦纳德想要让她遇到麻烦，她会大为光火。想要在人行道上，就在那些卫兵的面前，或者在下班的高峰状态之中的地铁售票厅里，说得她回心转意，成功的机会极为微小。她会在他面前大步流星地走过，或者对他大声嚷嚷，骂一些除了他以外别人都懂的德国人的粗话。他要对付她，就需要一个隐蔽的地方和长达几个小时的时间。那时候，她可能会光火，然后会责备，然后会伤心，终于会原谅。他简直可以替她画出一张描绘出她的感情演变的图解表来。至于他自己的感情的变化，则由于他以爱情为由，正在开始变得简单

168

明了起来。当她一旦得知他多么爱她，她就非原谅他不可。至于别的那一切，他的行为及其原因，他犯下的罪过，他的存心回避——这些他都尽力不去多想。想也于事无补。他设法让自己也看不见这些问题。他擦洗了浴室，洗过了厨房里的地板，然后，刚过半夜，他就睡着了——睡得还相当舒坦，模模糊糊地觉得自己受人误会，因此颇感安慰。

玛丽亚失踪以后的第二个星期，一天晚上，伦纳德听见楼下那套空着的房间里传来了说话的声音。他放下手里的熨斗，走到楼梯间里去仔细谛听。从供电梯行驶的那个竖井里传来了家具在地板上摩擦的声音，脚步声和说话声。第二天一早，他乘着电梯下去的时候，它在下面一层停了下来。走进电梯里来的那个男人对他点了点头，就掉转脸去。他三十出头，手里拿着一只公文包。他的胡须按照海军的式样修理得很整齐。他的身上散发出一阵科隆香水的香味。甚至连伦纳德也看得出来，他穿的那套深蓝色的西装剪裁得很好。他们两个乘着电梯下去时都不说话。那陌生人张开手掌略微一动，让伦纳德先从电梯里走了出去。

两天以后，他们又在底层的电梯旁边遇到了。天还不很黑，伦纳德从阿尔特格里尼克回来，在克罗伊茨堡转了转，喝了已经成为习惯的两升淡啤酒。门厅里的灯还没有点亮。当伦纳德来到那个男人旁边时，电梯已经升到五楼去了。在等它再下来的时候，那个人伸出手来——但并不展现出笑容，甚至在伦纳德看来，也一点没有改变他的表情——说道，"我叫乔

169

治·布莱克。我和我的妻子就住在你的下面。"伦纳德说了自己的名字，说道，"我有没有弄出许多声音来吵了你们？"

电梯下来了，他们走了进去。布莱克按了第四和第五个按钮。当电梯在上升的时候，布莱克把视线从伦纳德的脸上移到他的鞋子上，用不置可否的语气说了声，"穿上地毯拖鞋就会好些。"

"好吧，"伦纳德尽量用他所敢用的一种强横霸道的口气说道，"很抱歉。我会去买一些来。"他的邻居点点头，紧闭着他的嘴唇，似乎在说，"就该有这种精神。"门开了，他一言不发，出了电梯。

伦纳德来到他的寓所里，想要格外用力地踩那地板，可是他没法让自己当真这么做，他做事不喜欢理亏。他沿着寓所里的门厅重重地走了过去，在厨房里脱掉了皮鞋。在以后的几个月里，他在公寓附近偶尔会遇见布莱克夫人。她有着一张美丽的脸蛋，和一个挺直的腰背。虽然她对伦纳德微笑并且说声"你好"，可是他却尽力回避她。她使他觉得自己形象猥琐，举止笨拙。他偶然听见她在门厅里说话，觉得她说起话来声调咄咄逼人。她的丈夫经过了夏天的那几个月却对他友善了一些，他说他是为奥林匹克体育场的外事办公室工作的。当他听说伦纳德是在邮政局里工作，替陆军安装内部的通信路线时，他很有礼貌地表示他对这个感兴趣。以后每当他们在门厅里或者在电梯里相遇时，他从不忘记问道，"那些内部的通信线路好吗？"他的脸上流露出的笑容使伦纳德不由得感到纳闷，不知

170

道他说这话是否意在取笑。

在仓库里，窃听器被宣布为装置成功。日日夜夜，一百五十台录音机不断地运行，为俄国人发出的信号所激发而时停时续。那地方迅速变得空空荡荡起来。那些水平道挖掘工人和隧道中士都早已撤走了。正当这里的兴奋情绪逐渐高涨起来的时候，那些来自英国的垂直挖掘方面的技师也悄然离去，没有人注意到他们的去向。其余的形形色色的人——他们所专长的领域只有他们自己知道的各种专家——都逐一销声匿迹，来自道里斯山的那些高级官员也是如此。麦克纳米每星期来一次或者两次。留在这里的，都是那些从事监听和发送窃听所得的材料的人员。这些都是最忙碌、别人说话最少的人。还有为数不多的几个技师和工程师，他们留下来使机器保持运转，以及一些安全人员。伦纳德有时发现食堂里只有他一个人在用餐。他收到的命令是"无限期地留下来"，他定期对线路进行例行的检查，并更换录音机里出了毛病的电子管。

葛拉斯不再到仓库里来了。起先伦纳德感到松了口气，在他和玛丽亚言归于好以前，他不想从葛拉斯那里听到关于她的消息。他不想葛拉斯成为他们的中间人而享有支配他的行动的权力。然后他找到一些借口，每天在美国大使馆前面走过好几回。伦纳德经常在水泉那儿徘徊，他确信玛丽亚一定会被查明身份以后解除嫌疑。可是，使他感到不放心的是葛拉斯。他一定会假借和她谈话的机会来调戏她。如果玛丽亚仍然很生气，而葛拉斯也把他的功夫施展得够充分的话，即使伦纳德就站在

171

上了锁的房间外面，仍然可能会发生一些最为可怕的事情。有好几次，他差点就打电话给葛拉斯，可是他终于没有打。他能问些什么呢？如果葛拉斯承认的话，他忍受得了吗？如果葛拉斯否认的话，他能相信吗？也许葛拉斯会把他的问题当作一个暗示，存心叫他去勾引玛丽亚。

五月里的气候变得渐渐暖了起来，下了班的美国人在仓库和边界栅栏之间的那块粗糙的场地上进行垒球比赛。他们受到严格的命令，必须佩戴雷达工作人员的领章。基地另一边的那些东德民警通过望远镜观看着球赛。如果有一个球飞得太远，越过了边界，他们就愉快地把它扔回去。球员报以喝彩，民警则和颜悦色地挥手示意。伦纳德靠在墙上坐着观看球赛，没有参加。他不参加的原因之一是，对成年人来说，垒球看上去简直像是圆场棒球①。另外一个原因是，他在球类运动方面实在没有什么能耐。就垒球来说，那球给人扔得又狠，又低，又精确得不讲情面，而接球手又把球接得轻松写意，随随便便，同时又是那么义不容辞。他自忖没有这些本领。

现在他每天都有许多空闲的时间，他常常在太阳下面的一扇敞开着的窗下靠在墙上。有个军中的办事员在窗台上放了一架收音机，收听美军电台的"美国之声"节目。当电台里播放一首节奏活泼的歌曲时，那投手就会在他的膝盖上拍打起来，然后才把球投出去。而那些正在垒上伺机而动的球员则打着响

①　英国的一种类似棒球的儿童游戏。

指练习起滑垒。伦纳德从来没有看到过流行歌曲让人如此认真地对待过。只有一个歌唱演员的表演会使他们暂停球赛，那就是比尔·海莱和那个彗星乐队。尤其当他们唱起《一天摇它二十四小时》，这时就会有人大叫着让人把音量放大些，而球员也就会三三两两地朝着那台收音机走过去。就在这两分半的时间里，没有人会击球。在伦纳德看来，接连狂热地跳上好几个钟点舞蹈似乎太幼稚。它是一支唱起来像点着数目的歌曲，就像小女孩在操场上跳绳时唱的那样。它唱道"山核桃，木码头，老鼠跑到钟上头"①，又唱道"一个土豆，两个土豆，三个土豆，四个……"。可是连同那一再出现的重复，加上刚强有力，坚持不懈的吉他的演奏，这一切使他不由得感到激动起来，而他也就从恨这首歌曲转变为假装憎恨它了。

不久，当邮递员在播音员的暗示下，穿过他的办公室来旋响音量的时候，他就高兴起来。六、七个球员过来，站在他的周围。他们大多是将近二十岁的卫兵，整洁而魁伟，头发竖立着。现在大家都知道他叫什么了，而且他们一直都相处得很融洽。对于他们，这首歌似乎并不只是在音乐方面具有重大的意义而已，它是一首赞歌，一种典礼，它使些球员团结在一起，把他们从比他们年长的、还在球场上等着的人分开。这种情况只继续了三个星期，然后它就失去了它的魅力。它依旧给放得很响，可是它没有使球赛为之中断。接着，这首歌曲就干脆没

_____

① 引自英语童谣《老鼠和大钟》。

有人听了。需要另外换一首来代替它，可是一直找不到合适的，直到第二年的四月里。

那是比尔·海莱唱的歌曲在仓库里流行到了顶峰的时候。一天下午，正当那些美国人在那扇开着的窗户前面跳得正欢的时候，约翰·麦克纳米走过来寻找他手下的那个间谍。伦纳德看见他从办公室那儿朝着这个混乱的场面走了过来。麦克纳米还没有看见他。现在要离开这个一定会使这位官方科学家看了会轻视的地方还来得及。然而，他却觉得自己想要挑衅，对这儿的人怀着某种忠诚。他是一个荣誉会员。他采取了一个折衷的姿态，一面从这群人里挤出来，去站在他们的外面等着。等麦克纳米一看见他，伦纳德就朝他走过去。他们两个一起开始沿着那个边界栅栏走着。

麦克纳米把他的那个点着了的烟斗咬在他的那些乳牙之间。他拐弯抹角地批评他。"我猜你一直运气不好吧。"

"并不真是这样，"伦纳德说道。"我曾经在五个不同的办公室里有时间到处去看看，什么都没有发现。我和几个技术工作人员接触过，他们的安全意识都很强，我又不能问得太紧。"

事实上，他只有在葛拉斯的办公室里有过一次并不成功的尝试。他并不善于和陌生人交谈。他曾在几扇上了锁的门那儿推了推。仅此而已。

麦克纳米说道，"你有没有试试温波格那家伙？"

伦纳德认识那个人，他是个长得像条小猎狗似的美国人。他头上老戴着一顶无边便帽，爱在食堂里独自一个人下国际象棋。"是的，我试过。他不愿开口。"

他们停了下来。麦克纳米说道，"好吧……"这时他们正在沿着舍讷费尔德大道望过去——这方向和地下的那条隧道的走向很相似。麦克纳米说道，"这太糟糕了。"他说话的语气里面含有一种为伦纳德所并不熟悉的苦涩的味道。伦纳德觉得它并不只是意味着失望而已，有一种深思熟虑的味道。

伦纳德说道，"我确实试过了。"

麦克纳米掉转了头说道。"我们当然还有别的办法，不过你继续试试看吧。"他说的"试试看"听上去语调平板而含义强烈。虽然他是顺着伦纳德刚才说的"我确实试过了"而说的，可是他显然不满，透着它隐含着某种指责的意思。

麦克纳米咕噜了一声，算是向他道别，就朝着办公区走去。这时伦纳德忽然产生一个印象，觉得他好像看见玛丽亚也正在穿过那片粗糙的地面离他而去。玛丽亚和麦克纳米，都弃他而去。在草地的那一头，那些美国人都已经回到球场上去打球了。他觉得自己失败了，这感觉十分真切，使他觉得因此而两腿乏力。他正想走回到那扇窗子那儿的老地方去。可是——可是他暂时还不想去。他就站在那儿不动，就在铁丝栅栏外面。

十一

第二天傍晚，伦纳德从电梯里登上他住的那层楼面，就发现玛丽亚站在他的房门口等着他。她站在墙角里，外衣上的扣子扣得严严实实，双手按在拎包的背带上，拎包垂在身前，一直垂到膝盖处。她的样子也许会使人误会，还以为她正在为什么事情进行忏悔。可是她的头抬得高高的，眼睛直勾勾地望着他。她这是故意使他知道，她之所以来找他，不是因为她已经原谅他了。这时天色几乎已经黑了，从朝东的那扇窗户映照进来的光线很暗。伦纳德按亮了就在他的手肘子旁边的那个定时的电灯开关，它已经开始"滴答，滴答"地响了起来。这声音听上去很烦人，就像一个小小的生灵的那颗痛楚的心在跳动。电梯的滑门重新闭上，它也开始沉了下去。他叫了声她的名字，但没有朝她走过去。头顶上的那盏孤零零的灯照下来，在她的眼睛和鼻子那儿留下了阴影，使她脸上的表情显得很严峻。她还没有说话，她也没有移动。她瞪着眼睛望着他，看他会对她说些什么。见了那件扣上了扣子的外衣，还有她紧紧地抓住了她那拎包的样子，他就明白，如果他对她说的话感到不满，她立刻就会转身离去。

伦纳德慌了手脚。千百句支离破碎的话儿一时都在他心里汹涌，不知道从何说起。这等于人家给了他一件礼物，而他若在拆开它的包装的时候，一不小心也许就会把礼物本身弄坏。他身旁的那个电灯开关里的定时装置，正在滴答滴答地计数着飞快消逝的时间。这声音使他更加心乱如麻，无法集中思想来考虑。他又叫了一声她的名字——那声音自己从他的喉咙里迸发了出来，朝着她跨上半步。电梯间的竖井里又传来了隆隆的声音，电梯又载着乘客升上来了，它叹了口气，停在下面那一层楼。电梯的门开了，传来了布莱克先生的殷切而喑哑的声音。他家的房门砰然阖上，切断了他的声音。

她脸上的表情毫无变化。他终于说道，"你收到了那些信吗？"

她眨了眨眼睛，这算是承认。那三封表达爱情和歉意的书信，还有那些巧克力和花儿——此时此地也没有什么好说的。他说，"我干的事情真傻。"她又眨了眨眼睛。这一次，她的睫毛相触的时间比刚才长久了一些。这表现出她的一种软化，一种鼓励。他现在找到了一种合适的语气来说话了——淳朴、真诚的语气。这倒不难。"我把一切都毁了。你走了以后，我急得要命。我想到施潘道去找你，可是我没有脸去见你。我不知道你怎么会原谅我。我也不敢在马路上见到你。我非常爱你，我一直在想你。这真是一件可怕而愚蠢的事情……"

伦纳德活到现在，他还从未用这种语气谈论过他自己和他的感情，他甚至也没有以这种方式在心里想过。原因很简单：

180

他从来没有想到，他自己的心里产生了一种严肃的感情。他以前说的话，从来不会超过一些日常生活里常说的事情：他喜欢昨晚的电影，或者他讨厌半冷不热的牛奶。事实上，直到现在，他似乎从未真正有过这种严肃的感情。只有现在，当他提到它们的时候——惭愧，着急，爱情——他这才觉得，自己真的有资格说，他已经具备了这些感情，并且亲自去一一体验了它们。他对此刻正站在他房门外面的这个女人的爱情，正由于他提到了它，就变得格外明显，而且也使他由于自己对她施加过暴力而感到的羞愧，变得更加难以言喻。他既然提到了它，过去三个月以来痛苦的心情变得格外清晰可见。他的自我也因此膨胀起来，挣脱了这些天来的重负。现在他可以具体地指出他一直在里面摸索的那团迷雾的性质，所以他终于也能够看清了他自己。

可是他还没有获得玛丽亚的谅解。玛丽亚没有移动她站立的位置，也没有改变她的目光。停了片刻，他说道，"请你原谅我。"就在这时候，定时装置"嘀嗒"一响，灯熄了。他听见玛丽亚骤然一惊，猛吸了一口气。当他的眼睛适应了以后，他看见他身后那扇窗子上微微闪亮的光线映照在她那拎包的搭扣上，以及她的眼白上，此时她似乎望向别处了。他就冒一次险，没有再按揿电灯开关，就离开了那儿。他那振奋的心情给了他信心。他以前行为拙劣，现在他可得把这个糟糕的局面扭转过来。他只要真诚和淳朴。他不会继续在他的痛苦里面梦游似地摸索，他要具体而明确地把它说出来，就能驱散这片愁云惨雾。他想利用眼前的幽暗的环境，设法在他们两人之间，重新建立以往的那种单纯而真诚的关系。想说的话可以留待以后再说。他相信，眼前所需要的是彼此双手相握，甚至相互款款地亲吻。

当他朝着她走去的时候，她却向后退缩，回到了那个角落里的更加阴暗的地方。他走近了她，伸出手去摸索，可是她却不在那儿。他触摸到了她的袖子。他又看见她的眼珠子在闪亮，正当她的头在闪躲避开。他摸到了她的手肘，轻轻地把它握住。他低声叫她的名字，她的手臂弯曲地强着，不肯迁就，而且，纵然隔着她的外衣，他能觉察到她在颤抖，由于很靠近她，他听到她又急又短的呼吸声，还嗅到一股咸湿的味道。只在短暂的一瞬之间，他的脑海里闪过一个念头，以为她迅速地达到了性欲的高峰——这个念头立刻变成对她的一种亵渎。因为当他把手移到她的肩膀上面去的时候，她半喊半咆哮着发出了一个含意不清的声音，接着又叫道，"请你开灯！"然后又叫道，"求你，求求你。"他把另外一只手也放在她的肩膀上。他轻轻地摇摇她，想以此来让她放心。他只想使她从她的噩梦里醒过来，他一定得设法提醒她，使她知道他真正是谁——是她那么可爱地引诱而且怂恿过的那个天真无邪的傻小子。她又咆哮了一声，这次她叫得很响，很用力。他后退了。下面那层楼里有一扇门开了。电梯间周围的那座楼梯上响起了脚步声。有个人在那儿迅速地跑上来。

伦纳德按了按电灯的开关，这时布莱克先生正好跑到半个

182

楼面的转角处。他三步并作一步,一口气跑完了最后那部分楼梯。他穿着衬衫,没有系领带。他的二头肌上裹着银制的臂箍。他绷紧了脸,流露出一副勇猛凶狠的神情。他的双手张开,作势将扑。他看来想要把人狠狠地揍它一顿。他来到了楼梯顶上,一眼看见了伦纳德,他的脸色却并不因此而松弛下来。玛丽亚刚才让她的手提包掉落到地上,用手遮住了她的鼻子和嘴巴。布莱克冲到伦纳德和玛丽亚之间立定,他的双手按在他的臀部。他已经知道,他用不着揍什么人。这就反而使他的神态变得更加凶狠起来。

"这里出了什么事?"他问伦纳德。没等他回答,他又不耐烦地转过身去问玛丽亚。他的声音立刻变得非常和善。"你伤着了吗?他打算伤害你吗?"

"我当然没有,"伦纳德说道。

布莱克转过头来对伦纳德喝了一声,"闭嘴!"然后又掉转头去问玛丽亚。这时他的声音又变得温和起来。"怎么样?"

伦纳德想,他像是电台上广播的滑稽戏里的一个角色。只有他一个人充当着戏里所有的人物。他不愿让布莱克像个裁判员似地站在他们两个中间,伦纳德就穿过楼梯间,顺便按了按电钮,让他们又可以得到九十秒钟的灯光。布莱克仍在等待玛丽亚回答,可是他似乎知道伦纳德正在他背后走近来。他伸出一只手去不让伦纳德绕过他再到玛丽亚那儿去。她说了点什么,可是伦纳德没有听见,布莱克正在用流利的德语回答,伦纳德就更加不喜欢他了。玛丽亚用英语回答——是不是她想以此来向他表示她对伦纳德的忠诚？

"我很抱歉，我刚才大声叫嚷，害得你从你的屋子里跑了出来。那是我们两个人之间的事情。没有别的。我们会把它弄好的。"她把手从脸上移开，又把手提包从地上捡了起来。重新捡起包让她又有了精神。她掉头绕过布莱克说道——虽然你也不能说她这是特意说给伦纳德听的——"我这就进去了。"

伦纳德拿出他的钥匙，绕过玛丽亚的那个拯救者，前去开了门。他探身进去，按亮了他的门厅里的那盏灯。

布莱克仍站着不动。他仍还不放心。"我可以打电话去替你叫一辆出租车来，你可以和我和我的妻子坐在一起等它来。"

玛丽亚跨进房门，转身谢了谢他。"你真是太好了。你看，我现在没事了。谢谢你。"她十分自信地沿着她从未来过的这个寓所里的门廊走去，跨进浴室，关上了门。

布莱克站在楼梯顶上，双手插在袋里。伦纳德觉得自己太虚弱，也被他的邻居弄得太狼狈了，所以不想对他做什么解释。他迟疑不决地站在门口——在另外那个人离开以前，他克制着不愿走进房间里去。

布莱克说道，"女人认为自己快要被人强奸的时候，她们通常就会这样大声地尖叫起来。"

这话说得太有把握，所以需要对它进行一次巧妙的批驳。伦纳德为此想了几秒钟，可是他毕竟没有说出口来。这次人家虽然是由于误会才把他当作一个强奸未遂犯，可是以前有一次他真的差一点成了个强奸犯。最后他只说了声，"这次却不是。"布莱克耸了耸肩，表示他不以为然，接着他就下楼去了。从此以后，每当两人在电梯相遇，都默不作声，与对方冷战。

玛丽亚锁上了浴室的门，在里面洗了脸。她放下马桶盖子坐在上面，她为她自己的尖叫感到吃惊。她其实并不认为伦纳德又想对她使用暴力，他那笨拙而真诚的道歉足以保证他不会重蹈覆辙。可是电灯突然熄灭，他又悄悄地走上前来，于是由此而产生的各种可能性和联想使她不由得惊慌得无法克制。过去三个星期以来，她在爸妈那位于潘考夫区的沉闷的家里逐渐培养起来的心理上的平衡，经过伦纳德的手刚才这么一碰，就全都崩溃了。有人会假装对她爱抚而实则想要伤害她——她的这种恐惧像是一种癫狂。她也害怕，有人会用性方面的亲热关系，掩饰某一种她所无法理解的险恶的用心。奥托有时对她施行的那种暴力的行为，尽管非常可怕，却没有使她产生过像这样的恐惧得难受的感觉。他的暴行只是他对一切都敌视，以及他那迟钝得无法可施的一个方面而已。他确实想伤害她，而且他也想要她。他想威胁她，拿她的钱去用用。他不想和她发生性的关系，他也不需要她相信他。

她的手臂和腿部的颤抖停止了，她觉得自己干了件傻事，那邻居会因此瞧不起她。她在潘考夫慢慢地作出了决定，认为伦纳德当时对她并不恶毒或者粗暴，而是由于他的天真无知引起的愚蠢，才使他干出那样的傻事来。他以前过的是密集的自我封闭式的生活，以致他不知道他的行动在别人的眼里会被看作什么样子。这是她在经过了许多较为严厉的估量，作出了特别强调她永远不再见他的决定以后，才取得的结论。现在她在黑暗里面发出的那声尖叫，似乎表现出她的直觉推翻了她的原谅。如果她不能再相信他——尽管她对他的猜疑不可理喻，她为什么现在却又待在他的浴室里面？她为什么没有接受那个邻居的帮助而乘一辆出租车回去？她还需要伦纳德，这个，她在潘考夫就知道了。可是像他这样，在黑暗里悄悄地走上前来，为了一次试图强奸而向她道歉的这个男人，他究竟会是怎么样的一个人呢？

十分钟以后，她从浴室里出来时，决定再和伦纳德谈一次，看看他究竟是怎么回事。她没有成见。她仍还穿着外衣，扣子都还扣着。他在起居室里。室顶的电灯都已点亮——军用标准灯和台灯全都亮着。他站在房间的中央。她进去的时候，觉得他的模样像一个刚在背上被人抽打过的小孩。他朝一张椅子做了个手势，玛丽亚摇了摇头。总得有个人先说话，玛丽亚并不认为非得由她先说话不可，而伦纳德则唯恐他又会作出错事来，所以也不开口。她又向屋子里走了几步，他就朝后退了几步，无意中让她占去了较多的空间和光线。

伦纳德心里不是没有一个说话的提纲，可是他不知道它会不会有什么效果。如果玛丽亚转过身去一走了之，临走还把门砰的一声关上，不再为了过去的那件事情而需要他作任何解释，他就会松一口气——至少起先他会觉得松了一口气。当他独自一个人待着的时候，他往往会觉得他自己并不存在似的。现在，他必须控制现在的局面，使它不至于受到损害。玛丽亚在仔细观察他，她正在给他另外一个机会。她的两眼灼灼。他感到疑惑，不知道她刚才在浴室里有没有哭过。

他说道，"我不是想吓唬你。"他在试探，它几乎是一个问题，但是她没有现成的话回答他。直到现在，她还没有对他说过一句话。她只对布莱克说过话。伦纳德说，"我刚才不想……不想干什么事。我只想……"他说的话简直令人难以置信。他说着就讷讷地说不下去了。在黑暗里走上前去握住她的手——他想干的事情，仅此而已——想以此来让她回想起当初两人亲热的情景而已。他不假思索，就以为他在黑暗的掩护下比较安全。他不能告诉她这些，连他自己也不知道，楼梯上偶然发生的黑暗和冬天里最寒冷的那个星期里的被窝幽暗是一回事——就是在过去彼此稔熟、而对一切又都感到那么新鲜的时期。她的脚趾头上的老茧，长着两根毛发的那颗疣，她耳垂上的那两个极小极小的凹痕。如果她离开了的话，他能拿这些可爱的事实——这些折磨人的细节——怎么办呢？如果她并不和他在一起，要他独自一个人知道这些关于她的情况，这让他如何受得了呢？他的这些想法，使他不由得脱口而出——说这些话犹如呼吸一样容易。"我爱你，"他说。然后他又说了一遍，又用德语说了一遍，直到他那残留下来的最后一点自我意识，以及照这模式说话的愚蠢的感觉，也都消失殆尽，好像生活里或者电影里都从来没有人这么说过似的。

然后他告诉她，他不和她在一起时感到多么痛苦，又如何想念她，在她离开他以前他多么幸福，他觉得他们两个都是如

187

何幸福，她多么珍贵和美丽，他告诉她，他竟然会让她吓着了，可见他是个白痴，是个自私、不知好歹的傻瓜。他从来没有一下子说出这么多话来。每当他停下来，挖空心思地想说出一些他并不熟悉的亲热的话来时，他就要么把眼镜推到鼻子上面去一些，要么干脆把它取下来，仔细对它观察一番，然后再把它戴上去。他的身材太高，似乎使他很不方便。如果她坐下来的话，他也就会坐下来了。

　　眼看着这个笨拙而沉默寡言、对自己的感情状况不甚了解的英国人袒露出自己的胸怀，简直使人觉得心不忍。他像俄国人举行的所谓"公开审判"里的一个囚犯。玛丽亚本想叫他停下来别说了，可是她听着听着，却听得着了迷。就好像她小时候有一次也给迷住了——当她的爸爸把一只收音机背后的那块板卸了下来，让她看那些会发出人的声音的灯泡和一些可以滑动的金属板的时候，她感到又惊又喜。她并没有完全忘记她的恐惧，可是随着每一次迟疑停顿以后引起的亲昵之感，它在渐渐消失。于是她就一直听着听着——脸上的表情并未泄露丝毫心事，而伦纳德又一次在对她说，他不知道当时他是怎么回事，说他无意伤害她，说它永远永远不会再发生了。

　　他终于停了下来。周围一片寂静，唯一的声音只是行驶在梧桐林荫道上的一辆小型摩托车发出来的一阵"突、突、突、突"的声音。他们俩侧耳倾听，它在那条路的尽头改为快挡，然后就消失了。这沉重的宁静使伦纳德以为他自己完蛋了。他没法让自己抬起头来看玛丽亚，他把眼镜取下来，用手帕擦着镜片。他说得太多了，它让人听上去并不真诚。如果她现在离开的话，他要洗个澡。他不会淹死自己的。他抬眼看看，他眼前的那个代表着玛丽亚那长长的影子里面，显然看得出有点动静。他把眼镜重新戴在脸上。她在解开外衣上的扣子，接着——接着只见她正在穿过房间朝他走了过来。

十二

伦纳德正从饮水泉那儿沿着走廊向录音室走去，这段路程使他走过葛拉斯的办公室。办公室的门敞开着，葛拉斯就坐在他的书桌后面。他一看见伦纳德就站起身来，招了招手叫他过去。

　　"好消息，我们对那个妞儿审查过了。她被查清了，她没事。"他指着一张椅子。可是伦纳德仍然倚在门框子上。

　　"我一开始就对你说了。"

　　"可那是你主观的想法，我说的可是官方的意见。她是漂亮的姑娘，她上班的那间闹着玩似的车辆修配工厂里的指挥官和副指挥官，这两个人都以他们的那种英国式的方式迷上了她。可是她在这方面很规矩。"

　　"这么说，你见过她了，"伦纳德已经听玛丽亚谈到过她和葛拉斯三次面谈的情形。他不喜欢这件事，他恨这件事，可是他一定得听听这件事。

　　"当然。她说你们两个之间有点麻烦，她躲着不肯见你。我就对她说，'去你的，就为了你他妈的躲着不肯见我们的一个伙计——他是我们所见过的人里面最像是个天才的家伙，在

193

为他的和我的国家干着他妈的重要的活儿——我们就花费了宝贵的人力和时间，调查你的情况，好让你摆脱嫌疑。'当然，这话是在我吃准她没有问题了以后才说的。我说，'你给我赶快调转屁股跑到他住的地方去和他言归于好吧。马汉姆先生可不是那种你到处可以抓一把来拣拣的人。他是我们这些人里面最好的一个。你还是多想想你是个多么有福分的姑娘吧，艾克道夫小姐！'她回来了吗？"

"前天回来的。"

葛拉斯怪叫了一声，装模作样地大笑了起来。"这就对了。你看，我帮了你一个大忙。我为你树立了名誉，你就重新得到她了。现在我们两个扯平了——谁也不欠谁。"

伦纳德想，这些话全都非常幼稚——像是在更衣室里谈论他的私生活似的。"你找她谈话的时候，她说了些什么？"

一听见他问这个，葛拉斯的表情立即从欢乐转为严肃——转变得迅速无比，它本身就是一种玩笑。"她对我说，你的行为粗暴起来了，她只好逃命。你听我说，伦纳德，我一直小看了你。真看不出来，你还真藏着一手。你在上班的时候，是个唯唯诺诺的好好先生。一回到家里，你却'哗'地一下变成了一个金刚。"

葛拉斯又笑起来了——这一次却是真心实意地哈哈大笑。伦纳德给惹恼了。

昨天夜里，玛丽亚把她受到的安全检查的经过情况一一告诉了他。她言下对它印象很深。现在葛拉斯回到他的那张书桌后面来了，可伦纳德仍然对他不放心。他能够相信这个人吗？无可否认，不论葛拉斯用的是什么法子，他和他们一起上了床——从此他们两个没法摆脱他了。

等葛拉斯的笑声停了以后，伦纳德说道，"这可不是什么让我感到骄傲的事情。"然后他又加了一句——他以为这句话里含有的威胁恰如其分。"事实上，我对这姑娘是认真的。"

葛拉斯站起身来，伸手去拿他的夹克衫。"换了我，也会认真的。她是个好姑娘，一个真正的好姑娘。"当他替办公室上锁的时候，伦纳德站过一边。"她是我有一次听你们英国人说过的—— 一个真正的小宝贝儿。"

葛拉斯把他的手放在那英国人的肩膀上，和他一起沿着走廊走去。伦纳德觉得他刚才模仿的那句伦敦腔的话听上去半真半假的，存心在吓唬人。葛拉斯说，"来吧，打起精神来。我们一块去喝一杯好茶吧。"

十三

伦纳德和玛丽亚以和以前不同的方式又开始了共同的生活。一九五五年的夏天一天天过去，他们把那些日子更加平均地分开在两人各自的寓所里过，他们把下班回家的时间协调起来。玛丽亚煮饭菜，伦纳德洗碟子。在上班日的傍晚，他们到奥林匹克游泳池去游泳，或者，他们去克罗伊茨堡沿着运河散步，要不然就在马里安广场喝啤酒。玛丽亚从俱乐部里的一个朋友那儿借了两辆自行车，在周末他们骑着车去北面的弗鲁诺和海利根湖，或者到西面的伽托去，沿着小径穿过空荡荡的草地去勘察那城市的边界。在那儿，空中飘荡着水的气息。他们在格罗斯—格里尼克湖，在飞行着的英国皇家空军的飞机下面野餐，还游泳到由红白相间的浮标标志着的英俄两国的占领区的界线那儿去。他们去到了巨大的万湖边上的克拉道，乘着渡船到佐伦道夫，再骑自行车穿过了废墟和建造中的工地回到这座城市柏林的中心。

星期五和星期六晚上，他们到选帝侯堤道去看那些画。然后他们挤在熙来攘往的人群里，到坎品斯基外面去占一张桌子，或者到他们爱去的动物园大旅馆里的那间酒吧里。他们常常到深夜回去前，先在阿顷格吃第二顿晚饭，伦纳德爱在那儿敞开肚皮大吃黄豆汤。玛丽亚三十一岁生日那天，他们到法兰西夜总会去吃晚饭和跳舞，伦纳德用德语点了菜。就在同一天夜里，他们到埃尔多拉去观看男扮女装的艺人的歌舞表演——一些看上去完全和女人一模一样的男演员在钢琴和低音演唱的陪衬下唱了那些通常让人百听不厌的老歌。当他们回到家里，玛丽亚醉意未消，她硬要伦纳德穿在她的一件女人的袍裙里面。可是他却任她说什么也不干。

有时他们在晚上不出去。他们在他的或者她的寓所里度过，把收音机调在美军电台"美国之声"，收听美国最新的音乐和蓝调歌曲。他们爱听法兹·多米诺唱的《这岂不糟糕》，丘克·贝瑞的《梅贝琳》，和艾尔维斯·普莱斯利的《神秘列车》。这些歌使他们听了觉得畅快自由，无拘无束。有时候他们听葛拉斯的那个朋友罗瑟尔在电台上演讲，说说西方的民主体制，谈谈上议院在不同的国家里的作用，具有独立的司法权的重要性，宗教和种族的宽容等等。他无论说的是哪方面的问题，他们没有一点不同意的。可是在他说话的时候，他们总是把音量调低，等待下一支歌曲开始。

也有些光亮而下着雨的黄昏，他们待在家里，各自分开坐着，沉默不语长达一个小时之久。玛丽亚手里拿了一本她爱看的浪漫小说，伦纳德则在看一份两天前的《泰晤士报》。他每次看报，尤其在读这张报纸的时候，他总会觉得他好像在模仿什么人似的，或者在为自己进行成人教育似的。他关心艾森豪威尔和赫鲁晓夫之间的最高层会谈进展的情况，然后他对玛丽亚叙述它的过程和症结所在。他在谈论这些问题时语调十分殷切，就好像他对会谈的后果负有责任似的。只要他把报纸放下来，就看见那姑娘在那儿。这使他感到非常满足。不去理会她的存在，这对他成了一种奢侈。他觉得自己有了归宿，觉得自豪，觉得自己终于长大成人了。他们从来不谈伦纳德的工作，可是他感觉得到，她认为他了不起。他们从来不提婚姻这个字眼，可是玛丽亚在选帝侯堤道的商店橱窗里展出的家具前面走过的时候，她总是慢吞吞地挪不开脚步，而伦纳德则在克罗伊茨堡寓所的浴室里放了一只简陋的架子，以便让他的那些刮胡子的用品可以和她的保湿霜放在一起，让他们俩的牙刷可以并排待在同一只漱口杯里。这一切都显得很舒坦，很亲热。靠玛丽亚的提示，伦纳德在复习他的德语。他犯的错误使她好笑。他们相互打趣，经常格格地笑，有时还在床上彼此呵着痒打闹取乐。他们做爱做得真欢，难得有一天安逸。伦纳德牢牢地控制着他的念头。他们觉得彼此相爱。他们出外散步的时候，他们和路上遇见的一对对年轻男女相比，觉得自己比人家都胜一筹。同时他们又因自己和别人相像而感到愉快，认为他们大家都是一个祥和的、安适的大千世界的一个组成部分而感到欣慰。

可是他们又和他们在星期天的特格尔湖的岸边见到的那许多坠入情网的男女不一样，他们已经在一起生活，而且他们也已经遭受过一次损失。他们并不谈起它，因为它没法说得清。

他们再也不能恢复二月和三月初的那些日子里的那种无忧无虑的生活。在那时候，他们好像能够把那种平静而有力地束缚住男男女女的传统观念抛在一边，制订出他们自己的规律。他们过一天算一天，贫困而逍遥，追求的是肉体欢乐的极致，快活得就像猪仔似的，无忧无虑，把家务呀个人的清洁卫生呀，全都不放在心上。可是伦纳德的"淘气"——有一天晚上，玛丽亚偶然提到那件事的时候，她用了这个词儿，这样，她就等于对他宣布了最终的原宥——他的"淘气"葬送了他们的那段美好生活，逼他们回到传统的轨道上来，现在他们安顿下来过着的是那种幸福的常规生活。他们一度让自己摆脱世界的羁绊，结果却使自己过得凄凄惨惨的。现在，他们过的生活和以前大不一样。他们上班下班、把住的地方整理得井井有条，替玛丽亚的起居室在旧货店里添置一张椅子，在街上手挽着手，和别人一起排着队去观看第三遍的《乱世佳人》。

一九五五年的夏天和秋天发生了两件令人怀念的事情。六月中旬里的一天，伦纳德正沿着隧道走到录音室里去，为的是去作一次例行的设备检查。他走了五十英尺左右，来到封闭那间房子的防止人员进入的钢门前面，他却发现他被挡住了去路。有个新来的人——当然是个美国人，正在监督着工人拆除钢制衬垫里的插头。有两个人在替他工作，而那些放大器又占去许多空间，使他转不过身来。伦纳德大声清了清嗓子，耐心地等他们为他让路。一个插头给取了下来，那三个人让开了路。伦纳德说的那一声"早晨好"使那个新来的人对他友善地

202

说了一句，"老兄，你们这儿可真够挤的。"伦纳德继续向前走去，来到那间加了压的录音室里，花了一个小时检查那些设备和它们的电源。他按照要求把安装在竖井天花板里的麦克风调换了一个——那是当东德的民警攻打进来的时候用来发出警报去通知仓库里的人员的。在回去的路上，他经过放大器时发现那三个人在用手摇钻头钻进建造时用气泵从衬垫的洞眼里打进去的混凝土里。沿着这段隧道，又有六个插头给拆了下来。他走过的时候，谁都没有说话。

他回到了仓库，发现葛拉斯在食堂里。伦纳德等那个和他坐一起的人走开了以后，才问他隧道里面的那些人在忙些什么。

"这是你们的那个麦克纳米先生干的好事，他的计算全错了。很久以前，他给了我们一堆狗屁数字，说是空调设备会解决从放大器里产生的热量。现在看来，他说的和事实相差得远着呐。我们从华盛顿请了个专家来。他在不同的深度测量着泥土的温度。"

"即使土壤热了一些，"伦纳德问道，"又有什么关系呢？"

这问题惹恼了葛拉斯。"上帝！这些放大器就在马路的下面，就在舍讷费尔德大道的下面。秋天的第一次霜降会融化为一堆小小的障碍。这样，你们的这些老兄，这儿正在发生一些我们要你去看看的事情！"他停了一会。接着他又说道，"我真不懂，我们为什么要你们这些人参加这个项目。你们可不像我们那样干得认真。"

"没有的事，"伦纳德说道。

葛拉斯没有听见他说的话。"麦克纳米这家伙，他该带着他的那套列车玩具回家去。你知道他的那些排热的数据是怎么搞出来的吗？在一个信封的背面。一个信封！我们干起来，会用上三个小组的人员分别予以计算。如果他们得出来的结果不一样，我们就要弄个明白，那究竟这是为了什么缘故。那家伙长了那么一副东倒西歪的牙齿，你叫他想问题怎么能够想得准确？"

"他可是个很能干的人，"伦纳德说。"他专攻无线电导航和雷达。"

"他出了差错，重要的是这个。我们真该独自干这件事情的。合作会出差错，会产生安全问题——凡是你想得到的问题都会出错。我们自己有放大器。为什么我们要你们的？我们让你们参加进来，那只是考虑到了政治影响的缘故，为了我们永远不会知道的某个混蛋交易的缘故。"

伦纳德觉得身上燥热起来，他把他的那份汉堡包推在一边。"我们之所以参加进来，是因为我们有这个权利。和希特勒打仗，没有人比我们打得更加长久，我们从头一直打到它结束。我们是欧洲得到复兴的最后一个、也是最好的一个机会。我们为这付出了一切，所以我们有权利去参加一切。如果你连这一点都不懂的话，你就站到另外一边去了。"

葛拉斯举起了一只手。他边笑边在道歉。"嗨！这和我们自己没有关系。"

204

的确，这里面确实有一些和自己相关的问题。伦纳德对葛拉斯花在玛丽亚身上的那段时间，还有他在伦纳德面前吹牛说，是他把玛丽亚给他送了回来，依然耿耿于怀。玛丽亚自己极力申辩，她说葛拉斯没有对她进行什么劝说。据她透露，她当时只是笼统地把他们两个分手的情况说了说，葛拉斯只把她说的记了下来——仅此而已。伦纳德听了却将信将疑，这种模糊其辞使他十分不快。

这时葛拉斯在说，"伦纳德，你别误会。我说的'你们'，指的是你们的政府。我很高兴你在这儿。你说得很对。你们在这场战争里的表现实在很棒。你们确实了不起。那时候全靠你们。这就是我的观点。"他伸出手去按住了伦纳德的臂膀。"那时候靠你们。可现在靠我们。还有谁能够对付得了那些俄国人？"

伦纳德掉转头去，没有回答。

第二件事情发生在"十月节"①。他们俩星期天和接着的两个夜里去了动物园。他们看了一场美国得克萨斯牛仔竞技比赛，观赏了所有的附带节目，喝了啤酒，观看了铁签烤全猪。那儿还有一个童声歌唱队，头颈里系着蓝色领巾的小孩咏唱一些传统的歌曲。玛丽亚见了不禁为之一愣，她说他们的这副打扮和样子使她不由得想起了希特勒少年队。可是那些歌唱得很好。伦纳德觉得歌声缠绵，委婉动听，而且那些孩子竟然在这

---

① 十月节是德国的柏林和慕尼黑等地的市民于十月中旬举行的一个民间的节日。

么难唱的和声方面处理得如此稳定，信心十足。他们商量好了，第二天晚上就待在家里。一天工作下来，再到人群里去挤来挤去，也真够累人的，而且他们已经把下星期的零花钱用掉了。

也是合该出事，这天伦纳德在仓库里偏偏有事耽搁，比平时晚了一个小时才能回家。一排八台机子突然坏了，显然是电力线路出了毛病。他和一个高级的美国的工作人员花了半个钟点才把故障的原因找了出来，又花了同样长的时间把它们修理好。他在七点三十分钟抵达阿达尔勃特街，他在上楼来到最后第二节楼梯上的时候，他就已经感觉到了——他觉得有点不对劲，比平时静寂，这是随着吵架以后出现的一种强自克制、小心翼翼的气氛。有个女人在用拖把洗擦楼梯的踏级，周围还有一种难闻的味道。在玛丽亚的下面那一层楼里，有个小男孩一看见他走上楼来，就边喊边跑进屋去，"他来了，他来了!"

最后的那段楼梯，伦纳德是跑着上去的。玛丽亚的门半掩着，门户里面的那块小地毯斜在一边，起居室的地板上，碎了的瓷器狼藉满地。玛丽亚在卧室里，她在阴暗里坐在床垫子上。她掉转了脸，双手按着脑袋。当他开亮电灯的时候，她发出一声呻吟以示反对，一面摇了摇头。他就关熄了灯，在她身边坐下，把手按在她的肩上，他叫着她的名字，想要把她的身子扳转过来朝向他。她抗拒着。他沿着床垫转过身去对着她，她却掩住了脸孔又从他面前转了过去。"玛丽亚?"他又叫道，轻轻地拉她的手腕。她的手上沾着鼻涕，还有血，从起居室那

206

儿照进来的光线刚好让他看得出来。她让他握住了她的手。她刚才在哭泣，可是现在她不哭了。她的左眼肿起来了，而且闭着。她的左脸颊上鼓起了一个包，还在扩展。她的嘴角裂开了一个四分之一英寸大小的口子。她的衬衫袖子一直被撕裂到她的肩头。

他知道，他迟早得对付这档子事情。她对他提起过，奥托每年大约来找她两次，到现在为止，他还只是对她大吵大嚷地虚声恫吓，索取钱财。上一次，他在她头上捆了一下。伦纳德没有想到他这次竟然会下如此毒手。奥托这次用攥紧了的拳头使出全身的力气打了她一下，两下，又是一下。当他去拿棉花和一碗水来的时候，伦纳德惊愕之余不禁想到，他对人的本性真是知道得太少了——他没想到人会干出什么样的坏事来，又会用什么样的手段来干这些坏事。他跪在她面前，先替她洗涤嘴唇上的伤口。她闭上了她的那只没有受伤的眼睛，低声对他说，"请你别对我看。"她要他说点什么给她听听。

"你放心。有我和你在一起。"可是，接着他却想到了他自己在几个月前对她干出来的那件事情，他就什么话都说不出口了。他只把棉花轻轻地按在她的脸颊上。

十四

伦纳德回到他的家乡去过圣诞节，他曾劝说玛丽亚陪他一起去，可是她不肯。她想，她是个离过婚的女人，年纪又比他大，还是个德国人，而且甚至还没有和伦纳德订婚，因此她不会受到伦纳德母亲的欢迎。他觉得她过虑了，他并不认为他父母的生活准则如此狭隘而古板。可是等他回到家里还不到二十四小时，他就明白她的想法没有错。很难相处。他的那个房间——一张单人床，一个镶在镜框里的、证明他在六年级的那年数学竞赛得奖的奖状——是一个小孩子的卧室。可是他已经变了，他已经换了一个人。可是他不能把这个带回到他的父母亲面前来。起居室里搭角悬挂起特地扭曲了的彩色的皱纹纸条，圣诞节用来点缀的冬青树枝也已经就位——围在了壁炉镜子的周围。在他回家后的第一个晚上，他们听完了他那兴致盎然的叙述，他对他们讲了玛丽亚和她的工作，讲了她的相貌，讲了她的住所和他的住所，讲了蕾西舞厅，讲了动物园大旅馆，以及那个毁坏了一半的城市里的那种让人感到紧张而兴奋的气氛。

他的父母为了他而准备了一只烤鸡，还有多得他在那些日

211

子里吃不下的烤土豆。他们问了一些粗浅的问题，他母亲问了他的脏衣服是谁来替他洗的，他父亲则提到了"和你一直见面的那个女孩子"。玛丽亚的名字引发出一点刚让人能够觉察得出的敌意，就好像他们以为自己永远不会遇到她的，所以他们不妨听过了就算数，不予计较似的。他没有提起她的年龄和婚姻状况，否则他们说出来的那些话，肯定会在这儿英国和那儿德国对这个问题的看法大相径庭上面做文章，唠叨个没完没了。他说的那些事情里面，没有一件使他们听了觉得好奇，惊讶或者厌恶，于是很快，柏林的新奇感在他们的心目中就黯然失色，只成了从托特纳姆这个城市延伸出去的一个去处——它疆域有限而情况已经了解，尽管它本身也很有趣，可是它对人的吸引力并不能够维持很久。他的父母亲并不知道他已坠入了情网。

　　而托特纳姆，还有整个伦敦，都沉浸在星期日的麻痹状态之中。人们都在平静无波的日常事务里载沉载浮，晃晃悠悠。在他这条街上的维多利亚台阶的平行墙垛就是一切变革的尽头，这儿从来不会发生任何关系重大的事情。没有紧张，也没有目的。这里的人们感兴趣的是哪一天能够拥有或者租借一台电视机。屋顶上一个 H 形的天线矗立了起来。在星期五傍晚，他的父母去到隔开两家的邻居家里去观看，而且他们为了想买一台电视机而拼命攒钱，因为他们明智地下定决心，宁可买一台而不要租一台，因为长远看来，这样划算。他们已经相中了一台，而且他母亲还指给他看了，它有一天就会搁在起居室的

212

角落里。对他们来说，为了使欧洲的人民继续过上自由的生活而正在进行着的这场斗争，遥远得就像火星上的运河似的。在他父亲的俱乐部里，来这里闲聊的那些常客里面，甚至没有人听说过《华沙公约》，而这个条约之被批准，却曾在柏林引起那么巨大的一阵动荡。伦纳德为大家付了一巡酒钱，然后，在他父亲的一个朋友的怂恿下，替大伙夸大其词地描绘了一番柏林被盟军的飞机轰炸后的惨况，走私的人赚去的大笔令人难以想象的钱财，以及猖獗的绑架等恐怖活动——一路大声叫嚷，又踢又挣扎着被人拖到轿车里去，立即就驶进俄国人的占领区里去的那些人，从此他们再也没有露过面。在座的人们全都一致同意，每个人都有责任去使这种事情在世上绝迹——可接着，话题又回到足球上面去了。

伦纳德想念玛丽亚，而且他几乎以同样深切的情谊怀念着那条隧道。将近八个月以来，他每天沿着那条隧道踱步走过它的全程，保证他的那些线路并未被潮湿所渗透。他已经逐渐爱上了它那泥、水、钢这三者混合起来的气味。而且隧道里面的那种深沉而令人窒息的寂静，也和地面上的任何寂静不同。现在他离得远了，才觉得就在东德民警的脚底下偷窃他们的情报是件多么大胆、多么异想天开的荒唐事儿。他也想念这个工程的完美无缺的建造，重要而崭新的设备，安全保密措施的完善，以及所有与之相关的种种小小的规矩——它们都使他神往不已。他也怀念着那儿的食堂里洋溢着的那片宁静而实在的兄弟情谊：彼此为了同一个目的而辛勤工作，无私献身，所有的工作人员都才能卓越，身手不凡，伙食供应十分慷慨，价廉物美——这一切都和整个工程融合为一，难以区分。

他闲极无聊，就随手摆弄起居室里的那台收音机来，想要听听他现在已经听上瘾的那种音乐。《一天摇它二十四小时》，收得到，可是这支歌已经过时了。他现在已经有了他自己的特殊的爱好。他爱听丘克·贝瑞和法兹·多米诺演唱的歌曲。他爱听小理查德的《百果糖》或者卡尔·柏金斯的《蓝色的小山羊皮鞋》。每当他独自一个人的时候，这支乐曲就会在他的脑海里悄然响了起来，用所有令他怀念不已的事情来折磨他的情感。他取下收音机背后的那块板，找到了一个提高接收器的容量的办法。他通过一片尖锐和颤抖的杂音的干扰，终于收到美军电台"美国之声"的广播，而且他认为他听到了罗瑟尔的声音。他没法对他的母亲解释，他为什么因此而如此激动——当时她眼看家里的这台老祖宗收音机给作践成这副样子而正在感到伤心和绝望。

他在街上时，就仔细谛听，有没有美国口音的人在旁边走过。他看见有个长得很像葛拉斯的人从一辆公共汽车上下来，可是当那个人转到他这条路上来的时候，不禁感到大为失望。即使在他最想念柏林的时候，他也无法自欺欺人，把葛拉斯想象为他的最要好的朋友。可是葛拉斯是他的一个盟友之类的人物，而且他还对那个美国人的那种近乎粗暴的说话方式，那种捶胸拍肩的亲昵方式，那种直截了当、毫无明白事理的英国绅士所特有的那种含糊其辞、吞吞吐吐的表达方式，都颇为怀念，因此而觉得茫然若失。在偌大的伦敦，没有一个人会想要抓住伦纳德的手肘，也不会为了说明什么问题而挤挤他的手臂。除了玛丽亚以外，没有一个人像葛拉斯那样关心他在干什么或者说些什么。

葛拉斯甚至还给了他一件圣诞礼物。食堂里举行了一次宴会，菜肴集中于巨大的牛肉，另外有几十瓶白葡萄酒——据宣布，那些酒还是格伦先生的及时的贡献。就在这次宴会上，葛拉斯把一件小小的包扎成礼物的样子的盒子塞进伦纳德的手里，盒子里是一枝镀银的圆珠笔。伦纳德到处看见人家在使用这种笔，可是他自己从来没有用过。

葛拉斯说道，"这是为了适应空军驾驶员的需要而发明的。自来水笔在高空就会失去书写的作用。这圆珠笔可是战争带来的永久性的恩赐之一。"

伦纳德正想向他道谢，葛拉斯却伸过手去搂住他，握着他的手臂挤了挤。这可是伦纳德生平第一次给一个男人搂抱。他们当时都有了点醉意。接着葛拉斯就建议，他们为了"宽恕"而干杯，而且他在说话时注视着伦纳德。伦纳德认为他指的是他审查玛丽亚的这件事，所以他引颈痛饮了一杯。

可是罗瑟尔却说道，"我们喝格伦先生的酒，这是在抬举他。没有比这个更加显示出宽恕的精神了。"

此刻伦纳德坐在他的床上，就在一幅镶在镜框里的照片下面——托特纳姆小学六年级上学期全体学生的合影——用他的那支圆珠笔给玛丽亚写信。它书写起来流畅自如，就好像一条纤细而明亮的蓝色绸带让人给刻印在信纸上面似的。他手里握着的是隧道里的一件装备，战争所产生的一个成果。他现在每天寄出一封信给她。书写是一种乐趣，而作文，破天荒第一次，也成了一种乐趣。他信里的情调是以语带戏谑的亲昵为主——我真想要吮吸你的脚趾，还要在你的锁骨上面玩玩。他不想对她抱怨什么托特纳姆的情况。他也许到底会想法子把她给引诱到这里来。他刚回家后的四十八个小时里，他觉得这离别使他痛苦而堪。在柏林的时候，他那么受人疼爱，那么仰仗旁人，可同时，他也觉得自己已经长大成人。现在，他那过去的、熟悉的生活又把他笼罩住了。他突然又成了个儿子，不是情人。他是个孩子。这儿是他的房间，而他的母亲则在为了他的袜子而操心。第二天一清早，他从梦魇里惊醒过来，好像他在柏林的那段生活早已过去了很久很久似的。他听见有人在说，"再回到那个城市里去，也没有什么意义了。那里的情况不一样了。"他坐在他的床沿上，让他的汗水冷下来，一面他在心里想着一个计划，去发一个电报，说他马上就得赶回到仓库里去。

到了第四天，他比较平静一些了。他可以仔细考虑玛丽亚的特质了，而且盼望着要在一个多星期以后就会重新见到她了。他已经不再心存妄想，要他的父母亲明白，玛丽亚是如何改变了他的生活的。她是他整天藏在心里到处逛游的一个秘密。他心里既然怀着将会和她在滕珀尔霍夫相聚的期待，也就

216

不妨暂且容忍一切。就在这一段时间里，他一面舒舒服服地展望和期待着未来，一面他就作出了一个决定：他一定得向她求婚。奥托的袭击反而使他们的关系变得更加密切了，也使他们生活得不像那样富于冒险性，却更加容易相处。玛丽亚现在就不会再独自一个人待在她的寓所里了。如果他们商量好了下班后要在那里见面，伦纳德就必然会先赶到那儿去等她。当他在英国的时候，她就到梧桐林荫道去待上几天，然后她再到潘考夫去过圣诞节。他们就这样背对着背，严密地戒备，对付共同的敌人。他们一块外出，他们总是依偎在一起，手挽着手地走路。在酒吧和饭馆里，他们坐得很近，可以把门口的情况看得很清楚。即使当玛丽亚的脸孔痊愈以后，他们也不再提到他了，奥托却一直在他们的心里没离开过。有时候，伦纳德抱怨玛丽亚，说她当初就不该和奥托结婚。

"我们怎么办呢？"他问她。"我们总不能一直这样过下去。"

由于他对奥托的蔑视，玛丽亚的恐惧感就减轻了一些。"他是个胆小鬼。他一看见你就会跑。而且他喝酒会喝得死掉了才算数。他死得越快越好。你认为我为什么老给他钱？"

事实上，他们采取的预防措施成了个习惯，成了他们俩亲昵的一部分内容。共同的事使他们感到相当惬意。有时候，伦纳德甚至觉得这事很有意思：居然有个美丽的姑娘仰仗他的庇护。他有个模糊的计划，想让他的身体锻炼得更加强壮一点。他从葛拉斯那儿打听到，他可以使用美国陆军的健身设备。举重也许有用，或者柔道——尽管他不会有机会在玛丽亚的寓所里整治奥托。可是他平时没有从事体格锻炼的习惯。每天晚上，他似乎总是觉得，与其去健身房，不如早一点回家为好。

他也想象过他和奥托较量的情景。一想起这个，他就心跳。他按照他在电影里看见过的镜头，把自己想象成一个性格平和的硬汉——不会轻易生气，可是当他一旦动了真格，他就会变得像个恶魔似的，凶狠得难以对付。他以黯然神伤而优雅美妙的姿态，对准奥托的太阳穴挥了一拳，他缴下了奥托手里的那把刀，同时还以遗憾的心情把他的胳膊一下折断，说着，"我警告过你，做人办事不要太绝。"另外一种幻想则让他表现出他那难以抗拒的语言天才。他会把奥托拉到一边去——也许到一家酒馆里去——用温和而不屈不挠的态度来劝说他就范。他们将会以男子汉对男子汉的精神进行谈判，而奥托则终于会悄然离开，对伦纳德所取得的地位心悦诚服地表示赞赏和退让。或者，经此周折，奥托成了他俩的一个知心朋友，后来做了他俩的孩子的教父，而伦纳德则会利用他的势力，在一个军事基地里替这个戒了恶习的老酒鬼谋得一个差使。而在别的一些令他为之向往的遐想里，奥托干脆从此就销声匿迹，不再露面——他要么从一辆疾驶中的列车里掉了下去，要么酗酒终于要了他的命，甚至他也许遇到了一个意气相投的女人而重新结了婚，成了家。

这些白日梦终究破灭了，有一点是肯定的：奥托势必将会回来，而且，由此而发生的事情既难预料，又难对付。伦纳德曾经在伦敦和柏林亲眼见到过茶楼酒馆里发生的斗殴。事实上，他一看见暴力行为，汗水就会湿透他的胳膊和大腿。他一直感到十分奇怪，不知道那些打架的人的凶狠劲儿是从哪里来的。他们打得越狠，别人的回手也就越重，可是双方似乎对此都并不在意。一脚踢将出去，弄不好会让自己在轮椅里过上一辈子，或者从此成了个独眼龙——可是他们却似乎仍然觉得这一脚划得来。

　　奥托可是个有了好几年斗殴经验的老打手，他会毫不在乎地狠命出拳去殴打女人的脸部。他会怎么对付伦纳德呢？据玛丽亚所说的情况来看，显然他对伦纳德恨之入骨。那天下午他在"十月节"里的一次酗酒的聚会上灌饱了酒，来到了玛丽亚的屋子里。他用光了钱，就到他的前妻这儿来搜刮几个马克去花花，同时还打算再一次提醒她，说她毁了他的一生，还偷走了他所有的一切。他在勒索和谩骂过后，这次访问本来也就会结束了，可是他偏偏溜到浴室里去小便，看见了伦纳德的刮胡子用的刷子和剃刀。他小了便就跑出来哭哭啼啼地责备她，说她出卖了他。他冲过她身边，跑进卧室，看见了柜子上放着伦纳德的一件折叠好了的衬衫。他把床上的枕头拉下来，发现了伦纳德的睡衣裤。然后他的哽咽变成咆哮。他先是把玛丽亚推来推去，说她是个婊子。接着他一只手揪住了她的头发，另一只手打她的脸。他在出去的时候把几只杯子摔在地上。他走了两层楼梯，就呕吐起来。他一面跌跌撞撞地下楼，一面还在大

219

声咒骂，好让所有的邻居全都听见。

奥托·艾克道夫是柏林人，他在韦丁区里长大。他是本地的一家名叫"街角酒馆"的老板的儿子——这也就是玛丽亚的父母亲之所以一直坚决反对他们两个之间的婚事的原因之一。玛丽亚对奥托在战争中的经历并不清楚。她猜想他是在一九三九年被征入伍的，当时他十八岁。她想他在陆军里待了一段时间，而且还参加了进入巴黎的凯旋式。后来他受了伤——不是在战场上，而是由于他的一个喝醉了酒的朋友在驾驶一辆军用卡车时翻了车。在法国北部的一所医院里待了一两个月，他被调到一个通信兵的团里去服役。他是在东线作战，可是他的部队老是驻扎在远离前线的地方。玛丽亚说，"他想要你知道他多么英勇，他就把他见过的那些战争的场面讲给你听。可是当他喝醉了酒，而且想要让你知道他多么聪明，他就对你说他怎样想法子让人把他调到野战司令部里去当个电话兵，这样他就可以避开战斗。"

他在一九四六年回到柏林，不久就遇到了玛丽亚。当时她在英国占领区的一个食品分配中心工作。她在回答伦纳德的疑问时说，她之所以会和他结婚，是因为当时什么都垮掉了，你干什么都无所谓，也因为她和她的父母亲吵了架，而且也因为奥托长得很帅，看上去待人也很和善。在那些日子里，一个单身的女人很不安全。她需要别人来保护她。

圣诞节过后的那些灰暗的日子里，伦纳德经常独自出去久久地散步，一面想着要和玛丽亚结婚的事情。他穿过霍洛威到坎登市，去到芬斯伯里公园。他想，重要的是不应受到分离和想念的影响，作出一个富于理性的决定。他决定集中精神来考虑对她不利的条件，然后逐一判定它们的重要性究竟如何。当然，要考虑到奥托这个不利因素。还得考虑他至今尚未消除的对葛拉斯的怀疑。可是这当然只是出于他自己的妒忌心理。她对葛拉斯讲了些她没有必要讲的话，仅此而已。不利条件里面还有：她是个外国人。也许是个障碍。可是他自己喜欢说德语——在她的鼓励下，他甚至还讲得好起来了——而且他喜欢柏林，甚于任何另一个他到过的地方。他的父母亲也许会反对。他的父亲在诺曼底登陆时受了伤，常说他至今还对此耿耿于怀，对德国鬼子很不乐意。他在家里待了一个星期以后，伦纳德认为这只是他的父母亲自己需要设法解决的问题，不是他的。当他的父亲躺在诺曼底的一个沙丘坑里，脚后跟中了一颗子弹的时候，玛丽亚还是个吓得不知如何是好的老百姓，正忙于躲避夜夜光临的那些空袭。

其实世上没有什么东西在妨碍他们成婚。当他来到了摄政王公园的运河边，在那座桥上稍事驻足的时候，他终于放弃了他原先制定的那套严格而科学的思考程序，转而容许所有关于玛丽亚的美好的念头，大举入侵到他的脑海里来。他已坠入爱河之中，他即将结婚成家。没有比这更简单，更合乎逻辑，更令人满意的了。在他向玛丽亚求婚以前，他不能对任何人讲。没有一个可以让他诉说心事的人。一旦到了宣布这个消息的时候，会真正地替他感到高兴，并且也会毫不掩饰地予以表达出来的人，他想来想去，也只有葛拉斯一个而已。

　　这时河面上涟漪乍起，下雨的迹象初现。他一想到，沿着他刚才思索的线路，往北一直走回家去，就觉得不胜疲惫。与其如此，他不如去到坎登大街乘上一辆公共汽车代步。他就转过身去，朝着那个方向匆匆走去。

十五

对伦纳德和玛丽亚来说，他们现在不妨用流行的美国歌曲来区分星期和月份。在一九五六年的一月和二月里，他们喜欢的是杰·豪金斯唱的《对你施个魔法》和《百果糖》。小理查德唱的那首轻松而欢乐的歌曲使他们开始随着爵士音乐跳起舞来。然后他们爱上了《长而高的莎莉》。他们对舞蹈的动作很熟悉，那些年轻的美国士兵和他们的女朋友早就在蕾西舞厅里照那样子跳了起来。以前伦纳德和玛丽亚一直对此不以为然。那些跳摇滚舞的人占的空间太大，常常撞在别的跳舞的人的背上。玛丽亚说，她太老了，这类东西对她不合适。伦纳德则认为这玩意太招摇和太孩子气，真是典型的美国派头。所以他们坚持着跳快步和华尔兹。可是小理查的歌曲却让你非得跳摇滚乐的舞步不可。他们一旦对此迁就，就一发不可收拾。他们把伦纳德的那台收音机放大了音量，试跳那些步子——穿插，交叉，转身等等——当然，他们总是事先吃准了楼下的布莱克夫妇俩不在家，他们才开始练。

一面蹒跚起舞，一面猜度对方的心事——猜到你那舞伴的舞步和动作，这可是一种令人兴奋的运动。刚开始的时候，你们经常会相互碰撞。然后，你们的舞步里就会萌发一种模式，可是它绝非来自任何人的有意识的安排。它不是由于舞者在翩翩起舞之中所跨的舞步或者所作的动作所致，而是你们俩的禀性使然。在伦纳德和玛丽亚两个之间似乎有着心照不宣的默契：伦纳德在跳舞时应该起主导的作用，而玛丽亚则以她自己的动作来指点，他应如何引导为好。

　　他们很快就跳得非常熟练，可以到舞池里去一试身手了。可是无论在蕾西还是在别的舞厅里，他们都已经听不到那支名叫《长而高的莎莉》的曲子。乐队在演奏的是《有这兴致》和《乘上 A 列车》。可是到了这时候，你只要掌握了舞蹈动作的要领就足以对付着跳随便哪一支这类乐曲了。除了在舞蹈中体会到的兴奋以外，伦纳德还另外享受到别的一种乐趣，那就是他现在跳的舞，是他的父母亲和朋友们所不跳也不会跳的舞，他所喜欢的音乐也是他们所憎恨的音乐，而他生活在里面感到如此逍遥自在的这个城市，是他们永远不会来到的城市。他是自由的。

　　到了四月里，流行起一支谁都被它迷得如痴如狂的歌曲，而这也正好标志着伦纳德的柏林生涯的结束的开端。它对摇滚着跳舞根本没有用处，它只表现出寂寞和难以排遣的绝望。它的节奏始终那么隐晦，它的消沉滑稽地受到夸大。他从头到底都喜爱它——苍凉的低音像是在人行道上的漫步，嘈杂刺耳的吉他，酒吧间里的一台钢琴弹奏出来的稀疏的叮咚之声。可是最令他为之低回悱恻的，却是它在结束处唱出来的那个粗犷而

226

富于男子汉气概的劝告，"如果你的爱人离开了你，你想要对人去诉说，你就沿着那寂寞大道去走一遭。……"美军电台有一段时间在每一个小时里播放这支《伤心旅馆》。这首歌里含蕴着的那股自怜自悯的韵味，其实让人听了会为之心花怒放。可是它在伦纳德的耳朵里听起来，却不知怎么的，使他觉得自己俗缘未了，悲哀凄切，觉得自己似乎比以前更加长大了一些。

　　这支歌曲就构成了伦纳德和玛丽亚筹备着将在梧桐林荫道的寓所里举行的订婚聚会时感受到的那种情调。伦纳德在纳菲百货店里购买酒、饮料和花生的时候，他心里在演奏这支歌曲。在这间百货店的礼物部里，他遇到一个年轻的军官，正在懒洋洋地弯着腰观看一个展示手表的柜台。他过了几秒钟才认出那个人就是洛夫廷——他到柏林后的第一天把葛拉斯的电话号码告诉了他的那个上尉。洛夫廷也一时想不起他是谁来了。当他认出来以后，他又滔滔不绝地说了起来，而且对伦纳德比以前友善得多了。他开门见山，就对伦纳德讲起他的心事来，说他终于找到了一块开阔的场地，劝说了一个平民建筑承包商去把它清理和平整好了，而且，通过市长办公室里一个什么人的关系，在那块地里下了草种，准备把它改造成为一个板球场来使用。"那草可长得快咧！我布置了每天二十四小时有人值班的卫队看住它，不许小孩踩踏那草坪。你一定得来看看。"伦纳德心想，他一定很寂寞。还没有等他仔细想想，就对洛夫廷说了他即将和一个德国姑娘订婚的事情，并且还邀请他去参

227

加订婚宴会。他们俩的客人毕竟不多。

请帖上写的是"酒会：下午六—八点"。宴会即将开始前的那天傍晚，伦纳德在半哼半唱着《伤心旅馆》，他一面在把一袋厨房里的垃圾拿到楼下去倒在后面的垃圾箱里。那天电梯坏了。他回到上面去的时候，恰巧碰到了布莱克先生。自从去年在伦纳德那一层楼的楼梯间里发生了那桩事情以来，他们彼此间还没有说过话。这么些时光过去，它也让人淡忘了。当伦纳德点头招呼的时候，布莱克先生微笑着说了声"你好"。于是伦纳德又不假思索——而且他正感到踌躇满志——脱口说道，"您和您的夫人能不能在今天晚上赏光到敝舍来喝一杯？六点以后都行。"

布莱克正在他的大衣口袋里寻找他的钥匙。他把它取出来后，对它望了一会。然后他说道，"很荣幸。谢谢你。"

伦纳德和玛丽亚等着他们的第一个客人到来的时候，收音机里正在播放《伤心旅馆》。茶碟里装着花生仁，靠墙的一张桌子上放着一瓶瓶啤酒和葡萄酒、柠檬汽水、皮姆斯、滋补饮料和一升杜松子酒。这些都是免税买来的商品。他们替每个人都准备了一只烟灰缸。伦纳德本来还想准备一些用牙签插好了的菠萝块和切达干酪块，可是玛丽亚听了这种荒唐的搭配方式就笑得说不行，于是他的这个建议就只好作罢。他们手儿相握，一起欣赏他们准备好的佳肴美酒——真切地感觉得到，他们的爱情从此开始了它那公开的历程。玛丽亚穿上了一件多层次的白色礼服——她一走动，它就会瑟瑟、簌簌地响——还有淡蓝色的舞鞋。伦纳德则穿上了他的那身最好的西装，而且，这是他画龙点睛的大手笔——戴上了一条白颜色的领带。

"……他在那寂寞大道上徘徊良久……"这时门铃响了，伦纳德去应门，是美军电台"美国之声"来的罗瑟尔。伦纳德的收音机正在收听这个电台播放的节目，因此他觉得自己有点傻呵呵的——可是他又不知道自己怎么会有这种感觉。罗瑟尔似乎没有注意，他握住了玛丽亚的手，而且把它握了很久，一直不肯放。可是这时玛丽亚单位里的两个朋友简妮和夏洛特突然也到场了——她们格格地笑着，把她们手里的礼物向前递将过去。罗瑟尔只好后退一步，让那两个德国姑娘用拥抱和满口德国土话的一声声惊叹和赞赏簇拥着未来的新娘到沙发上去安营扎寨。伦纳德用杜松子酒和滋补剂为罗瑟尔调制了一杯饮料，为那两个姑娘配了杯皮姆斯和柠檬汽水。

罗瑟尔问，"她就是从气压管道里给你送去那封信函的那个姑娘？"

"是的。"

"她倒真的知道她想要的是什么。你愿意把我介绍给她的朋友吗？"

葛拉斯到了，紧接在他后面来的是洛夫廷。他的注意力立刻被沙发那儿爆发出来的一阵阵女人的笑声所吸引，所以伦纳德调好了饮料以后就把那个播音员和那个上尉领到房间的另外一头去了。介绍过后，罗瑟尔就对简妮开始了他那微风荡漾般的调情，说什么他相信他以前肯定在什么地方看见过她，还说她长着一张最甜蜜的脸蛋。洛夫廷的风格和伦纳德比较相似。他开始和夏洛特展开了一场艰苦的闲聊。当他说，"这真让人着迷。那么你在早晨得花上多少时间，才能准备妥当，可以到施潘道去了呢?"她和她的朋友们听了都笑得什么似的。

葛拉斯曾经答应发表一篇演说。伦纳德见他不嫌麻烦，还事先把他的讲稿在打字机上打在几张卡片上，不禁为他的这番诚意所感动。他把一只开瓶塞的起子在杜松子酒罐上敲得叮当响，让大家静下来听他说话。葛拉斯先用妙趣横生的话语讲述了那天夜里伦纳德的耳朵背后如何插了一枝玫瑰花，以及那封信函又如何在气压管道里从天而降。他说，他希望有朝一日，他的独身生活也会以这般富于戏剧性的形式，而且也有一个在每一个方面都像玛丽亚这样美丽动人、奇妙无比的姑娘来使它宣告结束。罗瑟尔叫道，"好! 说得好!"玛丽亚则嘘了他，要他别这么大叫大嚷。

然后，葛拉斯特意稍稍停了一下，以此来表示他在演讲的语气方面即将有所变化。他正在吸一口气准备重新开始的时候，门铃又响了，是布莱克夫妇到了。大家都等待着，伦纳德就趁此机会给他们俩调饮料。布莱克夫人在一张扶手椅子里就座。她的丈夫则依然站在门口，毫无表情地望着葛拉斯，而葛拉斯则把他的胡须往前翘了这么一翘，表示演说即将继续。

他平静地说道，"我们都在这个房间里——德国人、英国人和美国人——干着各种不同的工作，但都为了一个共同的目的:建造一个新的柏林，一个新的德国，一个新的欧洲。我知道，这种说话的方式，就是那些政客的冠冕堂皇的口气——尽管也许这是真实的情况。我知道，在一个冬天的早晨，七点钟，当我正在穿衣服，准备去上班，我不会老是想到要建造一个新的欧洲什么的。"听众里面喃喃地笑出声来。"我们都知道我们所需要和喜欢的那种自由，而且我们也知道对它的威胁来自何方。我们都知道，制造一个新的和不会发生战争的欧洲，唯一的出发点就是这儿——就是我们自己，在我们的心里。伦纳德和玛丽亚属于两个国家——它们在十年前还是正在交战的两个国家。他们订婚了，将要结婚，这样就会比任何条约更加牢固地把这两个国家联合在一起。异国情侣的结合会增加国与国之间的了解，使它们之间发生战争的可能性变得越来越小。"

葛拉斯从他的卡片上抬起头来，咧开了嘴笑了笑，突然否定了他自己一本正经的态度。"这就是我为什么老是留心着，想要寻觅一个漂亮的俄国姑娘，把她带回到我在塞达拉皮兹的老家去。来，让我们为伦纳德和玛丽亚干杯！"

大家都举起了杯子。这时，罗瑟尔的手臂挽着简妮，叫道，"来，伦纳德。你来讲讲。"

伦纳德以前只有在小学六年级那年在公众场合讲过话。在那一年，他以班长的身份，每隔两个星期，在早晨的班级会上，对班上的同学宣布班级里的情况和活动。现在，当他刚开始说的时候，他的呼吸急速，只好每说几个字就换一口气。

"谢谢你，鲍勃。我代表我自己来说，我可不敢保证去重建欧洲。凭我的这点本事，最多只能在浴室里架起一个木头架子。"他开的这个玩笑，把大家都逗笑了。连布莱克也微微一笑。玛丽亚在房间的另外一头朝他望着，笑逐颜开，喜不自胜——也许她还喜欢得哽咽了起来。伦纳德脸红了，他觉得全身轻飘飘的，他但愿自己还有十来个笑话讲给大家听听。他说。"我代表我们两个说，我们只能向你们和向我们自己保证，我们一定会幸福。非常感谢诸位光临。"

有人在喝彩。又在罗瑟尔的怂恿之下，他穿过房间去吻玛丽亚。罗瑟尔吻了简妮。然后大家安顿下来，专心喝酒。

布莱克走过来和伦纳德握手，并且向他祝贺。他说。"那个留着胡须的美国人，你怎么会认识他的？"

伦纳德迟疑了一下，说道，"他和我在一块工作。"

"我不知道你在替美国人工作。"

"啊，是的。这是件跨部门的工作。我是说电话线。"

布莱克对伦纳德久久地望了一眼，他和伦纳德一起走到一个安静的角落里。"我想给你一个忠告。那家伙——他叫葛拉斯，是不是？他是比尔·哈维手下的人。如果你对我说，你是葛拉斯的同事，你就等于对我说，你是干什么的了。阿尔特格里尼克，金子行动，我不需要知道这个。你在安全方面犯了个错误。"

伦纳德很想反唇相讥，说布莱克自己也在安全方面犯了个错误，因为他这么说，等于表示他自己也是情报部门中的人物。

布莱克说道，"我不知道这里的另外那些人是什么样的人。

我只知道，在这些事情方面，这儿可是个非常狭小的城市。它是个村庄，不要在公众场合让人看见你和葛拉斯在一起，它会泄露机密。我的忠告是，你把你的职业上的同事和社会活动中的交往严格区分开来。现在，我将会把我的最好的愿望献给你的未婚妻，然后我们就要告辞了。"

布莱克夫妇俩走了。伦纳德独自拿着他的那杯酒站在一旁待了一回，他有个主意——他认为那是个馊主意——想要站在一旁冷眼旁观，看看玛丽亚和葛拉斯之间会不会有什么小动作。可是他们两个一直没有交谈。葛拉斯是第二个告辞的客人。洛夫廷喝了几杯，他对夏洛特的追求比刚才顺利一些了，简妮坐在罗瑟尔的膝头上，他们四个决定到一间饭店去吃饭，然后再去一家舞厅。他们极力劝说伦纳德和玛丽亚和他们一块去，当他们发现劝也没用，他们就亲吻、拥抱，在楼梯上仰着脸喊过了"再见"以后，就都走了。

到处都是喝过了的杯子，香烟留下的烟雾悬挂在房间里寂然不动。屋子里一片宁静。

玛丽亚的双臂搂住了伦纳德的头颈，"你的演讲好极了，你没有对我说过你擅长这个。"他们接了个吻。

伦纳德说，"等你把所有我所擅长的事情都一个个发现出来，那可得花很长的时间哩。"他刚才对八个人之众发表了一次演讲。现在他觉得自己和以前不一样了——他觉得自己什么事都不在话下。他能够干得出来。

他们穿上了外衣出去。他们的计划是在克罗伊茨堡吃罢饭，再到阿达尔勃特街的寓所去过夜。这样他们就算在两个人的家里都庆祝过了。玛丽亚在那儿已换上了新的床单，瓶子里插上了新的蜡烛，一锅肉菜杂烩分盛在两只汤碗里，就等他们去享用。

他们到位于奥拉宁街的一家专营排骨豌豆泥的饭店里去晚餐时——他们已经成了那儿的常客——点了排骨和豌豆布丁。饭店的老板知道他们在那天晚上订了婚，所以免费请他们喝了两杯香槟酒。他们坐的位子像个卧室——简直像一张床。他们坐在店堂里的一个幽深而内凹的地方。那张黑桌子的印花木台面厚达两英寸，让椅背磨得光滑锃亮的高背座位把它围在中间。一块厚实的锦缎缝制的台布从桌子上垂挂下来，沉沉地压在他们的膝头上。侍者在这上面又铺了一块浆洗过的白色的桌布。从低低的天花板上，由一根沉沉的链条挂着，一盏红玻璃的灯笼照出一点点暗淡的光。巴西雪茄，浓浓的咖啡和烤肉的香味，氤氲缭绕，把他们围笼在温暖湿润而闷浊沉滞的雾霭之中。六七个老头围在常客的固定座儿周围坐着，喝着啤酒和威士忌，在离他们较近的地方有人在玩一局斯卡特①。

有一个老人蹒跚地走过伦纳德和玛丽亚的那张桌子时停下了脚步，他像在演戏似的，架子十足地看了看他腕上的那只手表，说了声，"Auf zur Ollen!"②

等他走了以后，玛丽亚对伦纳德解释说，他说的是柏林人

① 斯卡特，一种由三个人玩的德国牌戏。
② 德语，字面意义是"回到老人那里去！"

的一句土话，意思是："我要回到我的老伴儿那儿去了。他就是五十年以后的你吗？"

他举起了酒杯。"为我的老伴儿干杯。"

还有一个庆祝会快要到了，那是一个他不能对她提起的庆祝会。再过三个星期，那条隧道就要满周岁了——从他们窃听到第一个信息的那一天算起。那里的工作人员都认为，他们一定要干点什么作为纪念——虽不违犯安全，但是仍要办得热热闹闹的，而且还要有点象征意义。他们还为此成立了一个特设委员会，葛拉斯亲自担任这个委员会的主席。别的成员里还有一个美国军士，一个德国联络官，和伦纳德。为了突出这三个国家之间的合作精神，各人作出的贡献都应该反映出他的国家的文化特征。伦纳德觉得葛拉斯所分配的任务有点不太公平，可是他没有说什么。那两个美国人负责吃的东西，那个德国人准备喝的东西，而作为英国人的伦纳德则必须提供一个让人意想不到的余兴节目。

伦纳德带着这个节目的三十英镑预算，跑遍了基督教青年会、纳菲游艺中心和 TOCH 俱乐部，仔细察看他们的布告栏，希望他能找到一个为他的祖国增光的节目。英国陆军机械厂里有个下士班长，他的老婆识得茶叶的好坏。美国养犬俱乐部的经理有一头会唱歌的狗，可是他想把它卖掉，不肯出租。还有隶属于英国皇家空军橄榄球俱乐部的一支并不完整的莫里斯舞队。有一个别名叫环球阿姨的机构，她们专门去机场和火车站迎送小孩和老人。还有一个自称是"一级的"魔术师，可是他演出的对象是五岁以下的儿童。

直到举行订婚宴会那天的早晨，伦纳德才根据别人的指点，联系上了英国苏格兰龙骑兵团的一个上士，那人答应，只要为他的伙食基金提供三十个英镑，他就可以为他们提供一个具备全套服饰和装备的吹笛手——其中包括格子花呢的制服，羽毛、毛皮袋等等，一应俱全。由于这一成就，再加上他刚才发表的那篇短短的演说和那个笑话所取得的成功，再加上他喝的香槟酒和更早喝的杜松子酒，再加上他开始掌握了一种新的语言，还有使他感到宾至如归的饮食店的惬意气氛，尤其是那美丽的未婚妻，她在和他碰杯——这一切使伦纳德想到，原来他以前从来不知道自己是个多么了不起的人物。他从来不敢想象，自己原来是个这么有趣，而且，是的，这么风雅而有教养的人。

玛丽亚为了这件大事还特地鬈了头发。巧妙地松散了几绺秀发遮掩在高耸的莎士比亚式的额头，就在头顶下面的部位套着一个白色的发箍——她舍不得放弃这个孩子气的装饰。她现在正带着很有耐心的兴趣对他凝目而视——这目光既表现出她拥有了他，又显示她任性而放荡——在他们相识之初，她的这种目光曾使他设法用关于线路和心算来逃避。她的手上戴着他们在选帝侯堤道从一个阿拉伯人那儿买来的一只银的戒指。它的价钱非常便宜，所以成为祝贺他们的自由的一件礼物。在那些大珠宝店里，年轻的一对对男女正在观看那些将会花费他们三个月工资的订婚戒指。经过了玛丽亚的一番坚持不让的还价——伦纳德则由于过于窘迫，只好站在几步开外的地方，他们终于花了不到五个马克，就把它弄到了手。

他们和玛丽亚的寓所之间——业已准备就绪的卧室，还有他们的订婚大典的完美的顶点——现在就只隔着这顿晚餐了。他们想要谈论性方面的问题，所以他们就谈到了罗瑟尔。伦纳德在尝试着用一种负责而谨慎的语气说话，这语气和他现在的情绪很不协调，可是旧的习惯势力过于强大。他要她对她的朋友简妮转达他的一个警告。罗瑟尔喜欢拈花惹草——照葛拉斯的说法，他是个靠不住的骗子——他自己曾经大言不惭地宣称，自从他到柏林来以后，他曾把一百五十多个姑娘弄到手。葛拉斯用德语说道，"除了他一定患有淋病以外"——他最近从贴在一个公共厕所里的一张招贴上学到了"淋病"这个词——"他不会真心对待简妮的。她应该懂得这一点。"

玛丽亚把手掩住了嘴，被他说出来的"淋病"这个词语惹笑了。"你真傻！你真是……害羞。你用英语怎么说这个意思？"

"一个过分拘谨的人，"伦纳德只好回答。

"简妮会照顾她自己的。当罗瑟尔进来的时候，你知道她在说些什么？她说，'他就是我所需要的那个人。我要到下个星期末了才拿得到工钱，可是我想到菜馆去吃饭，然后我还要去跳舞。而且，'她还说，'他有一个漂亮的下巴颏，像个超人似的。'于是她就开始在他身上下工夫，而罗瑟尔却还以为全是他一个人在使劲哩。"

伦纳德把他的刀叉放了下来，假装不胜感慨地搓着双手说，"上帝！我怎么会这么无知？"

"你不是无知，你这是天真。现在你娶了你所认识的第一个也是唯一的一个女人。好极了！女人才应该和处男结婚，不是男人该和处女结婚。我们女人要新鲜的……"

伦纳德把他的碟子推到一边。有人在挑逗你的情欲的时候，你没法吃东西。

"……我们女人要新鲜的男人，这样我们就可以教会你们怎么样让我们欢喜。"

"让我们欢喜？"伦纳德问道。"你是说不止你一个？"

"只有我一个。你得想到的就是我一个。"

"我需要你，"伦纳德说。他向侍者挥了挥手。他所说的可不是通常的那种夸大其词，如果他不能赶快和她一起上床，他觉得他就会病了，因为他的胃上面和胃里面的豌豆布丁上面，有着一阵子往上面冒的压力。

玛丽亚举起了杯子。他从来没有发现她竟然如此美丽。"为天真干杯。"

"为天真干杯。也为英德合作干杯。"

"那可是一个可怕的演说，"玛丽亚说道，可是，从她脸上的表情看来，她这话并不当真。"他还以为我是第三帝国吗？他以为那就是你结婚的对象？他真的以为人能够代表国家？甚至我们的那个少校在圣诞节发表的演讲也比他的要好些。"

可是，当他们付了账单，穿上了大衣，朝着阿达尔勃特街走去的时候，她又变得比较严肃了。"我不信任这个人。他在对我提问题的时候，我就不喜欢他。他的头脑太简单，也太忙碌。这种人很危险。他们认为你一定得热爱美国，不然你就是替俄国人工作的间谍。想要发动另一次战争的就是这种人。"

伦纳德听她说她不喜欢葛拉斯，心里觉得很高兴，但是他也不愿在这时引起一场争论。尽管如此，他还是说，"他把什么事情都看得很认真。可是他的为人其实并不坏。在柏林，他一直把我当作一个好朋友。"

玛丽亚把他拉得离她近一点。"你又天真起来了。谁待你好，你就喜欢谁。如果希特勒请你喝一杯酒，你也会说他是个好人的！"

"你呢？如果他对你说他还是一个处男的话，你也就会爱上他的。"

他们俩的笑声在空荡荡的街上听上去很响。当他们走在八十四号公寓的楼梯上时，他们的那份喜气洋洋的欢乐在赤裸的木头上发出了回声。到了四楼，有人把门开了几英寸，然后再把它砰地关上。他们在走上其余的梯级时，嬉笑声还是那么响——一面发出"嘘，嘘"的声音叫对方别大声嚷嚷，一面却又都格格地笑个不停。

为了表示欢迎起见，玛丽亚把她屋子里的灯都亮着。卧室里开着电热器。她在浴室里的时候，伦纳德把准备好的那瓶酒打开。空气里有一种他说不上来的气味。也许那是洋葱味，还有别的气味和它混在一起。那气味使他想起了什么，可是他却又一时说不出那究竟是什么东西。他斟满了他们的酒杯，旋开了收音机。他倒很想再听一遍《伤心旅馆》，可是他找到的电台全都在播放古典音乐或爵士。这两种音乐他都不爱听。

玛丽亚从浴室里出来的时候，他忘了向她提起那股气味。他们把酒杯拿到卧室里，点上香烟，静静地谈论起他们的订婚宴会多么成功。那股味道也曾在这间房里有过，可现在，它和肉菜杂烩的香味都由于香烟的烟味而闻不出来了。他们已经恢复了他们在晚餐时的那种迫不及待地想要亲热的心情。他们边说话边脱衣服，边抚摸和亲吻。积聚起来的性欲和毫无拘束的亲昵使他们的动作变得非常容易。等他们脱光了衣服以后，他们说的话就变成很轻的耳语。房间外面，传来了正在渐渐睡去的这个城市，慢慢低沉下去的隆隆的声音。他们钻进床单下面——春天来临，床单比以前也轻多了。在五分钟左右里面，他们故意延缓亲热，以此来品尝久久地拥抱的乐趣。"订婚了，"玛丽亚低声说了一句订婚了，订婚了。这话是一种邀请，一种挑逗。他们就此懒洋洋地开始了。她躺在他的下面。他的右脸颊压在她的脸上。他只看得见那个枕头，还有她的耳朵。她所看见的是他的肩膀上面的东西，那背上的那些小块肌肉的起伏和扯动，还有就是烛火光照外面的幽暗。他闭上眼睛，看见一汪平静无波的水面。在夏天，这也许就是万湖。每一次抽送，他就被什么力量扯往浅弧的下面一点，越远越深，直到那水面成为远离他头顶上面的一片流动的银光。当她动弹了一下，悄声说了点什么，她的话语就像水银珠子似的，可是却像羽毛一样掉落下来。他咕噜了一声，算是回答。可当她又对他的耳朵说了一遍的时候，他就睁开了眼睛，虽然他还没有听清楚。他用两个手肘把自己的上身撑了起来。

他的胳膊觉察到了，她的心扑扑地跳得更快，她的眼睛睁得大大的，她的上嘴唇结聚起来小颗湿润的珠子，她重复她说过的话时舌头却不听使唤——他之所以会把这一切都认为是为了他的缘故，究竟是由于他的无知还是天真？他把头垂下来一点。她所说的话都出之于最平静的悄声低语。她的嘴唇擦着他的耳朵，那些音节听上去都很模糊。他摇了摇头。他听见她的舌头在鼓动，想要再试一次。他终于听到她说出来的是："衣柜里有人。"

他的心立刻就跳得和她一样快了。他们的胸部相触，而且他们感觉得到，可是听不见，心跳得像马蹄乱踩似的。他不顾这些使他分心的感觉，想要仔细倾听。他听见一辆汽车往远处驶去。管道里有什么东西。除了寂静，还有无法分割的黑暗，还有那他过于匆忙地一眼扫过的那些东拼西凑的寂静，此外就什么都没有。他重新检查这个情况，寻找着心跳的频率，观察她的脸孔，想要得到一个线索。可是她脸上的每块肌肉都已经绷紧，她的手指捏着他的胳膊。她还在听见那声音，她用她的意志迫使他的注意力移向它，迫使他把精神专注于那片沉默上面——它所在的那个狭窄的地带。他的阴茎已经在她的体内萎缩，他们现在是分开了的两个人了，他们的肚子相触的地方黏糊糊的。她这是醉了，还是疯了？无论哪种情况，他都会感到

241

安慰。他歪斜着头，极力屏息凝神，仔细谛听。然后他听见了，而且他知道他一直都把它听在耳里。他一直在寻找着的是别的东西——噪声，话音，硬的东西相擦。可是这只是空气，推着和拉着的空气，这是有人在一个关闭起来的地方呼吸的闷塞的声音。他用四肢把自己撑了起来，转了个身。那衣柜就在门口，靠近电灯开关。他们没有设法去澄清那一大片黑暗。他的本能是，除非他穿上了衣服，不然他就什么都不干，什么都不去对付，对什么都不屈服。他找到了他的内衣裤，穿了上去。玛丽亚坐了起来。她把手遮在她的鼻子和嘴巴上。

伦纳德想到了一个念头——也许这是他这一向在隧道里工作养成的一个习惯：他们别把他们已经发现屋子里有人躲着这件事情流露出来。可他们不能假装谈话。所以伦纳德就穿着他的内衣裤站在黑暗里，开始从他那紧缩起来的喉咙里哼起那首他所喜欢的歌来，一面心怀恐惧地想，他现在该怎么办。

十六

玛丽亚伸手去拿她的裙子和衬衫，她的动作震动了蜡烛，以致它垂下了烛泪，可是它没有熄掉。伦纳德从椅子上取下了他的裤子。她加快了他在哼着的那首曲子的节奏，把它改成一首轻快的、节奏强烈的曲调。他心里想到的唯一的念头，就是赶快穿好衣服。他一穿好裤子，他觉得自己赤裸着的胸膛在黑暗里刺痒得难受。他披上了衬衫，可他的脚仍然暴露着，易受伤害。他找到了鞋子，可是找不到袜子。他在系鞋带时沉默不语。现在他们两个分别站在床铺的两侧——这对未婚夫妻。刚才穿衣服时瑟瑟有声，伦纳德又老在哼哼，把他们刚才听到的神秘的呼吸声音全掩盖住了。可现在他们又听见了，这声音很轻，可是它深沉而稳定。伦纳德听在耳里，觉得这意味着来者怀有某种坚定不移的目的。玛丽亚的身子挡住了烛光，又把一个巨大的影子投射到门上和衣柜上。她对他望着。她眼睛里的神情在向他示意，让他到门口去。

　　他迅速走去，尽力在没有铺着地毯的地板上放轻了脚步。他得跨上四步。电灯开关就在衣柜的旁边。你到了那儿，你的头皮和手指就不会不让你感觉到，这儿有一个人藏着。他们就

245

要暴露自己心里的秘密：就要宣布，他们已经知道有人藏在这儿。他伸手去抓开关，指关节擦在衣柜那打光了的表面。玛丽亚就在他后面——他觉察到，她的手按在他的腰上。灯光陡然爆炸般亮起，肯定有六十瓦以上，他眯细了眼睛来对付那突然袭来的光亮。他举起了双手，做好了准备。衣柜上的门就会砰然大开。就是现在。

可是毫无动静。衣柜上有两扇门，其中一扇门里是一排抽屉，它关得紧紧的。另一扇门里面是挂衣服的地方——那儿的空间足以让一个男人站在里面藏身。那扇门却是虚掩着，没有关紧。门上的搭扣没有扣上。它是一个很大的门环。你转动它，就会使柜门里边的那个已经磨损了许多的转轴转动起来把门关上。伦纳德把手伸向环轮，他们能够听见呼吸的声音。没有弄错。在一两分钟以后，他们不会因此而好笑起来。那是呼吸的声音——人的呼吸。他把手指和大拇指按在门环上，悄悄地把它抬起来。他还握着门环，一面朝后挪动了一点。不管马上就会发生些什么事情，他总得需要更多的空间。他离柜子越远，就会有更多的时间。这些和几何学相关的念头，一个个在他的脑海里出现——裹得严严实实。有更多的时间来干什么？这问题也给裹得十分紧密。他在门环上使了点劲，猛然把门拉得敞开。

什么都没有。只见一件哔叽呢的大衣的阴影，还有一股由于门扇的掀动而带出来的恶浊的气味扑鼻——酒精和泡菜混合起来的气味。然后，只见那张脸，那个人，就在衣柜的底板上

246

坐着——抱着双膝正在酣睡，酒鬼的昏睡。那是啤酒、谷物、洋葱或者泡白菜的味道，嘴巴垂落而张大着，沿着下嘴唇有一片白沫，中间被一大块凝结成血污的黑色伤口垂直地切断。它是酷寒引起的冻伤，或者被另外一个酒鬼殴打造成的创伤。他们后退了一步，躲开那带有甜味的臭气的直接冲击。

玛丽亚低声说道，"他怎么进来的?"然后她自己回答了这个问题。"也许他上次来的时候拿到了一把备用的钥匙。"

他们望着他，即将遇到危险的感觉渐渐减退，正在取代原来的恐惧之感的，是厌恶的心情，以及由于寓所受人侵犯而感到的愤怒。可这种感觉似乎不是一种改进，这并非伦纳德以前想到过的那种对付敌人的方式。他现在有机会对他进行观察。那人的头很小，头顶上头发稀疏，呈灰黄色，像是沾上了烟灰似的，发根上几乎带有绿色——伦纳德在柏林经常看见这种颜色的头发。鼻子大而显得个性软弱。它两侧的皮肤紧绷，且有光泽，下面显示出一些爆裂了的微细的血管。只有那两只手才显得强壮有力——红润结实，骨骼粗壮。头很小，肩膀也窄。他像这样陷肩缩背地坐着，所以看不真切，可是他让人看上去像是一个矮子——一个身材不高、恃强凌弱的打手。他以前的虚声恫吓，他对玛丽亚的殴打施暴，使他的形象变得夸大失真。伦纳德心目中的奥托是一个久经枪林弹雨的沙场老兵，一个从一场战争里活了下来的勇士——而伦纳德自己则因当时年纪太轻，还不能参加那场战争。

玛丽亚把门推上。他们关熄了卧室里的灯火，来到了起居室里。他们的心情紧张，坐不下来。玛丽亚说话的声音十分刺耳，含有一种他以前从来没有听见过的愤恨。

"他坐在我的衣服上。他会在那些衣服上撒尿的。"

伦纳德没有想到这个。现在经她这么一说，这就成了一个最为迫切的问题。他们怎么才能够防止他进一步作出这种不轨的行为？把他搬到公寓外面去？把他搬到厕所里去？

伦纳德说道，"我们怎么把他弄走？我们可以叫警察。"在他的想象中，有两个警察把奥托从前门抬了出去，然后，喝了些酒压惊，并为刚才的情景尽情取笑了一会以后，他们在当夜余下的良辰里重温春梦，因此他心里感到了一阵历时短暂的欢喜。

可是玛丽亚却摇了摇头。"那些警察都知道他。他们甚至还买啤酒给他喝。他们不会来的。"她在想什么别的事情。她用德语说了点什么，又掉转头去。可她又改变了主意，又转过头来。她想要说话，可是却又终于没有说。

伦纳德还在设法挽救他们俩庆祝订婚这桩喜事。只要想个法子把这个醉鬼打发掉，他俩的喜事就不会让他给搅了。"我可以把他背到外面，从楼梯上拉下去，就让他躺在街上。我敢打赌，他甚至不会醒来……"

玛丽亚的心事却使她发起火来。"他在我的卧室里——在我们的卧室里干什么？"她责问他，就好像是伦纳德把奥托搁在那儿似的。"你为什么不想想这个？他为什么躲在衣柜里？你说呀——你对我说说，你是怎么想的。"

“我不知道，”他说。“我现在不在乎这个。我只想把他弄出去。”

“你不在乎！你就是不肯想想这个问题？”她突然在一张椅子上坐了下来。她坐的地方离铁椎头周围的那堆鞋子不远。她一伸手从鞋子堆里抽出了一双，把它们套在脚上。

伦纳德忽然想到，他们就要吵起嘴来了。这是他们的定情之夜。这又不是他的过失，可是他们却会吵起来——至少她在吵嘴。

“我却在乎。我嫁了个猪一样的家伙。我却在乎这个——我在和你做爱的时候，这头猪，这堆人屎，却躲在衣柜子里。我知道他这家伙。你懂得这个吗？”

“玛丽亚——”

她提高了声音。“我知道这家伙。”她想点一支烟，可把它弄得一团糟，没有点着。

伦纳德也想点一支。他柔声抚慰地说道，“你听我说，玛丽亚……”

她点着了她的烟，吸了一口。可是它没有使她觉得好过一些，她说起话来还像叫喊似的。“你别这样对我说话。我不想安静下来。而你为什么这么心平气和？你为什么不发脾气？你自己的房间里有个人在暗地里偷看你。你就该大发脾气，摔家具。而你却在干什么？搔着头皮说什么我们该去把警察叫来！”

伦纳德觉得她说的每一句话都说在点子上。他本来就不知道他该怎么办才好——他甚至连想也没有想到过。他知道的事

249

情毕竟太少，她比他年纪大些，她以前结过婚。当你发现有人躲在你的房间里的时候，你就会产生她那种感觉。可是，他又为了她说的那些话而感到气愤。她在指责他，说他缺乏男子汉的气概。这时他已经把香烟盒拿在手里，他取了一支。她还在数说他，她说的那些话里有一半倒是用德语讲的。她把打火机攥在拳头里。可当他把它从她那儿拿走的时候，她几乎毫无所知。

"为了这个而对别人大声嚷嚷的应该是你而不是我，"她说道。"那是我的丈夫，不是吗？你不觉得生气吗—— 一点点都不生气？"

这太过分了。他刚吸了一大口烟，现在他就大喊了一声把肺叶里的烟全都呼了出来。"你给我闭嘴！为了上帝的缘故，你把嘴巴闭上一会儿！"

她立刻就静了下来。他们两个都一言不发，他们吸着烟，她仍然坐在椅子里。他走到这间小房间的那一头，站得尽量离她远些。过了一会，她望着他微笑，表示了她的歉意。他的脸上毫无表情。她刚才存心要他对她生气。好吧，他就稍稍生点儿气吧。

她花了点时间把她的烟蒂熄灭掉。她说话时，起先也没有从她正在忙乎的事情上面抬起头来看他。"我来告诉你他为什么在那个里面躲着。我来告诉你他打算干什么。我但愿自己不知道这些，我不爱知道那是为了什么缘故。可是，所以……"当她重新说话的时候，她的语气显得愉快了一些。她有个说

250

法。"刚认识奥托的时候，他很和气。那还是在他开始喝酒以前——在七年以前。起先他很和气。他把他能够想得到的每一件讨好人的事情都做到了，那是在结婚的时候。然后你发现，他的和气是为了把你占为己有。他这人的占有欲很强。他一天到晚在想，你是在看别的男人——要不然就是他们在看你。他的妒忌心很重，开始打我，而且还造谣言，瞎编一些关于我和别的男人——不管是他认识的男人还是街上的陌生男人——荒唐可笑的谎言。他总是以为我有什么见不得人的事情瞒着他。他以为柏林城里的一半的男人都和我上过床——另外一半则还在等待轮到他们的机会。这时候，他的酗酒变得更加厉害了。而最后，经过了这些时候，我亲眼看见了他酗酒的情景。"

她正在伸出手去再拿一支香烟，可是她打了个颤，改变了主意，不拿了。"这件事情——我和另外一个男人在一起——他要的就是这个。这会使他发火，可是他就是要看到这个。他要看我和别的男人在一起的样子。也许他要谈论这件事，或者他要我来谈论，这会使他变得兴奋起来。"

伦纳德说道，"他是……他是个性变态的人。"这个词语他以前从来没有用过。现在他把它说了出来，使他觉得很痛快。

"一点不错。他发现了关于你的事情——那是在他上次打我的时候。然后他就走开去考虑这件事情——这一想就再也收敛不住，一直想个不停。这使他的梦想成真——这一次他所想的是真实的。于是他想了又想，而且他这时候已经从什么地方弄到了一把钥匙。然后，他今天夜里喝得更多，到楼上来，在

251

这里等着……"

玛丽亚说着就哭了起来。伦纳德走过去，伸出手去按在她的肩上。

"他在这里边等着。可是我们回来得很迟，于是他就睡着了。也许，他本来打算在……要紧关头跳出来指控我什么罪名。他仍然以为他拥有我，他以为我会觉得对他犯了什么罪……"

她哭得太厉害，说不下去了。她在裙子里掏摸着手帕。伦纳德把他的那块白的大手帕从裤子口袋里取出来给了她。她擤了擤鼻涕，深深地吸了口气。

伦纳德刚想说话，可是她抢在他前面说，"我恨他，而且我也不想知道关于他的事情。"

然后他才说了他刚才想说的话。"我去看看。"他到卧室里去开亮了灯。要开衣柜的门，就先得把卧室的房间在他的身子后面关上。他望着那个下流的偷窥狂，奥托坐着的姿势没有变。玛丽亚在隔壁叫他。他把卧室的房门开了一两寸。他对她说，"没事。我只是看着他。"

他还在看着。玛丽亚曾经把他选作她的真正的丈夫，事情的本质就是如此，她尽管说她恨他，可是她曾经选中了他，她也曾选中了伦纳德，同样的爱好在起作用，他和奥托两个都曾经使她动了心，他们两个在这方面有共同之处——人格上的某些方面相同，外表，命运，以及别的方面也有相同之处。现在他真的对她生气了。她用她作出的选择把他和这个她假装不承认的男人联系在一起了。她把这件事假装成一种巧合，就好像它和她一点没有关系似的。可是这个想要偷看别人的风流韵事的家伙是躲在他们的卧室里，藏在衣橱里面，喝醉了睡在那儿，为了她所作出的选择而会在所有这些衣服上面撒尿。对，他现在可真的发了火。奥托的事情由她负责，是她的过失，他是她的。而她竟然还敢对他伦纳德发什么脾气。

他关熄了卧室里的灯，回到起居室里。他想走了。玛丽亚在抽烟。她神经质地微笑。

"我为刚才对你大声喊叫而感到抱歉。"

他伸出手去拿香烟。只剩下三支了。当他把香烟盒扔下去的时候，它滑到了地板上，落在那堆鞋子旁边。

她说，"别生我的气。"

"我还以为你刚才就要我生你的气。"

她抬起头来，感到惊讶。"你生气了。来坐下，对我说说你为什么生气。"

"我不要坐。"现在这场争吵使他觉得很有劲起来。"你和奥托的婚姻关系还在继续，就在卧室里，这就是我感到气愤的原因。要么我们谈谈，怎样才能把他搞掉，要么我就回到我的地方去，让你们两个继续玩下去。"

"玩下去？"她的外国口音使这个熟悉的词语听上去有一种奇特的腔调。她想要让它传达出来的那个威胁的口吻没能表达好。"你想要说些什么？"

她没让他施展他的威风，现在竟然又在对他发起脾气来了。这使他感到不快。刚才他已经让她发过脾气了。"我是在

253

说，如果你不肯帮我把他弄走的话，那么你就不妨和他在一起打发掉这个夜晚吧。谈谈过去的旧情，喝光剩下来的那些酒——随你们想干什么都行。可我不会奉陪。"

她把手举到她那美丽的额头上，遥遥地对着屋子另一头的她想象中的那个见证人说起话来。"我简直无法相信。他在吃醋。"然后她对伦纳德说，"你也吃醋？就和奥托一样？你现在想要回去，让我留在这儿和这个人待在一起？你要回去待在家里想象我和奥托之间的事情，也许你会躺在床上想象我们在干些什么……"

他真的害怕了，他没有想到她竟然会说出这种话来，也许他没有想到任何女人会说出这种话来。"你别胡说八道讲这些混账话。刚才我还说要把他拉到街上去扔在那儿，而你却要坐在这儿一个劲儿对我描述什么他的性格，还用我的手帕擤鼻涕哩。"

她把那条手帕团成一团，扔在他的脚边。"拿去。这臭东西!"

他没有把它拾起来。他们两个都抢着想要说话，结果还是她占了先。"你说你要把他扔到街上去，那你为什么不干脆就这么做？你做呀! 你干吗不做？你为什么一定要非得让我对你说该怎么办？你要把他扔出去，你是个男人，你就把他扔出去吧!"

他的男子汉气概又给鼓动了起来。他大踏步穿过房间，一把揪住了她衬衫上当胸的部位。一颗纽扣掉落下来。他把脸孔

254

逼近了她的脸，大声喊叫，"因为他是你的人！你选择了他。他曾是你的丈夫，他有你的钥匙，你该对他负责。"他的那只空着的手攥成一个拳头。她害怕了。她的香烟掉落到她的裙子上，它在燃着。可是他不管这些，也什么都不在乎。他又大声喊叫，"你就坐在这儿，让我去收拾你过去留下来的这个烂摊子——"

她对他当面喊叫着作为回报。"一点不错！我以前让男人对我吆喝，把我殴打，想要把我强奸。现在我要一个男人来照顾我，我还以为这个男人就是你，我还以为你能够照顾我。可是，你不。你要吃醋，要大声吆喝，要殴打，要强奸，就像他和别的所有男人一个样……"

说到这里，玛丽亚可真的火了。

刚才香烟在闷燃着的地方，现在冒出了一个指头大的火苗，它立刻穿过去和衣服的夹层里的火苗汇合在一起。她还没来得及吸口气来大声尖叫起来，这些火苗就向外面和上面冒了出来。它们呈现出蓝色和黄色，燃烧得很快。她跌跌撞撞地站起身来，用手去拍打。伦纳德伸出手去抓那个酒瓶，还有它旁边的那只半满的杯子。他把杯子里的酒倒在她的裙子上，可是它不起作用。当她站在那儿又开始叫了起来的时候，他正在把瓶子里的酒都倒在她身上。可是它倒得不够快。有这么一瞬间，她的那条裙子就像一个正在跳西班牙的弗拉门戈舞的舞女穿的裙子，一片橘黄和绯红的颜色，中间还夹杂着一条条靛蓝，而且她还不住地陪伴着一阵阵噼噼啪啪的声音旋转着身子，拍打着衣裙，踮起了脚尖急旋，就好像她会从她的衣服里纵身跃起而跳将出来似的。就在这时，只一刹那，伦纳德把双手插进她的裙子的腰带里，把整条裙子扯了下来。它掉落在地板上，重新燃烧了起来。他在它上面踩着，踩着，庆幸自己穿着鞋子。直到火焰化为一股浓烟，他这才转过身来看她的脸孔。

他看见的只是宽慰——惊魂甫定的安心——可是没有疼痛的表情。她身上还穿着一件衬在里面的内衣，用缎子或者别的什么不容易燃烧起来的料子缝制而成的衬裙，它保护了她。它现在被他踩在脚下，被火熏得黑了，可是安然无事，丝毫无伤。

他不能停止他正在做的这件事情，只要裙子上还在冒出火焰，他就得继续不停地把它踩熄。那股烟呈蓝黑色，而且很浓。他得去开一扇窗户，而且他也想伸出手臂去把玛丽亚搂在怀里。她寂然不动，也许仍还感到惊恐，除了衬衫以外，身上没有穿衣服。他得到浴室里去把她的浴衣拿来。等他确定地毯不会着火以后，他要做的第一件事情就是这个。可是当他终于放心了，从那儿走开的时候，他当然得先转过身去拥抱她，这是很自然的。她在发抖，可是他知道她没事。她正在一遍又一遍地呼唤着他的名字。而他则不停地在说着，"哦上帝，玛丽亚，哦我的上帝。"

他们终于相互分开了一些——只分开了几寸，相互对视。她已不再颤抖。他们亲吻，又吻了一次。然后她的眼睛从他脸上移开，突然睁得大大的。他转身去看。只见奥托正靠在卧室的房门上。他们和他当中隔着那件还在冒烟的衣服。玛丽亚往后面跨了一步，躲在伦纳德的身旁。她用德语很快地说了些什么，伦纳德没有听出来。奥托摇着头，似乎不是在否认她说的话，而是在把他头脑里的思想理理清楚。然后他要一支香烟——这是一个为伦纳德所熟悉的词组，可是他也差点听不出来。尽管伦纳德的德语比以前有了不小的进步，可是他要听这对一度结过婚的男女的谈话，一定会感到很困难。

"滚，"玛丽亚说道。

伦纳德用英语说，"在我们叫警察之前，离开这里。"

奥托跨过了地上的那条裙子，来到了桌子边。他穿着一件英国陆军的旧上装，在原来缀有下士条纹臂章的地方，留着一个 V 形的较深的印迹。他在烟灰缸里搜寻。他找到了最长的那根烟蒂，就用伦纳德的打火机把它点着。因为他这时仍然挡在玛丽亚前面，所以伦纳德没法移动。奥托吸了一口烟，绕过他们两个，朝着大门走去。看来奥托不会自动离开属于他们俩的这个夜晚。事实上他没有离开。他去到浴室，走了进去。门一关上，玛丽亚就跑进卧室。伦纳德在一只碟子里注满了水，把它倒在裙子上。它被淋得湿透了以后，他就把它扔进废纸篮里。浴室里传出来一阵响得吓人的咳嗽和吐痰的声音，随着一句下流的吆喝，一口又浓又大的痰一起给吐了出来。玛丽亚这时回到起居室里来了。她身上穿得整整齐齐的。她刚要说话的时候，他们听见浴室里传来了一声巨响。

她说，"他把你的那个架子推倒了。他一定倒在地上了。"

"他故意把它弄倒的，"伦纳德说。"他知道它是我把它架起来的。"玛丽亚摇了摇头。他不知道她为什么袒护他。

她说道，"他喝醉了。"

门开了，奥托又出现在他们的面前。玛丽亚退到那堆鞋子旁边的她的那张椅子那儿，可是她没有坐下来。奥托刚才把脸浸在水里洗过，而且他没有把它全都抹干。长而柔软、滴着水珠的头发披在他的额头上。在他的鼻子末端还形成了一条小小的水柱，他用手背把它抹掉，也许那是鼻涕。他在向烟灰缸张望，可是伦纳德挡住了他的去路。伦纳德交叉着双臂，把两脚分得很开，稳稳地站立着。那只架子被毁使他产生了警惕，他因此暗自估量起来。奥托比他矮六英寸左右，也许比他轻四十磅。他要么喝醉了，要么宿酒未醒。而且他的健康状况欠佳。他身材瘦削，个子很小。对伦纳德不利的是他自己一定得把眼镜戴着，而且他对打架并不擅长。可是他这时怒不可遏，这也是他优于奥托的一个克敌制胜的有利的条件。

"滚出去，"伦纳德说道，"不然我就把你扔出去。"

玛丽亚在他后面说道，"他听不懂英语。"然后她就把他说的话翻译出来。这个警告可并没有在奥托的那张苍白而肌肉松弛的脸上引起什么反应。他嘴唇上的那个裂口在渗出血来，他用舌头舔了舔伤口，同时他把手伸进上装的一只口袋，然后又伸进另一只口袋。他取出了一个折了起来的褐色信封，把它举在手里。

他绕过伦纳德对玛丽亚说话。他的个子虽小，声音倒很深沉。"我拿到了。我从什么什么办公室拿到了那个什么。"伦纳德只听懂了这些。

玛丽亚没有说话。她的沉默很特别——它厚实浓重，使伦纳德忍不住要想转过身去。可是他不愿让那个德国人从他身边过去。奥托已经朝前走了一步。他在露齿而笑，于是他脸上的肌肉失去了均衡，把他的那个细鼻子扯到一边去了。

玛丽亚终于说道，"我才不管你得到了什么呢。"

奥托笑得更欢了。他打开了信封，翻开一张折叠起来的、被人摸得过多而发皱的纸。"他们有了我们的一九五一年的信。他们找到它了。还有我们的什么东西，你和我两个都签了字。你和我。"

"这都是过去的事情了，"玛丽亚说道。"你还是把它忘了吧。"她说这话的声音却犹豫不定。

奥托笑了。他的舌头由于舔过了血而变成橘黄色。

伦纳德没有转过身去，只是问道，"玛丽亚，这究竟是怎么回事？"

"他以为他有权住在这间公寓里。我们还没有离婚的时候申请了这套住房，他为了这件事情已经忙了两年了。"

突然，伦纳德觉得这倒是一个解决问题的办法。奥托可以得到这套房子，他们两个就住到梧桐林荫道的寓所里去，奥托永远找不到他们。他们不久就会结婚了，他们不需要两个地方。他们永远不会再见到奥托了。好极了。

但是玛丽亚好像已经猜到了他的想法，或者想要警告他别这么瞎想，把她想说的话一个字一个字地说了出来。"他有他自己的去处。他有一个房间。他这么做，只是为了给我们增添麻烦。他现在还以为他占有我。情况就是这样。"

奥托在耐心地听着。他的眼睛望着烟灰缸，他在等待他的机会。

"这是我的地方，"玛丽亚在对奥托说。"它是我的！话就说到这里为止。你给我滚！"

伦纳德在想，他们两个只要花三个小时就可以把需要带走的东西全都收拾好，玛丽亚的东西用两辆出租汽车就可以装走，不到天亮他们就能安然抵达他的寓所。不管他们累成个什么样子，他们仍然可以继续顺利地庆祝他们的订婚大典。

奥托用手指甲弹了弹那张纸。"你念念。你自己看看上面是怎么写的。"他又朝前跨了半步。伦纳德一步不肯放松，跟了上去。也许玛丽亚真的应该读一读它。

玛丽亚说，"你没有告诉他们说，我们已经离婚了，所以他们才以为你有这个权利。"

奥托可是喜气洋洋。"可是他们确实知道了。他们知道。我们一定要在一个什么什么面前一起露脸，看看谁更加需要这寓所。"现在他对伦纳德望望，然后又转过去对伦纳德说道，"这个英国人有一个地方，而你有一枚戒指。那个什么什么会要知道这是怎么回事。"

"他就要搬进来，"玛丽亚说道。"这件事情就到此为止。"

这一次奥托使伦纳德目不转睛地对自己看着。在他的眼里，这个德国人变得比以前强壮了——不像一个无家可归的人，不像一个酒鬼，却更像一个骗子。他以为自己快要获胜，他带着微笑说道，"不，不。梧桐林荫道二十六号对你更加好些。"

正如布莱克所说。柏林是一个很小的城市，一个乡村。

玛丽亚大声喊了点什么，它当然是一句骂人的话，一句很起作用的责骂。奥托脸上的笑容消失了，他回了一声叫喊。伦纳德现在处于唇枪舌剑的交叉火力之中。这是一场由来已久的战争，在交战双方猛烈的炮火里面，他只听得出那些动词，它们被堆在节奏断断续续的句子末尾，就像一些射程过远而发挥不出原有威力的弹药似的。其间还夹杂着不少他已经学会的下流话的某些流风余韵，可是它们已被演化为崭新的、更加强烈得多的咒骂。他们两个同时在大喊大嚷。玛丽亚变得非常凶猛。她成了一头张牙舞爪的猫，成了一头母老虎。他从来没有想到，她竟然会变得这么激动。而他一时间感到深为惭愧，因为他自己从来没能惹她变得如此激昂，这般动情。奥托在往前挤，伦纳德张开了手挡住了他。那德国人对他们两个的肌肤相触毫无所觉，而伦纳德则对他所接触到的那种感觉十分讨厌。那个人的胸膛又硬又重，碰上去像是一个沙袋。那家伙所吐出来的每一句话就在伦纳德的肩膀上面滚滚而过。奥托取得的那封信迫使玛丽亚处于守势，可是她说出来的每一句话都打中了对方的要害。你永远别想，你根本没有，你没有能耐……她在攻击他的弱点——也许是酗酒，也许是性行为，也许是金钱，而他则在颤抖，在大声喊叫。他的嘴唇流的血更多了，他的唾

261

沫溅在伦纳德的脸上，他又在挣扎着想要冲上去。伦纳德抓住了他的上臂。这也很难，没法使它改变动作的方向。

接着玛丽亚说了句让对方难以忍受的话。奥托挣脱了伦纳德的手掌，冲了上去，抓住了她的喉咙，切断了她正在说出来的话和别的任何声音。他的另外一只手也攥紧了拳头举了起来。正当它要朝她的脸上打过去的时候，伦纳德已经用双手把它紧紧地抓住。可是他把她的喉咙叉得很紧，她的舌头被逼得吐了出来，呈黑紫色。她的眼睛巨睁，表达不出求救的眼神。刚才那股往前猛冲的势头很猛，把伦纳德也拖了过去，可是他用力拉住奥托的胳膊，再把它扭曲过去，绕到他的背后，把肘关节也扳了过去，可它居然没有折断。奥托被迫向右面转过身去。由于伦纳德抓住那家伙手腕的双手更加用力，而且把他的手臂往上面推去，奥托抵挡不住，只好松了手，放开了玛丽亚。同时转过身来想要挣脱手臂，面对他的敌手。伦纳德放了他的手臂，往后退了一步。

不出他之所料，他所担心的事情果然发生了。他会被打成重伤，落得个终身残废。如果大门开着的话，他也许就会朝着它飞奔而去。奥托这家伙矮小灵活，体格强壮，心狠手辣得令人难以置信。现在他的全部憎恨和愤怒全都集中到这个英国人身上，把本该和玛丽亚清算的那笔账，如今都算在他的头上。伦纳德则把他的眼镜推上他的鼻梁。他不敢把眼镜取下来，他一定得看清他会碰到一些什么灾祸。他举起了双拳——摆出了他所见过的拳击手的架势。奥托让自己的双手垂在他的两侧，就像一个即将动手拔枪的牛仔似的，他的那双酒徒的眼睛发红。他所做的事情极为简单。他右腿后缩，朝那个英国人的小腿骨踢了一脚。伦纳德的防守一下子就垮了。说时迟那时快，奥托乘机一拳挥去，直取对方的喉结。伦纳德赶紧一闪，这拳就打在他的锁骨上。很痛，真的很痛，痛得令他难以置信。也许骨头断了。下一次会轮到他的脊椎骨了。他举起了双手，手掌向外。他想要说点什么，他要玛丽亚说点什么。他从奥托的肩膀上面看得见她正站在那堆鞋子边上。他们可以住到梧桐林荫道去，只要她想通了其中的道理，她会感到满意的。奥托又打了他一拳，很重——非常重——打在他的耳朵上，他的耳朵里顿时响起了一阵阵铃儿轰鸣的声音，有个电铃在响，来自房间的每个角落。这太恶毒了，太……太不公平了。这是伦纳德在和他的对手抱在一起以前想到的最后一个念头。他们两个的手臂紧紧地抱住了对方。他究竟该把这个结实、硬邦邦的令人作呕的躯体抱得紧些，还是该把它推开到它会再打得到他的地方？他这时发现了他的高身材的缺点。奥托用力朝他挤紧，他这才发现了对方的意图。他的裤裆里有两只手在摸索，找到了他的睾丸，而且正在用力把它们抓紧。就是曾经叉住玛丽亚喉咙的那只有力而凶恶的手掌。他眼前出现了一片烧焦的褚色，发出了一声尖叫，"疼痛"这个字眼不足以形容他的感觉，它使他的整个意识都成为一个可怕的螺旋形的逆转。他愿意干任何事情，放弃任何事情，只要他能够挣脱这个人的掌握——或者他宁可立刻死掉。他弯下腰去，他的头和奥托的脑袋相并，他的脸颊和他的脸颊相擦，他就转过脸去，张大了嘴巴，在奥托的脸上深深地咬了一口。这不是打架的一种手段。那是他的疼痛迫使他的牙床骨合并拢来，直到他的上下两排牙齿合在一起。可他的嘴巴一下子全都塞满了。只听见有人大吼了一声——它不可能是他在吼叫。他的疼痛减轻了。奥托在挣扎，想要从他的怀抱里挣脱出来。他就把他放开，从嘴里吐出了一块像是吃了一半的橘子似的东西，他嘴里没有尝到什么味道。奥托在干嗥。从他脸颊上一个洞孔里，看得见一只臼齿。还有血——谁能想得到，人的脸上会有这么许多血？奥托又过来了。伦纳德知道，这下他可完了。奥托的脸上淌着血，朝他步步逼近，还有别的什么东西——什么从后面来的东西，黑黑的，高高的，就在他的眼梢的周围。他为了想保护自己，免受那件东西的伤害，伦纳德把右手伸将出去，他的手指在一件冷冷的东西上面抓住了。一瞬间，时间变得缓慢下来。他没法让它改变它的方向，只能抓紧了它使上劲，让它下来——而它下来了，带着所有的力量和沉重的铁，像个正在踢着的标志。它下来了——像正义的巨灵之掌，上面还有他的手掌和玛丽亚的手掌，夹着审判的雷霆万钧之力，那只铁的脚打下来，敲在奥托的头颅上，它的脚趾的部位首先刺穿了他的骨头，深入进去，让他倒在地板上。他一声不响地倒了下来，脸孔朝下，全身摊开。

鞋匠用的那个铁楦头仍然矗立在他的头颅里。而整个城市一片寂静。

十七

在他们举行了订婚酒会以后，这两个年轻人一夜未睡，一直在谈话，这就是伦纳德在天亮后两个小时，当他在上班高峰的队伍里等待乘公共汽车去鲁道时所想到的。他认为自己需要有个顺序，一个故事。他需要次序。一件接着一件。他上了车，找到一个座位。当他在做着事情的时候，他的嘴唇在形成那些词语。他找了个座位坐下。打架结束以后，他刷牙刷了十分钟之久。然后，他们在尸体上盖了一条毯子。或者是这样的：他们在尸体上盖了一条毯子，然后他到浴室里去刷了十分钟牙齿。也许二十分钟。他的牙刷在地板上，和那些碎玻璃在一起，就在那个倒下来的架子下面。牙膏落在洗脸盆里。那酒鬼打翻了那个架子，牙膏就掉落在脸盆里了。那牙膏知道他需要它。那牙刷则不知道。牙膏在负责，牙膏是头脑……

他们没法把那个铁榰头搬走，它在地毯下面矗立着。玛丽亚笑了。它还在那儿。他们把它遮起来，它就留在那儿了。那个插头和那个榰头。那个插头找到了一个座儿，而那个榰头却只好站着。

当汽车沿着海森哈德驶去的时候，车子里就挤满了乘客。

267

只有供人站立的地方。然后驾驶员对等在人行道上的人喊道，车子里挤不下了。这倒好，没有人再上得了车。这一会儿他们是安全的。当他们往南驶去，和上班高峰的人群的流向相反，公共汽车就开始空起来了。等他们到了鲁道村，车上就只有伦纳德一个人孤零零地对着一排排的座位。

他开始走那段熟悉的路程，那儿的正在建造中的房子要比他所记得的要多些。从昨天以来，他没有到这里来过。昨天早晨，在他订婚以前。他们从床上拿下一条毯子，把它摊开。这不是尊敬，他怎么会想到它和尊敬有什么关系？他们一定得保护自己，使自己不让它看见。他们一定得动动脑筋。他将会把那个楔头拔出，也许这就是尊敬。或者隐藏。他跪下去，把它抓在手里。它在他的手的触摸下面动了起来，就像厚厚的泥淖里的一根手杖。这就是它拔不出来的缘故。他要不要把它擦抹干净，在浴室的水龙头下面冲洗冲洗？

他们想法子把那块地方遮盖了起来。可这事看上去挺傻，一头是一只穿烂了的鞋子，而在另外一头，则是一个神秘的隆起了的形状。捏住了整床毯子，而它本该捏住的是一只鞋子，玛丽亚开始笑了起来，可怕地、全身颤抖地笑着，充满了恐惧。他也可以像她那样笑起来的。她没有想要注视他的眼睛——像笑着的人往往会相互对视那样。她独自一个人在笑。她也不想停下来不笑。如果她停了的话，她就会开始哭泣。他本来也可以和她一起笑，可是他不敢。事情会弄得不可收拾。在电影里，当女人像这样傻笑起来的时候，你就应该走上前去，狠狠地抽她几个耳光。然后，她们就会知道事情的真相，然后她们就开始哭泣，而你就再去安慰她们。可是他太累了，而且，如果他也抽她耳光的话，她也许会抱怨，会责备他，会还手打他。什么事情都可能会发生。

已经发生了。就在他给尸体盖上毯子以前或者以后他刷了牙。那牙刷不够作为一个工具，它不顶用。当他向她要牙签的时候，她就去拿给了他。他一定得用这个去剔除那些夹在门牙和犬牙之间的东西。他并不感到恶心。他在想托特纳姆和星期天的午餐和他的父亲和他自己拿着牙签，在吃布丁以前。他的母亲从来就不用它们。不知怎的，女人不用牙签。他没有把他从牙缝里剔出来的东西吞下去以加重他的罪孽。现在，每一样小小的东西都是一个有利的条件。他在水龙头下面把它冲掉——连看都几乎没有看清它，只是一眼瞥见它是什么撕裂成碎片的很淡很淡的粉红色的东西，然后他就吐了口唾沫，接着又吐了一口，又用水把嘴巴里面洗了洗。

后来他们喝了一杯。或者他已经喝过一杯，为了要让他好把那个榫头拔出来。上好的莫塞尔葡萄酒已经没有了，倒在裙子上了。只剩纳菲杜松子酒了。没有冰块，没有柠檬，没有滋补剂。他把它拿进卧室里去。她把衣柜里的那些衣服挂起来。它们没有给小便弄脏——这又是一个有利条件。

她说，我的在哪儿？于是他就把他的给了她，又去另外拿了一杯。他在桌子边上斟酒，想法子不去看，可是他还是看了。它动过了。现在毯子外面露出两只鞋了，还有一只黑袜子。他们没有把它翻转过来。他们事实上没有检查，看看他是不是死了。他望着那条毯子，看它有没有呼吸的迹象。它因呼吸而有动弹过了。有没有一丝颤动，微微的一起一伏？如果有的话，岂不更糟？那样的话，他们还没来得及彼此谈谈，编好一个故事，就得先去叫一辆救护车来。不然，他们就得重新把他杀死。他望着那条毯子。望着它，就使它动了起来。

他把酒杯端到卧室里，对她说了。她不愿去看看，她不想这么干。她已经下定了决心，他已死了。那些衣服都已经挂好，她关上了柜子的门。她到隔壁去找香烟。可是他知道，她是去看看他死了没有。她回来说，她找不到香烟。他们就坐在床上，喝着酒。

当他坐下来的时候，他的睾丸疼痛起来。还有他的耳朵，他的锁骨，都很痛。他该请医生看看。可是他们得谈谈。要谈，就得想。为了想，他们就需要喝酒，就需要坐下来。而坐下来就会疼痛，还有耳朵也疼痛。他一定得赶快摆脱这些太快、太紧密的圆圈。于是他喝了杜松子酒。他望着她，正当她在望着她的脚前面的地上。她很美丽，这个他知道。但是他感觉不到。她的美丽并没有对他产生像他所希望的那种作用。他要自己受她感动，要她记住她对他有何感觉。然后他们就可以一起面对这个，可以决定他们应该把什么告诉警察。可是，对她望着，他却什么感觉都没有。他伸出手去触摸她的手臂，而她没有因此而抬起头来。

他们一定得一起商量，这样他们才有把握使他们说的话让人相信。警察也许会认为她长得很美，他们甚至也许会感觉到她的美丽。可是他只知道她的美丽是个事实而已。如果他们感觉得到，他们也许就会懂得，这也许就是他们的出路。她会对他们说，这是自卫。这样就没事了。

他把手从她的手臂上移开，说道，我们怎么对警察说呢？她没有说话，她甚至没有抬起头来。也许他根本就没有说话。他曾打算说，可是他自己也什么都没有听见。他记不得了。

他正在走过难民住的那些棚屋。走路很痛，他的锁骨只有当他举起手臂来的时候才会痛。他的耳朵则在他碰它的时候痛，可他的睾丸在他坐下来和他走路的时候都会痛。当他走远了，看不见那些棚屋的时候，他就会立定。他看见一个长着姜黄色头发的小孩——一个红头发的人，他穿着很短的裤子，膝盖上有不少疤，他像个小拳击手，他像个英国小孩，伦纳德在上班去的路上常常看见他。可是他们两个从来没有交谈过，甚至没有相互招过手。他们只是四目相视，就好像他们在前一世人生里面彼此相识似的。今天，为了要替自己招来运气，伦纳德举起了他的手招呼，并且微微笑着。他举起手来的时候感到很痛。那孩子即使知道了这个，他也不会在乎的，他只是瞪目而视。这个成年人这次打破了常规。

他继续走着，绕过转角，停下来倚在一棵树上。对街在建造一幢公寓大楼，不久这里就不再成为乡下了，住在这里的人不会知道这儿曾经是个什么样子的地方。他会回来对他们说的，他会说，这儿从来就不是一个很美丽的地方，所以不要紧。一切都不要紧。除了思想以外，等等。

他不能做什么。他又摸了摸她的手臂，或者这是第一回吗？他又问了那个问题，或者这是他第一回问，而且他仔细让这些词语真正说了出来。

我知道，她说道，意思是我也想问这个问题，我也和你一样担心。或者也许，你已经问过我这个问题，我已经听见了。或者也许我刚回答过你。

为了把话继续说下去，他说，这是自卫，这是自卫。

她叹了口气。然后她说，他们认识他。

对，他说。所以他们会理解。

她急急忙忙地一口气说道，他们喜欢他，他们把他看作一个英雄，他对他们编了一些故事。他们以为他之所以会成为一个酒鬼，是为了战争的缘故。他是一个一定得让人原谅的酒鬼，下了岗的警察常常买一杯啤酒给他喝。他们还认为是我害他成了个酒鬼。这是有一次我叫他们到这儿来的时候，他们自己对我说的。我要求他们保护我，他们就说，可是你自己把这个可怜家伙害得快发疯了。

他从床上站起身来，使疼痛缓解一下。他要去拿杜松子酒，他要把那酒瓶拿过来，他要去寻找香烟，烟盒里还有三支，可是走路就会疼痛，而且，他走到那儿去的话，也许他会看见他又在动了起来。

他站在衣柜旁边，说道，那只是当地的警察局，奥农斯警察局。我们要报到克林米纳尔警察局，他们是属于另外一个部门管辖的。他在这么说着，可是，当然，没有罪犯，没有人犯罪，这是自卫。她说，可是本地区的警察局还是会被牵涉进来的。这是他们的管区，他们一定得过问的。那么，他说，我们怎么对他们说呢？

她摇了摇头。他想她的意思是说，她不知道。可是她却完全不是这个意思。这时才两点半钟。她已经想好一个完全不同的办法。

他走在熟悉的路上，他可以假装什么都没有发生过。他在上班去的路上——仅此而已。他会下去到那个隧道里，他在盼望着那个隧道。他已经出去拿那瓶杜松子酒，香烟找不到。他望着那些鞋子，它们离开得远了些——他没法怀疑这个。他两只袜子都能看见，还有一段裸露着的小腿，上面长着稀疏的毛。他急忙回到卧室里去，告诉了她，可是她没有抬起头来。她交叉着双臂，凝视着墙壁。他关上了房门，给他们两个都斟了酒。他一边喝酒，一边想到了纳菲。

我对你说，他说道，我们去报告英国宪兵队。或者美国宪兵队。我和他们有联系，你知道。我就这么办。

她几乎把手臂松开了，然后她又把它们交叉在一起。她说，这件事情还和我有关。德国警方一定会知道的。

他仍然站着。他说，我会对他们说，这件事只和我一个人有关。这是个发了疯的主意。

她并没有微笑，也没有让她的声音变得柔和一些。她说，你很体贴也很善良，可是他是个德国人，而且这间公寓是我住

273

的地方。这个人以前还是我的丈夫。他们一定会通知德国的警察的。

他的建议没有被采纳，他倒为了这个感到很高兴。他说，我们正陷入困境了。他们也许会认为他是战争中的一个英雄，可是他们知道他为人凶暴，他们知道他是个酒鬼，而且生性妒忌，我们的证词对他不利，而且如果我们存心要杀害他，我们就不会打碎了他的头再去报警。

她说，如果我们认为杀了人可以免受刑罚，那我们为什么不呢？伦纳德没有回答，因为他不懂她的意思。她说，过失杀人，他们就是这么叫它的。

他正在走近那两个卫兵站立的地方。在门口值勤的是杰克和豪威。他们对他很友善，而且就他的那个肿了起来的耳朵开了个玩笑。可他还得把他的通行证拿出来给他们看。就和前一天一样好，不是什么都变了，不是什么都不好。他穿过了门卫，经过了岗亭，沿着小径走去——这是他走的那条老路。他来到他的那个房间里时，一路上没有遇到任何人。

他的门上钉着一张葛拉斯写的字条。下午一点钟在食堂里和我见面。房间里面和他离开的时候一个样子——工作凳，电烙铁，欧姆表，伏特计阀门测试设备，一卷卷电缆，一盒盒备用件，一把坏了的、他想用电烙铁把它修好的雨伞。这些都是他的东西，这就是他的工作，这才是他真正在干的事情——一切都是那么合法，那么公开。也许只能说半公开，半合法——因为有些人可以知道，另外一些人则不该让他们知道；至于合

274

法与否，那就得看你所谓的"法"是什么定义下面的"法"。有些定义他们视之为敌，有些定义他们正在把它们连根铲除。他想，我一定得阻止它。我一定得慢下来。

过失杀人，她说。他一定得过去坐在床上——且不去管那疼痛。这听上去好像比"谋杀"更糟。杀人。它听上去更坏。它听上去用在隔壁的那个东西上面倒很合适。

他尝试了另外一种法子。他说，我对你说，我得去看医生，立刻就去。

她打了个呵欠说道，真的痛得这么厉害？这是她不愿意想到的另外一件事情。

他说，我得让一个医生看看我的锁骨和耳朵。他没有提他的睾丸。它们现在很痛。他也不愿让医生看看它们，把它们挤压着，还叫他咳嗽。他在坐着的地方扭动着身子，说道，我该去看医生。你不懂吗，这是我们的证明，证明我这是出于自卫。我应该在痛得厉害的时候去，他们会照相。

可是，他想，不替我的睾丸照相。

而她却说道，你会不会也对他们说，他脸上那个洞也是出于自卫？

他坐在那儿，气得差点昏倒。

他沿着走廊来到了饮水泉那儿。他要让水冲在他的脸上。他经过葛拉斯的办公室，查了一下。外出——这又是一个有利的条件。他能够对孩子招手致意，他可以对卫兵说声"你好"，可是他没法和葛拉斯交谈。他从自己的办公室里拿了些阀门和别的这样那样的零碎东西，把门上了锁。昨天还有一件小小的活儿没有办完。它也许会对他缓慢下来有利。有个借口留在隧道里，去收集他一定得从那儿拿到手的东西。

如果你去看医生的话，**她说**，你就一定得告诉他，这也就等于报了警。

他说，可是至少我们可以证明，我和他有过一次斗殴，一次斗殴。他差一点把我撕成碎片。

啊，是的，**她说**。自卫的证据，可是他脸上的那个洞又作何解释呢？

好吧，**他说**。你不妨告诉他们，为什么我一定得这么做。

可是我不知道为什么，**她说**。告诉我，你为什么把他咬得这么狠？

他说，难道你没有看见？你没有看见他在干什么？

她摇了摇头，于是他就对她说了。当他说完了以后，**她说**，我没有看见这个。你们两个靠得太近了。

我说的是真话，**他说**。

她啜了一口杜松子酒，问道，你痛得这么厉害，非得在他的脸上咬一个洞？

当然很痛，**他说**。你一定得对他们说你看见的。你这么说很重要。

她说，可是你说我们不必说谎，你说我们没有做错任何事情，我们没有什么好隐瞒的。

我说了吗？**他说**。我的意思是，我们没有做错什么事情，

276

可是我们得让他们相信我们。我们得把事情说得合情合理。

啊，好吧，**她说**。如果我们得说谎的话，如果我们得假装的话，那么我们就一定得装得像真的一样。**她说着话就松开了交叉着的双臂，看着他。**

他走过一直堆到地下室天花板上的那些岩石泥土。他们说，有时候那些阴暗的斜坡上会长出蘑菇来，可是他却一个蘑菇都没有见到过。他现在却不想看见。他正站在竖井的边上，而他这时已经感到好些了。发电机的声音，隧道口的那些明亮的灯光，上面的那些暗淡的灯，那些电缆和通往下面的野战电话线，那通风，那冷却系统……系统，他想，我们需要系统。他显示了他的权威，并且对卫兵说，他要拿几件东西上来，因此他需要用升降机。"行，先生，"那人说。

那个垂直的铁扶梯已经被拿走了。这些日子，你下去就从竖井墙边的那一节半的扶梯盘旋而下。他想，那些美国人什么都想到了。他们会想法子把事情办好，并且办起来容易一些。他们喜欢关心人。譬如这座轻型的、防滑的、有索链栏杆挡着的扶梯，安置在走廊里的那些可口可乐自动销售机，食堂里供应的牛排和巧克力牛奶。他看见过成年人在喝巧克力牛奶。换了英国人的话，就会保持那个垂直的扶梯，因为困难本身就是秘密工作的一部分。美国人会想得出《伤心旅馆》和《百果糖》，还会在外面的那个粗糙的场地上玩抛球和接球的游戏，胡须上沾了牛奶巧克力的成年人在玩球！他们是天真无邪的人！你怎么能够从这种人那里去偷他们的机密？他什么都没有

277

给麦克纳米。他没有真正地尝试过。这是个有利的条件。

从扶梯上下去使他很痛。当他到了下面，他觉得很高兴。关于纳尔逊的技术——如何把明码电讯从加密码的电讯里分离出来——他毫无所获。他们既有这些机密，又有他们的巧克力牛奶。他没有对麦克纳米撒谎。而且他也没有偷什么东西，所以他也没有必要对葛拉斯撒谎。

她又在说，如果我们对他们说谎的话……她停住了，把话悬着，现在轮到他接着话头说下去。

他说，我们一定得一起把要说的话商量好，我们一定得事先弄清楚。他们会把我们分开，在两个不同的房间里盘问，在我们的证词里寻找相互矛盾的地方。然后，**他停下来，过了一会，又说**，可是我们甚至不能对他们讲什么谎话。我们能够说什么呢，难道说他是自己在浴室里滑倒了？

我知道，她说道，我知道。她说这话的意思是，你说得很对，那么你就继续把那个不可避免的结论也讲出来了吧。可是他没有继续说下去。他坐在那里，想要站起来。他又倒了一些杜松子酒。他好像一直没有把它喝到肚子里去似的。这半温不热的酒。

在隧道里，他目之所及，处处都是经过机器筛过的空气，墨黑而恍若丝绸般柔滑和顺，处处都是人为的寂静，良好的效率，出色的独创性，和谨慎而细致的精神。他手里拿着那些阀门，他在干活。他在那些老铁轨的中间走着——那些铁轨是让那些把脏东西搬出去的敞车行驶用的。

278

你喝得太多了，**她说**。我们得好好想想。

他喝完了杯子里的酒，好把酒杯放在床上。他闭上了眼睛，就能够想得更有效率一点。耳朵也不太痛了。

我要告诉你另外一件事情，**她说**。你在听我说吗？别睡着。市政厅里的那些人知道他在提出申请，说他对这套住房具有使用权。他们手里掌握着信件，所有的文件。

他说，那又怎么样？他的申请完全是瞎胡闹。你对我这么说的。

没有权利，**她说**。他心里有股怨气，而且我和他有理由吵架。

你的意思是说有一个动机，**他说**。你是在说，那会成为我们的动机？我们像是那种用这样的方式来解决住房问题的人吗？

谁知道？**她说**。在这儿，要找一个住的地方这么困难。在柏林，有人为了比这儿还要差的房子杀过人哩。

照你这么讲，**他说**，他心里有股怨气，跑到这儿来打架，所以这是自卫。

**当她觉得他们谈论得毫无结果，她就重新交叉起双臂。她说道，我在我干活的地方，从少校那儿听说了这个词语：过失杀人。是他对我说的。那是我在那儿干活的前一年。工场里的一个机械士，一个德国公民，在一间小酒店里和另外一个人打起架来，他杀了那家伙。他用一个啤酒瓶在那个人头上打了一下，把他打死了。他喝醉了，而且在发脾气。可是他并不存心

279

想要杀死那个人。等他知道自己杀了人，他感到非常难过。

他后来怎么样？

他坐了五年牢。我想他现在还在牢里。

隧道里和平时一样。没有什么人，一切都井井有条，工作进行得非常顺利。这儿很好，世界上别的所有的地方都该像这儿那样好。他停下来张望。在一个灭火器上缚着一块牌子上面写着，最近的每周一次对这个灭火器的定期检查是在前一天上午十时三十分进行的。上面还有进行这次检查的那个工程师的签名缩写，他的办公室电话号码，下次检查的日期。完美之至。这儿还有一个电话站，旁边是一张电话号码表：值日官办公室，安全警卫办公室，消防队，录音室，窃听间等等的电话号码。这一束电线，像一个小女孩梳的辫子似的，用一个崭新明亮的夹子梳理成一绺绺，一股股的，从那些放大器通往窃听间。这些是通往窃听间里去的电线，这条把循环的水抽过去让电子管冷却下来，这些是通风用的导管，这条电线把一个分开的电流传到警报系统那儿去，这是和一个深深地插进附近的土壤中去的探测器相连的感受装置。他伸出去抚摸着它们。它们都在正常地运行。他喜欢这一切。

他睁开眼睛，他们两个都不说话已有五分钟之久，也许已经有二十分钟过去了。他睁开眼睛就说了起来。可是这一次和酒店里的打架不一样。是他来打我，他会把我打死的。他停下来想了想。他先打你，他掐住了你的喉咙。他刚才已经把她的喉咙受伤的事情忘了。让我看看，他说。它有什么感觉？她的头颈周围，一直到下巴，都有红色的印迹。他已经把这个忘了。

我吞咽的时候就觉得疼痛，她说。

你看，他说。你该和我一起去看医生。我们要共同作证，说明这是怎么回事。我们要说的都是真话，都是事情发生的经过，都是实话。他差点把你掐死。

是的，他想。是我逼得他住手的。

她说，现在只有四点钟。没有一个医生会这么早替人看病的。而且，即使他看的话，我对你说⋯⋯说到这里，她停住了。然后她松开了交叉着的手臂。我对你说，我一直在心里想那些警察，想他们到这里来的时候会看到些什么。

我们会预先把那条毯子拿掉的，他说。

她说，不关毯子的事。我对你说的是他们看到的会是什么。会是一具遭人残害了的尸体。

你别这么说，他说。

一个被人打碎了的头颅，她说，他的脸颊上还有个窟窿。而我们呢？我们有什么？一个红肿的耳朵？一个疼痛的喉咙？

还有我的睾丸，他想。可是他什么话都没有说。

有一两个技师在放大器那儿干活，他只要对他们点点头就行了，然后他在架子底上停了下来。这儿有一张书桌，那些东西就在书桌下面堆着，就和他记得的那样。可是他可以在回去的时候在这儿停留一下。他得把活儿干好。它会对他有帮助的。还不仅如此。他要干活，他一定得坚持干下去。他穿过了

281

那两扇加了压的门，走进窃听间。这儿也有两个人，两个他只要对他们招呼一声但是不用和他们说话的人。其中一个戴着耳机，另外一个在写着什么。他们对他微微笑着。这儿是不准讲话的。如果你有什么非说不可的话，你也只好悄悄地耳语。仅此而已。那个正在写字的人对他的那只红肿的耳朵指了指，扮了个鬼脸，笑了。

两台录音机里面有一台，就是不在运转的那一台，需要更换一个阀门。他动手干起活来，在旋开板面上的螺丝的时候，故意慢吞吞地多花些时间。如果没有发生什么事情，他就是这么干活的。他要这活一直延续下去。他更换了阀门，然后，他到处摸索了一会，看看接头以及和激发器连接的焊接点。当他把盖子装回去以后，他干脆坐在那儿，假装在沉思默想着什么事情。

他一定是睡着了。他仰天躺着，灯还亮着，他身上穿得整整齐齐，他却什么都记不得了。然后他才想起来了。她在摇他的手臂，他就坐了起来。

她说道，你不能只顾睡觉，把什么事情都推给我去解决。

他逐渐想起来了。他说道，我说的你全反对。那就听你的吧。

她说，我不想告诉你该怎么办。我要你自己看出来，究竟应该怎么办。

看出什么来？他说。

好几个钟头以来，她第一次站立着。她把手按在自己的喉咙上，**说道**，他们不会相信我们说的自卫。谁都不会的。如果我们这么说的话，我们就会进监狱。

他在到处张望着寻找那只杜松子酒的瓶子。它不在他放的那个地方了。她一定把它移动过了。这倒对他很好，因为他现在已经有点不舒服了。他说，我想不一定会像你说的那样。可是他心里可不是这么想。她说得不错。他们会进监狱，进德国监狱。

这样的话，**她说**，只好让我来说了。总得有人把它说出来。所以让我来说吧。我们不必对他们说什么。我们什么都不说。我们把他搬出去，放到一个他们找不到的地方去。

哦，上帝，**他说**。

如果他们有一天发现了他，**他说**，他们来对我说了，我就会讲，啊，真不幸。可是他是个酒鬼还是个战争中的英雄，所以他迟早总会遇到麻烦的。

哦，上帝，**他说**。然后，**他又说**，如果他们发现我们把他从这儿搬出去，那我们两个就完了。人家会以为我们谋害了他。谋杀。

不错，**她说**。我们一定得做得很妥当才好。她在他旁边坐下。

我们一定得一起干，**他说**。

她点点头。他们俩握着手，半晌不说话。

临到末了，他一定得走了。他一定得离开那个舒适的窃听间了。他对那两个人点点头，而且用力咽了口唾沫来使他的耳朵适应较低的气压，然后他在书桌旁边跪了下来。这儿有两只空着的盒子，他决定把它们全拿去。每一只大得足以放得下两台巨大的安派克斯录音机，再加上备件，麦克风、录音带盘子和电线。它们是黑色的，边角上经过特别的加固，上面还有扣锁，此外还有两条帆布带，以便在必要时作为额外加固之用。他打开上面那个盒子。盒子上，里里外外都没有任何字句，没有军队的番号或者制造商的名字。盒子上还有一个很宽的帆布把手，供人提着它走路。他把它们提起来，开始沿着隧道里走去。他在走过正在放大器架子旁边忙着的那两个人身边时，差点挤不过去。可是其中一个人替他把一只盒子递到了另外一头，这才算过去了。然后，就得靠他一个人搬了，在隧道里磕磕碰碰的，一直来到了竖井那儿。

他本来可以分两次把它们搬上去的。可是上面的那个人看到他了，那人就把运货的那个起重机转了过来，开动了电动的绞车。他把两个盒子放在运货盘上，所以没等他从扶梯上走到上面，它们却已经比他先到了。他经过那些土堆，上去到了地平面上，穿过了一些难走的双扇的门户，再沿着路边去到了卫兵所在的地方。他得把盒子打开给豪威检查一遍——那只是做做样子而已——然后他就沿着大马路走了，去度假去。

他的那些行李够大的，使他走起路来很不方便。它们老是碰在他的小腿上，迫使他伸直了双臂，弄得他的肩膀好生酸痛。而这些还是空着的盒子。他在路上没有看见那个红头发的小孩。到了村子里，他在看公共汽车的时刻表的时候，遇到了

284

一些困难。表上的那些数字斜着往上面爬。他就顺着它们看过去。他还得等四十分钟。他就把两个盒子放在一堵墙旁边，自己坐在它们上面。

他先说话。他说，现在是五点。我们可以把他从楼梯上拉下去，把他搬到一个炸弹坑里去藏起来。我们可以把那个酒瓶放在他的手里，使他看上去好像是别的酒鬼干的。他这么说了，可是他知道他没有这份力气。现在没有了。

她说，楼梯上面总是有人上上下下。他们上了夜班回家来，或者他们一早去上班。而且有些人年纪很大，他们从来不睡觉。这儿从来就不会清静。

她在说话的时候，他一直在点头。这是个好主意，可是它不是一个最好的主意。他很高兴，现在他们总算把一切都算计好了。他们终于彼此同意了。他们最终讨论出一个结果来了。他闭上了眼睛。这样就不会出问题了。

然后那个公共汽车的驾驶员在摇着唤醒他。他还坐在盒子上，驾驶员猜想他是来搭车的，这儿毕竟是终点站。他什么都没有忘记。他在睁开眼睛的时候，心里很明白。驾驶员帮他提了一个盒子，他就提了另外那个。有几个做母亲的已经抱着孩子坐在座位里，她们去市中心，去百货商店，那也就是他要去的地方。他什么都没有忘记。他会告诉玛丽亚，他仍然把这事记得清清楚楚。他的手臂和小腿软弱无力，他还没有让它们使出劲来。他就坐在前面，把行李搁在他后面的座儿上。他不必时刻不停地望着它们。

当这辆车往北面驶去的时候，一路上上来了别的母亲和孩子，还有他们的那些装着买来的东西的袋子。这就是那个目的明确、低着头一个劲儿往车子里挤的高峰。现在人人都兴高采烈，谈笑风生，有着喜庆节日般的心情。他坐在那儿，听他后面各不相干的说话声音此起彼落，以共同兴趣为基础的母亲们十分健谈，不时被短促的笑声，相互呼应的呻吟叹息，小孩们的并不相干的嘎嘎怪叫，指指点点的叫喊，一连串的德语名词，突如其来的乱吵乱闹所打断。他独自矗立在座位的前排，长得太高大，太笨拙，不能算个母亲，却记得他和母亲乘车从托特纳姆到牛津街去，就坐在车窗旁边，手里拿着车票，那售票员和他所代表的那个制度的绝对的权威——确实如此，预先声明的目的地，票价，找头，让你在到站时拉响的铃绳——而且你得紧张地坚持下去，直到那个伟大而不停地摇动着的重要的公共汽车停下来为止。

　　他和车上的别的所有乘客全都在选帝侯堤道下了车。

　　她说，别到五金店里去。到百货商店里去，那儿没有人会记得你。

　　马路对面就有一间新开张的百货商店。他和一群路人一起等一个交通警察把来往的车辆挡住了，挥手让大家穿过马路去的时候才走到街对面去。不可违反法律，这十分重要。那间百货商店是新开张，什么都是新的。他看了看告示牌上的一张通知。他得到地下商场去。他跨上一座自动扶梯。在战败国里，谁都不必从楼梯上走下去。这儿办事的效率很高，不到几分钟，他拿到了他所需要的东西。为他服务的女孩把找头递给了他，说了声"这是您的，"就转过身去招呼他旁边的那个男人。他在维登堡广场乘上地铁，然后从戈特布斯门走到那寓所。

当他敲门的时候，她在里面问，"你是谁?"

"是我，"他用英语回答。

她开了门，对他手里提着的那两个盒子看了看，就转身进去。他们的眼睛没有相视，他们手儿没有相握。他跟在她后面进去。她的手上戴上了橡皮手套，所有的窗户全都开着，她已经把浴室清扫过了。这地方看上去好像刚经过春季大扫除似的。

那东西还在那儿——就在那条毯子下面，他一定得从它上面跨过去。她已经把桌子上的东西收拾掉了。地板上放着一堆旧报纸，在一张椅子上是她答应设法去弄来的一堆折叠起来的六米长的橡胶布。房间里明亮而寒冷。他把手里的盒子放在卧室的房门口，他要进去躺在床上。

她说，"我准备了一些咖啡。"

他们站立着喝了咖啡。她没有问他这个早晨是怎么过的，他也没有问她。他们各自办好了事情。她很快就喝光了她的咖啡，开始把报纸铺在桌子上，每层有两三张厚。他在旁边看着，可是当她朝他这儿转过身来的时候，他却掉转头去。

"好了，"她说。

屋子里很亮，可是后来就更加明亮了。太阳升起来了，虽然它没有直接照进房间里来，但是从巨大的层积云上反射下来的光芒把屋子里的每一个角落和每一个细节都映照得十分清楚——手里的杯子，用哥特体印刷的头号标题那倒过来的字迹，以及从毯子下面突现出来的那两只皮鞋上裂开了的皮革。

如果这一切突然全都从眼前消失，他们就会茫然失措，过了很久还无法回复到他们之间一度存在的那种状态。可是他们即将动手干起来的这件事情，将会永远成为他们之间的关系继续发展的障碍。所以——这似乎很简单——所以，他们就要做的这件事情是不对的。可是关于这个，他们早已讨论过了，他们讨论掉了一个晚上。她的背对着他，她的眼睛望着窗外。她把手套摘下来了，她的手指头搁在桌面上。她在等他说话，他叫了她的名字。他累了，可是他仍然想要用他们平时用的那种方式说话。每当他们相互提醒彼此间的重大事件时，句末的语调总是像在发问似地略微上扬——爱情，性，友谊，共同的生活等等无论什么事情。

"玛丽亚，"他说。

她听出来了，转过身来，她的表情显得毫无希望。她耸了耸肩。他知道她是对的，它只会使这件事情变得更加困难。他点了点头，转过身去在一只盒子旁边跪了下来，把它打开。他从里面拿出一把橡胶板刻刀，一把锯子，和一把斧头。他把它们放在一边。然后，把那条毯子和那个榍头留在尸体上面不动，伦纳德抬着他的头，玛丽亚抬着他的脚，他们两个把奥托向桌子上面移了过去。

十八

从一开始，从他们刚动手，事情就办得不顺利。现在尸体已经开始变硬，事实上倒反而比较容易把他抬起来。他的两腿依然伸直，尸体的中部也没有下垂。他们把他抬起来的时候，他的脸孔向下，像块木板似的，这变化使他们措手不及。伦纳德在肩膀下面一失手没有把它抓牢。那脑袋往下一垂。那榧头由于它本身的重量就从头颅里滑落下来，跌在伦纳德的脚上。

他不禁大声喊痛，可是玛丽亚赶紧接着就对他说，"别把他放下来，快到桌子那儿了。"

伦纳德觉得很痛，他想他的一个脚趾一定断了。可是还有要比这个更加糟糕的事情，不知从奥托的脑袋还是从他的嘴巴里流淌出来一种冷冰冰的液体，渗入了伦纳德的法兰绒裤管里去了。

"噢，上帝，"他说，"那么赶快把他弄到桌子上去吧。我就要呕吐了。"

那桌子的大小正好让尸体以对角线斜放在上面。伦纳德的裤脚管贴紧在他的小腿上，伦纳德一拐一拐地走进浴室，立刻把上身俯伏在洗脸用的水池上面，可他没有吐出什么东西来。自从昨天夜里吃了炸肉排和豌豆泥——他只喜欢用它的德语名称来想到它——以来，他还没有吃过别的东西。可是当他低下头去望他的膝盖以下的地方，只见一块灰色的东西黏在裤脚管上，在湿漉漉的黑布料衬托下，把它边上的血和毛发看得很清楚，他干呕着恶心起来。他一边挣扎着把裤子脱了下来，玛丽亚在浴室门口望着他。

"我的鞋子上面也黏着了它，"他说。"我脚上的骨头碎了，我能肯定。"他把他的鞋子，袜子和裤子都脱了下来，扔在水池下面。他的脚趾上看不出什么伤痕，只有在他的大脚趾的根部有个模糊的红色的印迹。

"我来替你揉揉。"她说。

她跟着他走进卧室。他在衣柜里找到了一些袜子，还有几条由于奥托在里面待过而弄皱了的裤子。床边有他的绒拖鞋。

玛丽亚说，"也许你该围着我的一条围裙。"这话听上去全错了。女人为了要做饼或者烤面包才围起围裙来。

他说，"我现在这样就成了。"

他们回到另外那个房间。那条毯子还铺在原处，这就好了。在奥托原来躺着的地方，地毯上有两摊巨大而潮湿的印迹。窗户大开着，闻不到什么气味。可是那光线非常强烈。它照出了刚才弄湿了伦纳德裤脚管的那摊液体。它微带绿色，从桌子上面滴落到地板上来。他们站在一边，不愿动手去干下面这一步骤。然后玛丽亚走到放着她买来的那些东西的椅子旁边，开始一件件对他说明。她在每说一句话以前，先深深地吸一口气。她的用意是想让这件事情继续办下去。

"这是那块布。你们怎么叫它来着，防水的?"

"防水布。"

她举起了一只红颜色的罐头。"这儿是胶水，橡胶胶水，干得很快。这里还有把刷子来涂抹胶水。我用这把裁剪衣服的剪刀来剪那些布片。"她说着话，就像百货商店里的营业员在店铺里当场表演给顾客看那样，动手剪起一大块方形的布来。

她的示范表演对他很有帮助。他把他自己买来的东西拿到桌子旁边来放好，没有必要说明它们的各种用途。

"就是现在，"他说得很大声。"我要开始了。先切割腿。"

可是他没有动作，他望着那条毯子，他能看见整个织物里的每一根纤维——它那单纯的图案的无限重复。

"先把鞋子和袜子脱掉，"玛丽亚对他提出了建议。她已经拿掉了那只罐头上的盖子，正在用一个茶匙搅拌着罐子里的胶水。

这建议很实用。他就把手按在奥托的脚脖子上，从脚后跟那儿脱下了鞋子。它一脱就下来了。没有鞋带，那袜子真丢人，它由于污垢过多，僵硬得像块泥垫。他赶快把它剥了下来，那只脚变黑了。他庆幸自己旁边就是一扇开着的窗户。他把毯子翻上去，露出了双腿的膝盖以上的部分。他不想独自一个动手干这件事情。

他就对她说，"我要你用两只手来按住他这儿。"他指点着奥托的大腿那儿，她就照他说的做了。他们两个现在肩并肩地站在一起。他拿起了那把锯子，它的锯齿很锋利，把手上裹着由橡皮筋固定着的硬纸板衬底以策安全。他把它除去，然后盯着奥托的膝关节的弯曲部分。裤子是黑色的棉布料子做的，由于穿得太久而变得油光锃亮。他右手握着锯子，左手按在奥托的脚脖子上面。它比室内的温度冷些。它吸去了他手上的温热。

"你别想它，"玛丽亚说。"只管动手干就是了。"她又急忙吸了口气。"记住我爱你。"

这话听起来似乎很荒唐，可是重要的是他们两个都参与了这件事情。他们需要有一个正式的声明。他很想对她说他也爱她，可他的嘴巴干得说不出话来。

他把锯子从奥托的膝关节的弯曲处推过去。它立刻就卡住了。卡住它的是布，下面是带着一丝丝纤维的腱。他把锯拔了出来，没有对锯齿看上一眼，就重新把它放好，想要把它朝着自己拉过来。可是它又给卡住了。

"我干不了，"他叫道。"它推不过去！这不管用！"

"你别推得那么用力，"她说。"轻一点。起先的几下先朝着你拉过来，然后你再让它一来一回地使劲。"

她会木工活，她做起架子来会比他在浴室里做的那个好些。他就照她说的那样办，那锯子前后移动起来顺溜得像上了油似的。然后，锯齿又卡住了，这次卡住它的是骨头。接着它就在骨头上使起劲来了。伦纳德和玛丽亚就不得不用力把腿按

294

牢，使它不致晃动。那把锯子发出了一种喑哑而刺耳的声音。

"我一定得停下来!"他叫道。可是他没有停，他继续干着。他不该从骨头那儿锯过去。原来的打算是从关节那儿锯过去的。他在这方面的观念很模糊，主要是从星期天午餐里的烤鸡得到的启发。他让那把锯子拉成这个和那个角度，而且拉得很用力，因为他知道，他一旦歇了下来，就会再也下不了手。接着他穿过了什么东西，然后又是刺耳的锯骨头的声音。他尽力不去看它，可是四月里那明媚的光线映照得纤毫毕现。那些从大腿里流出来的血几乎是黑的，遮盖了那把锯子。把手那儿很滑。他已经干完，就只剩下下面的皮肤了。可是他要锯断它，就会伤着桌子。他就去把那把橡胶刻刀拿来了，想要一刀就切断它。可是它在锋刃下面打起褶来。他就只好伸进手去，把手探进关节间的裂隙，深入到黑漆漆、乱蓬蓬的肌肉里面去，用那把刀的刀刃来割断那皮肤。

"哦，不!"他叫道。"哦，上帝!"然后他干完了这件活。那条小腿突然成了一段残肢——一件裹在一截布里的东西，上面长着一只赤裸的脚。玛丽亚已经准备好了，她把它紧紧地裹在预先准备就绪的一块防水布里。然后她用胶水把周围都胶封妥当。她把这件包裹塞进一只盒子里。

被截断了的腿部在流血，整个桌面全都淌满了。铺着的报纸黏糊糊的，已经变得软沓沓的。血液沿着桌子腿淌了下来，淌得铺在地板上的报纸上面到处都是。他们在报纸上走过的时候，那纸就黏在他们的脚底下，露出了下面的地毯。他的整条手臂，从手指一直到胳膊肘那儿，全都成了褐红色。他的脸上也有。它在变得干起来的地方，就会有瘙痒的感觉。他的眼镜上溅着了几滴。玛丽亚的手和手臂也沾满了血，她的衣服也黏污了。这是一天中平静无事的一段时光，可是他们两个却在彼此呼号着，好像他们卷入了一场狂风暴雨之中。

她说，"我得去洗洗。"

"洗也没用，"他说。"干完了再洗。"他重新拿起了锯子。把手上原来滑溜的地方现在变得很黏手。这会让他握得更紧。他们抓住他的左腿。她在右边，双手摁住他的小腿。按理说，这次应该干得快一些。可是，并非如此。他一开始干得还算顺利。可是当他锯了一半，锯子就给卡住了——在关节里面卡得很紧。他只好把两只手都用上。玛丽亚也只得俯伏在他的身子上面，也使劲按住了大腿。即便如此，正当伦纳德在用力扯动那锯子的时候，那尸体脸孔朝下地来回晃动，好像在跳着什么疯狂的舞蹈。当毯子掉落了下来，伦纳德就掉转了头，不去看那个头颅，它就在他的视线边缘。很快他就得处理它了。他们两个现在从腰部以下全都湿透了——因为他们为了要使出劲道来，所以一直都把腰部抵紧在桌子的边上。他们对这个已经感到无所谓了。他已经锯断了关节。他又遇到了皮肤，又得握着刀把手伸进去。他想，如果那肉还是热的话，会不会方便一些？

第二个包裹也放进盒子里去了，两只橡皮靴子似的并排放在一起。伦纳德找来了杜松子酒。他就着瓶嘴喝了几口，再把它递给玛丽亚。她摇了摇头。

"你说得对，"她说。"我们得一鼓作气干下去。"

他们没有商量。可是他们知道，现在他们得处理那两条胳膊了。他们先干右胳膊——就是伦纳德刚才用力想要把它扳转过去的那条胳膊。它现在又弯又僵硬。他们没法把它拉直。很难找到一个下手的地方，也很难找到一个可以站在那儿把锯子插到肩膀里去的地方。如今桌上、地板上，他们的衣服上手臂上和脸上，到处黏满了血污，再去靠近那个头颅就并不感到那么困难了。它的后部全都塌陷进去了。只看得见一点点脑浆，被挤到了裂口上面去了。在见到了红色的血以后，再看见灰色的脑浆也就不会让人觉得害怕了。玛丽亚抓牢了前臂，他从腋窝那儿锯起，一直锯进那件军服上装和它下面的衬衫。这是一把很管用的锯子——它很锋利，但并不重，柔韧得恰到好处。从锯齿到把手那儿还有一英寸左右的钢片没有黏到血。制造商的徽饰就在那儿，还刻有制造商"索林耿"这个姓氏。他一面干，一面在心里咕叨。他们不是在这儿杀什么人。奥托已经死了。"索林耿"。他们在把他肢解开来。"索林耿"。没有什么人失踪。"索林耿"。"索林耿"。奥托被解除了武装，截去了手臂。"索林耿"。"索林耿"。

在动手锯断另外一条胳膊以前，他又喝了点杜松子酒。这很容易。这很明智。要么忙乱一个小时，要么坐五年牢。那个酒瓶也很黏手，血弄得到处都是，他对此也就安之若素了。他们俩非这样做不可，他们俩也在这么干着。"索林耿"。这是一件工作。当他把左臂交给玛丽亚的时候,他没有停下来。他把双手插进奥托的衬衫领头,使劲地拉。位于脊椎顶端的那些脊椎骨是专门为了让一把锯子插在它们的缝隙里而设计出来的。他只花了几秒钟就锯断了骨头,锯断了索状组织,干净利落地让锯子那光滑的平面贴紧在头颅的底部,只有在头颈的腱里稍稍卡住了一会,锯断了气管的软骨,一路下去,再下去,毫不需要使用那把刀子。"索林耿"。"索林耿"。

奥托的那颗给打了窟窿的脑袋砰然一声掉落在《每日镜报》和《晚报》之间,而且呈现在他的那个长着一个长鼻子的侧影。他看上去就和刚才他躲在衣柜里的时候差不多——他的眼睛闭着,皮肤苍白得似乎有病,可他的下嘴唇已经不再给他带来什么麻烦了。现在,留在桌子上的已经不是什么人了。它成了一个战场。它只是伦纳德奉命去把它毁灭的一个城市而已。"索林耿"。再喝点杜松子酒,这黏黏糊糊的英国佬,然后是这大家伙,这大腿,用力一推,就完事了,回家去,洗个热水澡,听取任务报告。

玛丽亚坐在那两个开着的盒子旁边的椅子上。她把她的前夫的每一部分肢体接在手里,放在她的膝头上,很有耐心地、几乎带着母亲般小心翼翼的细致,把它包扎起来,紧紧地封了起来,仔细地和别的部分放在一起。她现在正在包扎那颗头颅。她是个好女人——头脑机智,心地善良。如果他们能够在一起干这件事情,那么他们就能够在一起干得成任何事情。等这个活儿干完了以后,他们就将会重新做起。他们已经订婚,他们会使他们的庆典继续下去。

那把锯子安安稳稳地插在臀部和大腿相接的那条皱褶里。这次他不会去寻找什么关节了。一直锯过骨头去，坚实的二乘二的一大块，还有一把用来把它割开的好锯子。裤子、皮肤、肥肉、肌肉、骨头、肌肉、肥肉、皮肤、裤子。最后那两样他用了刀子。这一块很重，当他把它拿给她的时候，两头都在滴着血。他脚上的那双拖鞋变得黑而重。杜松子酒，另外一条大腿。这就是办事的次序，作战的次序，除了头以外，什么都是两份。留在桌上的那一大块犹待包扎，打扫干净，洗涤和擦洗皮肤，他们的皮肤，把东西都处理掉。他们干得有条不紊。如果真的有此必要的话，他们还可以再干它一次。

玛丽亚在第二条大腿的包布上涂着胶水。她说道，"把他的上装脱掉。"

这也很容易——没有手臂来捣乱了。往上一扯它就下来了。迄今为止，什么都搁在一只盒子里，那个躯干就得放进另外一只盒子。她放好了第二条大腿，关上了盒子盖。她有一条裁缝用的软尺。他拉住软尺的一头，他们两个就沿着桌子上的那段躯干量了量。从张开了血口的头颈到截去了下肢的那个残桩共长一百零二厘米。她量过了就在盒子旁边跪了下来。

"它太长了，"她说。"盒子里放不下。你得把它截成两段。"

伦纳德过来了——他从一场梦里醒了过来。"那不对，"他说。"让我们再量一次。"

没有量错。那两个盒子都是九十七厘米长。他抢过软尺，独自一个人量了起来。总有什么法子让这两个数字变得接近一些。

"我们把它塞进去。把它包起来，我们把它塞进去。"

"它进不去。这儿是一根肩胛骨，那一头很厚实。你一定得把它分成两截。"他曾是她的丈夫，她知道。

手臂和腿，甚至那个头颅，它们都是长在外面的肢体，可以被人切割下来。可是要切割别的部分，那可就不行了。他胡乱地思索着一个原则，想用一个关于礼仪的普通说法来支持他那出于直觉的深信不疑的想法。他太累了。他一阖上眼睛，就觉得自己恍恍惚惚地飘了起来似的。现在需要的是一些指导方针，几条基本规则。他听见自己在对葛拉斯和几个高级的军官说，当你正在干一件活儿的时候，你根本就无法进行抽象的思索并且作出普遍的规律。你得在事先就把他们想妥当了，让你得以集中精神来从事眼前的这件工作。

玛丽亚又坐下来了。她那湿透了的衣服在膝头的部位塌陷了下来。"赶快干完，"她说，"我们就可以把身上都清洗干净。"她已经找到了还剩下三支香烟的那包烟。她点了一支，吸了一口，把它递给他。他也不在乎那香烟纸上沾满了血污——他真的毫不在乎。可是当他把它递给她的时候，它却黏在他的手指上了。

"你就留着抽吧，"她说。"让我们动手吧。"

不久他就只好换只手去拿香烟，以免它烫着他的手指。香烟纸却散开了，烟丝都散落下来。他让它落在地板上，再用脚去踩它。他拿起锯子，拉起奥托的衬衫，露出裤腰上面一点的那部分背脊。就在脊椎那儿长着一颗大黑痣，他从这儿下手觉得不忍，就把锯子的锋刃移到它下面一英寸的地方。他现在锯的可是整个背脊的宽度，指点他从何下手的部位的又是那些脊椎骨。他毫无困难就锯断了骨头，可是当他再锯了一英寸左右，就觉得他不是在切割什么东西，而只是在把它们推向一边去。可是他继续干了下去。他锯到了包含着所有他不愿见到的那些东西的那个腹腔里。他一直仰着头，这样他就不会看见那个割破了的地方。他朝玛丽亚那儿望去。她仍还坐着，脸色苍白，神情疲乏，不愿看他正在干着的那件活儿。她的眼睛注视着敞开着的窗户，还有正在天井上空飘过的那些巨大的层积云。

　　他听见了一种黏黏糊糊的声音，使他想起果子冻从它的模子里让人倒出来的那个感觉。有什么东西在里面移动。有什么东西塌了下来，滚到另外一样东西上面去了。他已经锯到头了。现在他就遇到那个老问题：他没法锯断下面的皮肤而不会锯着那张桌子，而且它是一张很好的桌子——用的是榆木料，做得又很结实。这次他可没有再把手伸进去掏摸。他把尸体竖成九十度，而且抓住前面的那个部分把它拉到前面来一点，使锯子的锋刃和桌子的边缘平行。他本想叫玛丽亚来帮忙。她该预先想到这活儿有多难，所以该主动上前来帮助他解决这困难。他用双手扶持着前半个躯干。后半个还躺在桌子上。这叫他怎么能够用那把刀去把皮肤割断？他太累了，以致他没法歇手，尽管他知道他这是在干一件根本办不到的事情。他把他的左腿抬起来抵住那部分躯干的重量，一只手伸过去拿放在桌子上的那把刀。这本来可以办得到的。他本来可以用一个膝盖和一只手扶持着上半个躯干，而他的那只空着的手就可以伸过去把那点皮肤割断。可是他太累了，没法用一条腿来维持身体的平衡。他差一点就要拿到那把刀了，可是这时他却觉得自己快跌倒了。他只好把他的左腿放下来支撑一下。他想要把那只空着的手及时抽回来。可是那玩意已经从他的手里跌落下来。前半个躯干挂在那一点连着的皮肤上扭曲着朝地板上滑下去，暴露出奥托的那一堆色彩鲜艳夺目的消化管道，同时它还把下半截的躯干拖了下来。这两截都翻倒在地板上，把装在里面的五脏六腑全都倾倒了出来。

在他离开那房间以前，伦纳德突然想到了他们经过的旅程的距离——那个把他们两个从那个成功的小小订婚酒会上抛射出来，到了这个境地，而且他也领会到，就在这个过程里面，每一个历程都似乎和下一个阶段之间有着合乎逻辑的关系，这说明它是由前者合理而一致地发展而成的，因此一件喜事、好事竟然会有如此的结局，完全是势所必然，怨不得哪个人。在他跑到浴室以前，那两段躯干里流淌出来的东西使他获得了一个深刻而难以忍受的印象，肝脏似的红色，炫目的奇形怪状的、像是煮过了的鸡蛋那样微微发蓝的白色的肠道和管子，还有一些紫色和黑色的东西——它们全都从原来隐蔽着的处所一下子暴露出来，泄露了秘密，因此而显得格外怒气冲冲，耀人眼目，气势汹汹而森森可畏。尽管窗户敞开，房间里顿时充斥了一股令人闷窒的恶臭，而且它本身就是别的许多气味的媒介：甜滋滋的泥土味，粪便的恶臭，还有泡菜的气味。使他感到屈辱的是：当伦纳德急急忙忙地绕过那两段竖立着、仍然连在一起的躯干的时候，他竟然还来得及想到，他自己的躯体里面也有着这许多劳什子。

好像为了要证明他的这个想法确实无误，他抓着了那个抽水马桶的边缘，吐出了一口绿色的胆汁。他在水池旁漱过了口，这清洁的水的接触使他想起了另外的一种生活。不管他还有什么样的活儿没有完成，他都得把自己洗个干净——现在就洗。他踢掉了脚上的拖鞋，脱去他的衬衫和裤子，把它们都和水池下面的东西堆放在一起，然后他就爬到浴缸里去。他佝偻着身子，在水龙头下面洗。在冰冷的水里面，已经干了的血迹很不容易洗掉。用轻石来擦最为有效。他就专心致志地擦了很久——半个小时，也许比这个更长一倍。等他擦洗完毕，他的手、胳膊和脸都被擦得生痛，而且他在冷得发抖。

他的干净的衣服就在浴室里。他已经把什么都忘了。它在他沐浴的时候离开了他，而现在他又得赤着干净的脚重新返回到那儿，穿过他那尚未完成的工作。

可是当他身上还在滴着水，腰里束着一条毛巾回到起居室里，玛丽亚却正在把最大的那个包扎好的包裹放进一只盒子里去。

她说话的语气就好像他从未离开过，而且刚问了她一个问题似的。"装盒子的情况是这样的。下半个躯干，手臂、大腿和小腿，和头，都放在这只盒子里。在这只盒子里，放的是上半个躯干，手臂，大腿和小腿。"

桌子旁边是一只垃圾筒和一个提桶，别的东西都在这两个桶里。他帮助她把盒子盖盖好，然后，当她坐在盒子上的时候，他把盒子上的那两条帆布带子尽量扣紧。他把盒子都提到墙边去放下。现在就只剩下这两件行李和残余的那些乱七八糟的东西了。它们都不难收拾。他发现她已经在炉子上放着一只水壶和几个平底锅烧热水准备洗澡。他走进卧室里去，打算穿上衣服，趁她在洗澡的时候睡上十分钟。他在寻找他的鞋子时浪费了一点时间，后来才想起它们放在哪儿了。他躺了下来，闭上了眼睛。

可是她立刻就出现在他面前，她已经洗好澡穿着她的浴衣，她在衣柜里寻找合适的衣服穿。

"现在你别睡，"她说道。"不然你会醒得太迟的。"她当然说得对。他坐起身来，找到了眼镜，望着她。她在换衣服的时候总是背对着他。这种害羞的姿态常常使他为之感动——有时候甚至会挑逗起他的性欲。可是，他一想起他们两个一起刚刚经历过的那桩事情，还有他们毕竟订过了婚，她现在依然把背对着他，就惹得他生气。他就下了床，绕过她旁边而一点不碰到她，走进浴室里去。他从那堆黏满了血污的衣服下面拿出他的鞋子来。用一块抹布把它们擦干净是件轻而易举的事情。他

304

穿上了鞋子，把抹布丢到那些血污的衣服堆里。接着他就开始打扫起居室。玛丽亚已经准备好几只大纸袋。他正在把那些报纸塞进纸袋里去的时候，玛丽亚从卧室里出来帮他一起干。他们把毯子卷了起来，放在门边上。以后一定得把它扔掉。为了要擦洗地板和桌子，他们就得有一个水桶。玛丽亚就把水桶里装着的那些污物全倒在那只最大的平底锅里——她在倒的时候掉转了头不去看那些东西。

伦纳德手里拿着一个板刷正往桌子上泼肥皂水，这时玛丽亚说，"两个人都干这个岂不太傻。你为什么不把那两个盒子拿出去？这里的事情由我来处理。"

她之所以这么说，并不只是为了她知道自己擦洗起桌子和地板来要比伦纳德更好。她也是为了想要他出去。她要独自一个人待在屋里。对他来说，一想到他能够一个人离开这儿，即使提着两只沉重的盒子，就觉得心里舒坦一些。他觉得他像是在向往着自由。他想离开她，这心情就像她要他离开一样地殷切。事情就是这么简单而凄惨。因为他们现在不能再相互接触了。他们甚至没法交换眼神。即使最最普通的手势——譬如握住她的手——也会使他感到厌恶。他们之间的每一件事情，每一个细节，每一次交往，都变得令人不快和生气，就像眼睛里揉进了沙子似的。他看见了那些工具。那把斧头在那儿，没有用过。他想要回忆，为什么他曾经认为需要用到它。可见想象甚至比现实生活中的情景更加残酷。

他说，"别忘了把那把刀和锯子擦洗干净，还有那些锯齿。"

"我不会忘记的。"

他穿上外衣,她开了寓所的前门。他站在那两只盒子中间,振作一下精神,提起了盒子,朝着楼梯口直奔过去。他把它们放下来,转过身去。她就站在门口,一只手按在门沿上,正打算把它关上。如果他这时有过哪怕是一点点的冲动,他也许就会走上前去,去吻她的脸颊,去抚摸她的手臂或者手掌。可是在他们两个之间的是一片厌憎——不能有所假装。

"我会回来的,"他只能说这一句。即使这一句,也好像他允诺得过于随便。

"是的,"她说,把门关上了。

十九

在楼梯口，他在两只盒子中间站立了两分钟。他一旦开始干起这第二阶段的任务，也就由不得他考虑了。可是，他现在也没有什么想法了。除了那令他头昏目眩的疲乏以外，他感觉到的就是因为离开了那里而高兴。如果说他干掉了奥托，那也就等于他打发掉了玛丽亚。而她也把他打发掉了。这里面一定有着令人伤心之处，可是它现在奈何不得他了。他现在要离开了。他拿起他的盒子走下楼梯。盒子在楼梯的梯级上磕磕碰碰的，可他总算把它们同时搬了下来。他每下一层楼就歇一会脚，喘一口气。一个男人正好下班回来，见了他就点了点头。两个男孩在他歇着的时候从他身边擦了过去。他的这副模样毫不起眼。柏林到处都有人提着沉甸甸的行李。

当他一路下来，他离开玛丽亚的房间也就越来越远，他也就变得越来越孤独，于是他所有的疼痛也就全都回来了。他肩膀上的肌肉痛得突突地跳动，他的耳朵不等他碰到就会疼痛，提着也许一百多磅的重量从楼梯上下来就使他下阴所受的伤害变得更加厉害。还有奥托的临别一击使他好像触了电似的，从大脚趾一直痛到了脚踝。他一路艰难地往下走去，痛得越来越

309

厉害。到了底层，他分两次把那两个盒子搬出大门，到了天井里。他在那里休息了更长久一点。他觉得全身疼痛得难受，就好像他刚被人在水里煮过，或者刚被人剥去了一层皮似的。任何坚硬的东西都会使他感到紧张。脚底下踩到一块小石头也会使他心里直晃荡。楼梯间墙壁上的电灯开关周围的污垢，大块大块的墙壁它们本身，那些无谓的砖头——它们使他压抑，使他难受得像是生了病。他饿了？从这个坚实的世界挑选一些精美的部分，使它们通过他的脑袋里的一个窟窿，并且把它们挤压过他的五脏六腑，这念头使他感到恶心。他面红耳赤，浑身疼痛，又唇干舌焦。他倚在天井里的墙上，望着一些孩子在玩足球。每当那个足球弹跳起来，每当什么人的鞋子急转弯而在地上煞住，他都会为了因此而产生的摩擦而感到痛苦，使他的那些变得过于敏锐的感觉器官刺激得难以忍受。当他眨眼的时候，他的眼睑擦得他的眼睛生痛。

在这平地上，到了这露天里，这天井就成了一个让他用来演习如何搬运那两个盒子的场所。他从来没有提过这么沉的盒子。他用双手把它们抓起来，蹒跚着朝前拱去。他走了十来码远，就只好把它们放下来休息一会。他不敢让自己踉跄着走路。他在走路时一定得注意，要和别人一样自然。他不让自己流露出畏缩的样子，也忍着不敢经常检查一下自己的手掌。他每次一定得走上十码以上。他为自己规定好，每次要走二十五步。

他分三次走完了天井的那段距离，现在他已经到了人行道上。这儿只有几个行人。如果有人愿意走上前来，想要帮他提的话，他只好婉言拒绝，他只好让人责怪他粗鲁无礼。他一定得装作并不需要别人帮助的样子，这样就没有人来自讨没趣了。于是他就迈开了他那二十五步。在心里面默默地计算数目可也是一种对付这令人痛苦的重量的方法。他极力忍住，不让自己大声讲出正在计数的那些数目来。然后他把盒子放在地上，装作看手表的样子，六点差一刻。在阿达尔勃特街上没有上下班高峰的交通。他一定得到下一个街角上去乘车。他等了相当长的一段时间，好让原来在他周围的人都已经离开，然后他才提起了两个盒子朝前冲去。前几次他都在每一次走了二十五步，可是这一次他走不到二十步。他的步子跨得短些和快些。他的手指由于乏力而伸直，盒子都落到了地上。其中有一个还横倒了。

他在把它扶起来，挡住了行人的去路。这时有个女人牵了一条狗，想从他身旁绕过去，一面不以为然地啧着嘴。也许她这是在代表整条街上的行人向他提出抗议。那狗是一条杂种猎犬，它显然对伦纳德刚扶起来的那只盒子很感兴趣。它沿着盒子盖闻嗅着，一面还不停地摇着尾巴。然后它又嗅到了另外一头，突然露出垂涎欲滴的样子，用鼻子不住地拱起那只盒子来。它被拴牢在一条链子上，可是它的主人就是那种不爱惹得自己的宠物生气的那种人。她很有耐心地等着，让拴着狗的那条链子松松地垂挂着，静静地等那头畜生自己对那只盒子失去兴趣。她离开那盒子不到两英尺远，可是她并不看伦纳德。她只在对狗说话。那狗现在兴奋得发疯似的。它知道。

"喂，够了，我的小宝贝。它只是一只箱子。"

伦纳德也在纵容那条狗。他得找个借口先不把那个盒子提起来。可是它一会儿咆哮，一会儿抽泣似地猞猁叫着。它龇牙咧嘴，想要啃那只盒子的一个角。

"好心的太太，"伦纳德说道，"请你管管你的狗。"

可是那女人没有拉那根链子。她只是对那条狗更加甜言蜜语地哄了起来。"我的小傻瓜，你还以为你是谁？这行李是这位先生的，不是属于你的。你跟我走吧，小香肠……"

伦纳德的另外一个自我冷静而超脱，对于一个想要处理掉什么东西的人来说，他还会遇到比一条饿了的狗更加麻烦的东西——那就是一群饿狗。这时，那狗已经找到了一个攻打盒子的突破口。它已经把牙齿咬进了盒子的一个角落里。它在那里咬着，咆哮着，摇着它的尾巴。

那位夫人终于对伦纳德说话了。"你的盒子里一定搁了什么吃的东西。也许是香肠吧！"她说的话里含有责怪的意思。她以为他是一个从东德带来了廉价食物的走私贩子。

"这是一个很贵重的箱子，"他说。"如果你的狗把它弄坏了，你，好心的太太，就得照价赔偿。"他朝四周望望，好像想叫一个警察来。

那女人受了侮辱。她就狠命拉了一下链子，继续朝前走去。她的那条狗"汪"地叫了一声，就跟着她走了。可它好像马上后悔了，它的主人朝前走去，它却一个劲儿挣扎着想往后面转过身来。它从它这个物种的祖先所遗传下来的记忆的迷雾里知道，现在是它一生中唯一的一次机会，它可以啖食并吞咽一个人而不会受到责罚，却可以替它的狼祖宗报一报受人类奴役一万年之久的仇恨。过了一分钟，只见它还在恋恋不舍地朝后面张望，还在装模作样地在那条链子上拉扯着。可那女人一直朝前走去，不肯迁就。

那只盒子给折腾得有了不少牙齿印和唾沫，可是它没有被撕裂。伦纳德站在两只盒子当中，把它们提了起来。他走了十五步就不得不停了下来。那女人的谴责还在他耳边缭绕，它使别的路人也对他侧目而视。这两个盒子里究竟装了什么东西，竟然会这么沉？他怎么没有一个朋友帮他提？它一定是非法的，它可能是走私进来的。那个提着沉重盒子的男人为什么看起来这么憔悴？他为什么没有刮胡子？现在他随时都会让一个穿着绿色制服的警察看见。他们老是在各处巡视，处置任何麻烦的事情，那就是它以前那个样子的城市。那些警察具有无限的权力，正是这些德国警察。如果他们命令他把他的行李打开的话，他就只好服从。他不能让人看见他站着不动。他决定拼命使劲多走几次，每次走它十步或者十二步。他试着改变自己的形象，从龇牙咧嘴、全身颤抖的狼狈相，一变而为刚从车站过来的一个面带微笑、令人肃然起敬的旅客脸上的悠闲样儿。他既不需要别人监督，也不必别人帮助。在两次搬运之间，他尽量缩短休息的时间。每当他停下来，他就朝周围打量，看看有没有机会搭乘车辆——装作迷了路的样子，或者正在寻找一幢房子。

在戈特布斯门附近的地铁车站那儿，他把盒子放在人行道边上，一屁股坐在上面。他想把心思放在他脚上的那个疼痛上面。他得把他的鞋子脱下来。可是让他这么一坐，那盒子盖就塌陷了下去，使他心里直发毛，赶紧站了起来。如果他能够睡上十分钟，或者甚至五分钟，他觉得他对付起这两只盒子来就会舒服得多。

他快来到他们俩有时候前来购买日常必需品的那间街角的商店。店铺的老板正从外面运来了装蔬菜和水果的箩筐。他见到了伦纳德就对他挥了挥手。

"去度假？"

伦纳德点了点头，一面却又急忙说道，"不，不，还没有。"他一紧张，又用英语加上了一句，"是公事。"他刚说出了口，就但愿他能把这句话收回。如果有警察也这么问他的话，他该怎么回答才好呢？

他站在盒子旁边，望着往来的车辆。他在眼角那儿看见一些东西在他视野的边缘晃动：一个英国式的信箱，一头叉角高耸的雄鹿，一盏台灯。当他歪过头去仔细审视的时候，它们又都消失不见。他眼前不由得出现了一些迷梦，他得转过头去才能把所有的幻影驱散。倒也不是什么可怕的景象：香蕉在倒着个儿翻跟头；盖子上有着一幢茅草屋的饼干盒自己欠伸着开启。他得一刻不停地转动着脑袋去对付这些来自幻觉的东西，叫他怎么集中得了精神去办事？他敢把这两个盒子扔在这儿，自己一走了之吗？

有一个计划形成了。这是很久以前的事了，他不知道现在它是否还行。可是，此外他就没有法子了。他所以只好盯住这一个不放。然而，老是有一个温柔而亲切的念头在牵动着他的心。天色在暗起来了，路上的汽车都已经亮起了车前灯，商店都在打烊了，行人都在急急忙忙地往回赶。他的上方有一盏街灯，摇摇晃晃地让螺丝拴在一垛颓塌了的墙上。这灯也陡然"噼啪"一声亮了起来。几个小孩推着一辆婴儿车从旁边走过。他在那儿盼望着的一辆出租车在人行道旁停下，他甚至没有对它招呼，它就来了。司机看见了那两个盒子才来的，尽管天色已暗，他居然还能够猜到它们的分量很重。他下了车，开了车后的行李厢。

这是一辆老式的、柴油引擎的梅赛德斯。伦纳德还以为他能够赶在司机前面把一只盒子放进去，却不料它得让他们两个人一起动手，才把它提得起来，放得进去。

"书，"伦纳德解释说。司机只耸了耸肩，这不关他的事。他们把另外一只盒子推进后座。伦纳德坐进前座，让司机驶往动物园车站去。取暖器开着，座位又宽又光亮。那温柔的念头又在他的心里牵动起来。他只要一开口，就会到那儿。

可是他甚至连那个出租车开始行驶的情景都记不得了。他醒来的时候，车已停了，盒子也都已经让人并排地放在人行道上，他身旁的车门也已经开着。一定是司机把他摇醒的。伦纳德给了他一笔特别丰厚的小费。那司机把手举到帽沿边上对他

315

行了个礼，就走过去和聚集在车站那儿的许多司机站在一起。伦纳德把背对着他们，知道他们都在望着他。为了不至于使他们感到怀疑，他使劲提着那只盒子装作轻松写意的样子穿过了十码远的人行道，去到了通往车站的中央大厅的那两扇高大的大门口。

他一进去就把它们放了下来，他感到安全一些了。不到几英尺远的地方，有十来个英国士兵正各自带着正规的手提箱排着队。所有的店铺和饭店都还开着。还有高峰期剩余下来的一些旅客正在赶乘从上面那层月台开出的驶往市区的列车。离一间内衣裤商店和一间书店再远一点的地方，有块牌子标志着前往小件行李寄存处的去处。每个角落都可以闻得到雪茄和浓咖啡的气味，洋溢着一片德国式的美满生活的气氛。地上很平滑，他可以把那两个盒子拉着穿过大厅。他走过几个水果摊，一间饭店，一间纪念品商店。到处笑语喧哗，人声欢腾。完全成功！非常美满！他毕竟成了个毫不起眼的规规矩矩的旅客，而且他这旅客还不必亲自把他的行李拖到上面一层的月台上去上车。

寄行李的地方在从中央大厅通出去的一个个通道口附近。那儿有一块圆形的作业区，四周的墙上有一排排新安装好的带锁的小橱柜。那些橱柜的对面是一个柜台，旁边站着两个身穿制服的人，等在那儿接待旅客，收取需要暂时寄存的行李，把它们放在他们身后的架子上。伦纳德去到那里的时候，有两三个人等在那儿寄存或者领取行李，他把他的两个盒子尽量拉得

316

离开柜台远些。他在最下面的那一层找到了两个空着的橱柜，他慢吞吞地把两个箱子并排摆好，站直了身子在衣袋里寻找他带来的零钱。不忙。他带来了一大把面值十芬尼的硬币。他打开了一个橱柜，用膝盖去推一个盒子，它一动也不动。他把硬币放在袋里，更加用力地推它。他从肩膀后面望过去。柜台那儿现在一个旅客都没有。那两个穿制服的人在说话，朝他这儿望着。他低下头去找那个阻挡住盒子，使它进不去的东西。原来那橱柜的口子比盒子窄了一两英寸。他有气无力地试了试，想把盒子硬塞进去，可是后来他只好罢手。如果他不是这么累的话，也许他已经办好了。他站起身来，看见行李房里的一个职员，一个长着一把灰白胡子的人，正在向他招着手叫他过去。这个举动很合逻辑。如果你的行李放不进行李寄存处里的小橱柜的话，那么你就应该把它拿到柜台那儿去。可是关于这个步骤，他可事先没有准备——他没有把它包括在预先想好的那个计划里。这样做对不对？他们会不会问他为什么这两个盒子这么沉？他们穿在身上的那套制服给了他们什么样的权力？他们会记住他的脸孔吗？

那个长着胡须的人的指关节按在包着铁皮的柜台上，等着伦纳德。其实身份并不比车站里的脚夫高得了多少的一个职工，竟然穿着一身海军上将似的制服，这显然是不对的。重要的是别让人吓着而变得心虚起来。伦纳德装模作样地看了看手表，提起了他的盒子。他想装出脚步轻松的样子走开。他就从那唯一不会使他走近那个柜台的通道走去。他边走边在等待一声吆喝，等待一阵奔跑的脚步声从后面追来。他进入了一条越来越窄的走廊，它的尽头是两扇门。他一路走去，毫不停留。到了门口，他朝后走去，用背顶开了门，发现自己站在一条僻静的小路上。他把两个盒子靠墙放下，在人行道上坐了下来。

下一步该怎么办？他心里毫无明确的打算。他得让他那只疼痛的脚休息一会。如果那位海军上将从后面追了上来，他就会欣然束手就擒。他现在既然已经坐了下来，显然他就应该趁机拟就一个计划。他的脑袋里思绪潮涌，它们都是从一个并非他所能够控制的器官里涌现出来的。他只能判断它们，可是他却没法主动地产生它们。他可以再去试试，把盒子硬塞进橱柜里去。他可以把它们交给那个上将。他可以把它们扔在街上，抽身一走了之。它们真的需要行李寄存处所规定的一个星期的存放限期？就在这时候，他的那个温馨而愉快的念头又重新回来了。他能够回家去。他可以锁上房门，洗个澡，待在自己的东西周围而感到十分安全，在自己的床上睡它几个钟头。然后，等他休息好了，神清气爽，想出一个崭新的计划来予以实施——刮好脸，精神抖擞，穿上一套干净的衣服，丝毫不会引起别人的怀疑。

他想到了老家。那些房间大得像草坪，用水的管道美满无疵，环境寂静安逸。于是他浮想联翩。他瞌睡沉沉。他终于站起身来，最快叫到一辆计程车的途径是重新穿过车站大厅，经过那位上将大人。可是他起程从车站外面绕过去。他的下身痛得比他的那只脚更加厉害。他的双手在脱去一层皮。他花了二

318

十分钟才走完——亏得没有人看见，一路上好几次停息了不少时间。他在车队里找到了他需要的汽车。它又是一辆梅赛德斯。这一次他没有帮忙去提那些盒子，他也没有作任何解释。如果你忙着要为它们的重量而表示歉意的话，就会被人家看成是你犯有什么罪行的一个迹象。

　　他把一个盒子留在二十六号门口，用双手把另外一个一直提到了电梯门口。他回来的时候发现那个盒子仍然留在原处，他因此而感到吃惊，正好像它若失踪也一样会使他感到惊奇。究竟什么事情会使他觉得出乎意料，现在他自己怎么知道？那电梯轻而易举就把盒子运了上去。他开了寓所的前门，把两个盒子就放在门厅里的门口。从他站着的地方望过去，他可以看见起居室里的灯亮着，传来了播放音乐的声音。他朝它走去。他推开了起居室的门，走进一个正在举行中的宴会。桌子上有酒和饮料，碗碟里有花生，装满了烟蒂的烟灰缸，皱成一团的坐垫，还有美军电台"美国之声"正在播放的节目。所有的客人都已经离开。他把收音机关掉，周围就突然静了下来。他在最近的那张椅子里坐了下来。就只他一个人给留了下来。那些朋友，老伦纳德和他的那位穿着一件瑟瑟作响的衣裙的未婚妻，他们都已经离开。而那两只盒子又太重了，那个小橱柜又偏偏太窄了那么一点点，那位海军上将又怀有敌意，他的双手又都擦破了，耳朵，肩膀，睾丸还有那只脚，都联合在一起和他作对，一齐悸动着疼痛了起来。

　　他走到浴室里，就着水龙头喝水喝了很久。然后他去到卧室，仰天躺在被窝里，凝望着天花板。门厅里的灯还亮着，卧室的门半掩着，房里光线正如他所希望的那样幽暗。他一闭上眼，就有一种让他恶心的疲乏使他为之窒息。他只好拼命挣扎，依然盯住了天花板望着。他的眼睛并不沉重。只要它们仍还睁着，他就能够保持清醒。他尽力使自己不去思索。他全身疼痛。没有人会来看护他。他把精神集中在呼吸上，以此来使自己的心里一片空白。也许这样过了一个小时——停留在一阵轻微的、似睡非睡的神志恍惚之中。

电话铃响了。他还没有完全恢复过来，就已经在朝它走去。他穿过了门厅，朝他的左面望了一眼，看了看放在门边的那两个盒子。他没有开灯，径自走进起居室。电话机在窗台上。他一把抓起听筒，以为打电话来的是玛丽亚或者葛拉斯。可是，不。他没有听清楚那个男人讲的那句声音柔和的开场白。说的是关于一个工资纸袋的事情。接着，那声音又说，"先生，我打电话给您，为的是五月十日的安排。"

对方打错了号码。可是伦纳德不想把这个声音打发掉。它的腔调优美动人，听上去既能力高强，又温柔可亲。于是他说，"啊，是的。"

"有人要我打电话问问您，先生，看看您需要些什么。"

使伦纳德感到心里温暖的就是这一声"先生"，就是这毫不勉强的、富于男子汉气概的那种尊重的口吻。不管这个人是谁，他也许能够有所帮助。他听上去就是那种能够帮助你提那两个盒子而不会问你任何问题的人。重要的是设法让他一直说下去。伦纳德说道，"呃，你有何建议？"

那声音继续说，"我可以从一段距离以外开始，就在房子外面的什么地方，正当大家在坐下来的时候，我缓缓地走近过去。先生，您想象得到我说的这个情景吗？他们都在说话和喝着什么东西，然后有一两个耳朵特别尖的人隐隐约约地听见了，接着大家全都听到了，越来越近。然后我一直来到了房间里。"

"我懂了，"伦纳德说道。他想他不妨把心事讲给他听。关键是等待一个开口的机会。

"如果您愿意把演奏哪些歌曲让我自己来决定的话，先生，……有一些苏格兰双人对舞曲，也有一些挽歌。当他们喝了一点酒——先生，如果您能原谅我这么说的话——再没有什么能够比得上一首挽歌那么使人感动的了。"

"一点不错，"伦纳德说，发现他的机会来了。"我有时候变得很伤心。"

"对不起，先生，您说什么？"

但愿这个温柔的声音会问他那是为了什么缘故。"有时候我遇到的事情使我招架不住。"

那声音迟疑了一会，然后它说，"柏林离开我们的家很远，先生，对我们大家都是这样。"又停了一会，它接着又说，"参谋军士长斯蒂尔说您要我表演一个小时。先生，对吗？"

苏格兰龙骑兵的吹笛手，麦克泰格特笛师，原来是他打电话来。伦纳德尽快和他谈妥了那桩业务。他把电话听筒放在挂钩的旁边，回到床上去。他走过门厅时，顺便关熄了那里的灯。这次交谈使他恢复了精神。不再感到过度疲倦，他也就比刚才容易入睡了。

他在几个小时以后一觉醒来，完全恢复了精神和体力。从周围寂静的情况来判断，他猜测这时在半夜两点和三点之间。他坐起身来。他知道他自己好些了，因为他醒来时想到了一个简单的解决问题的办法。他给这个问题弄得心神不宁，而事实上他只要头脑清楚地仔细想一想，并且目的十分明确的行动起来，这个问题就不难得到令人满意的解决。现在这个计划在他的心里变得非常清晰，他就应该去动手干起来。然后他就可以再睡一会。再醒来时，一切就会全都已经得到妥善的解决。

他从卧室里出来，走到门厅里。他从来不知道它会变得如此安静。他没有开灯。月光的明暗恰到好处，它照进一片没有色泽的光线。可是他不肯定这光线是怎么会穿透到这儿来的。他走进厨房，找到了一把刃口锋利的刀子。然后回到门厅里，在那两个盒子旁边跪下，把两个盒子上的帆布带都解开。他先打开了一个盒子。那些包扎好的肢体依然放得好好的，就像玛丽亚刚把它们放好的时候那样。他拿起一包来，把它外面包着的防水的东西割开，从里面取出一只手臂来轻轻地放在地毯上。丝毫没有难闻的气味。他还算干得及时。他把包在外面的东西远远地推在一边。然后他再把一条腿，一条小腿，一条大腿，和那个胸膛全都一件件解开。很奇怪，没有多少血。而且，地毯本身就是红色的。他把一块块肢体按照各自原来的部

322

位放在地毯上面。于是一个人体逐渐恢复了它的原形。他又打开了第二个盒子，把躯干的第二个部分和别的那些肢体一一解开。他面前立刻就出现了一个没有头颅的尸体。现在他把那个头拿在手里了。他让它在他的手里转了转，从包扎在它外面的形状看出了它的鼻子和脸上的其他器官长在什么部位。

当他正在用刀尖把胶水胶住的包扎布的边缘挑开的时候，他看见了一件引起他注意的东西。他正在把那个沉重的头颅按在地毯上，但是他动不了那把刀子。不是为了他怕自己重新看见奥托的脸，也不是为了那个拼凑起来的尸体就躺在他旁边的地毯上的缘故。他看见的是卧室里的墙壁和他的那张床。他刚才强自睁开一线眼睛，看见自己躺在床单下面的那个形体。有两秒钟之久，他听见街上的车辆行驶的声音——依然是午夜以后的交通状况，而他已经看见了自己的那个不会动弹的身躯。然后他的眼睛闭上了。他又回到了这里，手里握着那把利刃，还在用它剔割着包在外面的东西。

看上去那么真实的事情竟然会是一个梦境。这使他感到担忧起来。这意味着什么事情都可能会发生。世上根本没有法则可循。他在把奥托的肢体拼凑起来，使一天里干出来的事情全部化为乌有。他正在挑开一层经过橡皮加工过的布料，而这儿就是那个头颅的一侧，耳朵的上缘宛然可见。他想，他应该使自己停止。他应该在奥托活过来以前就清醒过来。他一使劲，又睁开了眼睛。他看见他的一只手的一部分，还有他那伸在毯子下面的两只脚的印子。只要他能够移动他的一部分身体，或者发出一个声音，纵然只是最最轻微的声音，他就能够使自己回到躯体里面来。可是他所占有的这个躯体却寂然不动。他想要移动他的一个脚趾头。他能听见外面街上有一辆摩托车驶过。如果有人会到房间里面来碰碰他。他在设法喊叫。他没法把嘴唇张开，也没法扩大胸腔来准备呼喊。他的眼睑在垂挂下来。而他就又回到了门厅里面。

为什么那东西黏附在奥托的脸颊上？它当然是由于咬伤了的缘故。从奥托的脸颊上的那个伤口里流出来的血液黏在布上了。这就是奥托要惩罚他的唯一理由。他用手拉那块布，而它就发出一个撕裂的声音掉落下来。其余就容易了。包扎布掉落下来，整个赤裸着的头颅就握在他的手里了。有着一双酒鬼所特有的布满红色眼睑的眼睛望着他，等待着。很简单，只要把这颗头颅按到那个撕裂了的头颈上去就得了。然后它可以重新开始了。应该让那尸体一直分开着，可是现在为时已经太迟。甚至那颗脑袋还没有让他按在头颈上，那尸首的双手就已经在伸过去抓那把刀子了。奥托坐起来了。他能够看得见那两个空了的盒子，还有那把刀在他的手里。伦纳德跪在他的面前。仰起了头，让他来割自己的喉咙。奥托会干得非常干脆利落的。他可得自己动手装盒子，他会把伦纳德搬到动物园车站。奥托是个柏林人，他是那个海军上将的老酒友。这儿又是卧室里的墙壁了，还有毛毯，被单边缘，枕头。他的身体沉重如铅。奥托不会独自一个人搬运他肢体的。麦克泰格特笛师会帮忙的。伦纳德不情不愿地试着想要发出一声尖叫。还是让这件事情发

324

生好。他听见空气在他的牙齿缝里穿过。他想要弯一弯腿。他的眼睛又在闭起来了，而他也就会死了。他的头在移动。它往旁边侧转了一英寸左右。他的脸颊碰在枕头上，而这一接触就解放了他的所有的触觉。他感觉到了盖在他的脚上的毯子的重量。他的眼睛睁开了。他能够移动他的手了。他能够叫喊了。他坐起身来，伸出手去摸索电灯开关。

尽管灯开着，他的那个梦还在，等待他回去予以重温。他打了自己一个巴掌，站起来。他的腿没有力气，他的眼睛还想闭上。当他出来的时候，他开亮了门厅里的灯。那两个盒子好好地待在门口，没有打开。

他可不敢再睡了，免得再做噩梦。余下的夜晚，他一直缩起了双腿坐在床上，头顶上的那盏灯一直亮着，还吸掉了一包香烟。到了三点三十分，他去到厨房里，煮了一壶咖啡。快到五点钟时，他刮了胡子。水把破了皮的手掌刺得生痛。他穿好衣服，回到厨房里去喝咖啡。他的计划既简单又妥当。他将把这两个盒子拖到地铁车厢里去，一直行驶到终点站。他要找一个僻静的地点，把盒子丢在那里，然后悄悄地走开。

他在消除了劳累以后，头脑变得更加清晰了。他喝着咖啡，抽着香烟，擦着他的皮鞋，并在他手上贴着橡皮胶布，以此来消磨时间。他吹着口哨、哼着《伤心旅馆》。他不再做梦，这暂时使他感到满足了。到了七点钟，他扶正了领带，梳理了头发，穿上了他的夹克衫。他在开门以前，先提起盒子来试了试。它不仅有本身的重量，而且还有一股力量往下面拉，一股往地下拉的力量，这是一股自然的、坚定的力量。他想，奥托这是在表示他要让人把他葬到地下去。可是现在还没有。

他分两次把两个盒子搬到了电梯那儿。当电梯停了下来，他用一只盒子把门挡住，用膝盖把另外一只盒子推进电梯里。他按了按代表底楼的 E 这个按钮。可是电梯只下降了一层就停了。门开处，布莱克跨了进来。他穿着一件饰有银纽扣的蓝色运动衫，手里拿着一只公文包。电梯里立刻就被他身上的科隆香水弄得香味扑鼻。电梯接着继续往下降去。

布莱克对他冷冷地点了点头。"酒会很愉快。谢谢。"

"你能光临，我们很荣幸，"伦纳德说。

电梯停了，门也开了。布莱克在望着那两个盒子。"它们不是国防部专用的盒子吗?"伦纳德提起了其中的一只，可是布莱克抢在他前面把另外一个盒子提起来搬出了电梯。"上帝呀。你在这里面放了些什么东西? 这里面装的肯定不是录音机。"

他不是随便问问而已。他们站在电梯的门口，布莱克似乎觉得伦纳德应该回答他的这个问题。伦纳德慌了神。他本来正想说盒子里装的是录音机。

布莱克说，"你是在把它们拿到阿尔特格里尼克去吧。不要紧，你尽管对我说。我认识比尔·哈维。我已经通过了'金子行动'的安全检查。"

"它是破译密码机。"伦纳德说道。可是他又怕布莱克特地到仓库来看看这台"破译机"，就赶快加上一句，"它是从华盛顿借来的，我们在隧道里只用一天，它明天就会被人送回到华盛顿去。"

布莱克看了看手表。"那好吧。我希望你按上安全运输的标志。我得赶快走了。"他不再多说，立刻穿过门厅，走出大门，去到了他的汽车停着的地方。

伦纳德等他的车子开走了以后，才动手把两个盒子拉出去。这一天里面最最困难的一段旅程——从这儿一直到位于这条街的另外一头的新西地铁车站——即将开始，而他和布莱克的这次邂逅却已经把他仅剩的精力消耗殆尽。他现在已经把两个盒子放在人行道上。他的眼睛在白日的阳光下刺痛不已，原来的那些疼痛也都在逐渐加剧。街对面发生一阵骚动，他认为他还是别去多管闲事为妙，那是由于一辆声音特别吵闹的汽车引擎引起的，还有一个人在那里大声喊叫。可是然后那个引擎就熄火了。他就只听见那个声音在叫。

"嗨！伦纳德。他妈的，伦纳德!"

葛拉斯从他的那只甲壳虫里爬出来，大踏步穿过梧桐林荫道，朝着他走过来。他的那把胡子光彩耀眼，洋溢着早晨的朝气和神采。

"你这家伙一直躲在什么地方？我昨天找了你一天。我要和你说说——"这时他一眼瞥见了那两个盒子。"等等。这些是我们的盒子。伦纳德，你用它们来装什么了?"

"设备，"伦纳德说道。

葛拉斯已经把手按在一只盒子的帆布带上。"你把它拿到这里来干什么?"

"我在动手修理。事实上我干了一夜。"

葛拉斯把盒子抱在怀里。他准备抱着它穿过马路。一辆汽车驶了过来,他只好停下。他掉转头喊道,"关于这个,我们早就谈过了。马汉姆。你知道这里的规矩。你这简直是疯了。你想你在干什么?"

他不等伦纳德回答就蹦跳着穿过马路,放下盒子,打开了甲壳虫的行李厢顶盖。行李厢里正好放得下那个盒子。伦纳德只好提着另外一个盒子跟了过去。葛拉斯帮他把它放进车厢里的后座。他们爬进座位,葛拉斯砰的一声愤然拉上车门。刚安静下来的引擎又吼叫了起来。

他们一路颤抖着朝前驶去,葛拉斯余怒未息。"他妈的,伦纳德!你干出这种事来怎么对得起我?直到这玩意回到了原处,你叫我怎么放得下心来!"

二十

在前往仓库的路上，伦纳德一直在动脑筋，不知自己该如何对付那两个卫兵才好——他们一定会要检查这两个盒子，看看里面究竟装的是什么东西。葛拉斯把怒气全都发泄出来以后，兴致勃勃地谈起了关于筹备"金子行动"周年庆典的事情。他们在路上花去的时间不长。葛拉斯找到了一条捷径，不到十分钟，他们就穿过了舍恩贝格区，绕过了滕珀尔霍夫机场。

　　"昨天我在你的办公室门口留了一张条子，"葛拉斯说。"你昨天没有回电话，昨天夜里你的电话又忙了一夜。"

　　伦纳德正注视着在他脚边的车子底板上的那个小洞。那飞速后退的影子对他产生了催眠般的作用。他的盒子就会被人打开了。他太累了，所以他简直为此感到高兴。立刻就会发生一连串的法律程序——拘捕，审讯等等——而他也就听凭别人的摆布。直到他能够好好地睡上一觉，他什么都不说。这是他的唯一条件。

　　他说，"我把电话听筒从它的钩子上取下来了。我一直在工作。"

他们的车子吃在第四挡，车速每小时远远不到二十英里。车速表上的指针在摇摆。

葛拉斯说，"我要和你说话。我对你老实说，伦纳德。我很不高兴。"

伦纳德的眼前出现了一个景象：一堵清洁的白色墙壁，一张铺着棉布床单的单人床，周围寂静无声，门外有个人看守着他。

他说，"哦?"

"由于好几个原因，"葛拉斯说。"一，我们让你在把一百二十多块钱花在一个晚上的娱乐上。可我听说你已经把这笔钱用在一个节目上面。而且它仅一个小时。"

也许门口的那些友好的伙计们里面的一个，杰克、李或者豪威。他们会从盒子里取出一个包裹着的东西来。先生，这不是电子设备。这是人的一条胳臂。有人也许会呕吐起来。也许葛拉斯会呕吐，他现在正要提到他的第二点。

"第二，在值一百二十块钱的这一个小时里，只有一个打扮得花花绿绿的家伙吹奏风笛给大家听。伦纳德，不是每一个人都爱听风笛。天晓得，谁都不爱听。你想让大家在那里整整坐上一个小时，除了听这个只会'呜哩呜哩'响的劳什子以外，别的乐子全都玩不到?"

有时候下面的这个洞里掠过一条白线。伦纳德对着它喃喃说道，"我们还可以跳舞。"

葛拉斯作了一个非常富于戏剧性的姿态：他猛然用手遮住

了自己的眼睛。伦纳德没有抬头。他依然盯着那个洞眼。甲壳虫还在缓慢地前行。

"第三，那时候会有几个高级的情报官员到场，其中包括你的一些同胞。你想他们会怎么说？"

"当每个人都干了几杯酒以后，没有任何东西比一曲挽歌更起作用的了。"

"不错，会有唱起挽歌来的。他们会说，哈，美国食物，德国饮料，加上苏格兰的娱乐。'金子工程'里有苏格兰人吗？我们和苏格兰有什么特殊的关系吗？苏格兰加入了北大西洋公约组织吗，请问？"

"有人有一头会唱歌的狗，"伦纳德喃喃地说道。他还不抬头。"可是它又是一头苏格兰的狗。"

葛拉斯没有听见。"伦纳德，你可把事情弄糟了。现在还来得及，我要你在今天早晨就把它重新办好。我们先把这设备送回去，然后我开车和你一起到在施潘道的苏格兰龙骑兵第二团的营地去。你和那里的上尉谈谈，把吹笛手的节目取消，把我们的钱要回来。好吗？"

这时正好有一队卡车要超过他们，所以葛拉斯没有注意到他的那个乘客在格格地傻笑。

不久仓库屋顶上的天线就已在望。葛拉斯在进一步减速。"门口的老兄们要看一看我们这儿有些什么东西。他们看是可以看，可是他们不必知道它是什么东西。你懂吧？"

那阵子格格的傻笑这才停息。"哦，上帝，"伦纳德说道。

他们停了下来了。葛拉斯正在把车窗摇下，而那个卫兵在朝着他们走来。他们不认识这个卫兵。

"这个人是新来的，"葛拉斯说。"是他的朋友。这意味着检查的时间会长一点。"

在车窗口出现的是一张又红又大的脸孔。他的眼神很殷切。"先生们，早安。"

"早安，士兵，"葛拉斯把他们两个的通行证都交给他。

那卫兵站直了身子，花了一分钟检查那两张通行证。

葛拉斯用同样响亮的声音说道。"这些士兵受的训练把他们教得办起事来挺认真的。他们要在这里干了六个月以后，才会松弛下来。"

一点不错。如果这回是豪威在站岗的话，他就会认识他们，并且挥挥手让他们过去。

那张十八岁的脸孔又在车窗外面出现。两张通行证送了回来。"先生，我要看看行李厢里放着什么东西。我还得看看这个盒子里面装的是什么。"

葛拉斯从车上下来，打开了车子的前门。他把那个盒子搬到地上，跪在它旁边。伦纳德坐在车子里望着葛拉斯解盒子上的帆布带。他还剩十秒钟左右。他毕竟只能跑到路的那一头。可这样的话也不会把事情弄得更糟。他下了车子。这时，另一个卫兵——他看上去甚至要比第一个还要年轻——已经走到葛拉斯的背后。他在他背上拍了拍。

"先生，我们想到岗亭里去检查。"

葛拉斯装模作样地露出一副他才不愿和别人一般见识的样子。一遇到任何和安全保卫方面的问题有什么瓜葛的事情，他都会以身作则，成为一个毫无保留、热情支持的楷模。有一条帆布带已经解开。他也不去管它，立刻就抱起盒子，蹒跚地沿着路边走进了岗亭。第一个卫兵已经替葛拉斯打开了行李厢上的门，他现在彬彬有礼地后退了一步，让伦纳德走上前来把放在行李厢里的那只盒子搬出来。当他用双手把盒子搬进岗亭里去的时候，那两个卫兵紧紧地跟在他后面。

岗亭里有一只小桌子，上面有台电话。葛拉斯把电话放在地上，嘴里哼了一声就用双手把盒子提上那张桌子。岗亭很小，只容纳得下四人。伦纳德深知葛拉斯的脾气火爆，这回他又是使劲搬，又是用力提，早已憋足了火。只见他退到一边，鼻孔里"咻咻"地喷着粗气，一面还不住地捋着他的胡子。他已经把盒子搬过来了，现在就得让那两个卫兵来打开它了。如果他们在办这件事情之中有什么失职的行为，他肯定会让他们的上司知道的。

伦纳德把他搬进来的那个盒子放在桌子旁的地上。他决定，当他们检查的时候，他在岗亭外面等。在他做了那个梦以后，他不想再看见放在盒子里的那些东西了。而且很可能两个卫兵里边的一个会在小小的岗亭里面就呕吐起来。他们三个都呕吐也未可知。可是他毕竟没有出去。他只是站在门口张望。要想不看也很难。他的生活即将发生巨大的变化，而他却依然镇静自若，并不感到任何情绪上的波动。他已经尽力而为，而

335

且他也明白，他自己毕竟不是一个特别坏的坏人。第一个卫兵已经把他手里的那杆步枪放下，眼下正在解开另外那条帆布扣带。伦纳德依然在观察，就好像他与之相距遥远、安然无虞似的。在奥托·艾克道夫生前，这个世界上的人对他都漠不关心，如今他们却将会由于他的死而爆发出一阵阵骚扰的关切。这时那卫兵把盒子盖打开了，他们都在观察那些包扎妥帖的东西。每一包东西都包扎得很紧密，可是它不大像是电子元件。甚至连葛拉斯都难以掩饰他的好奇心。胶水和橡皮的气味很浓烈，闻上去像是从烟斗里飘逸出来的烟味儿。说时迟，那时快，伦纳德也不知道那里来的灵机一动，想出了一个好主意。事不宜迟，他立即把它付诸行动。正当那卫兵伸出手去拿盒子里的一个包裹着的东西，他挤上前去，来到了桌子旁边。

伦纳德一手抓住那个年轻人的手腕，一面说道，"且慢。如果你们要把这次检查继续下去的话，我就先得对这位葛拉斯先生私下里谈谈。我要说的话和严重的安全问题有关。我只要对他说一分钟话就够了。"

那卫兵把手缩了回去。他转过身去对葛拉斯看。伦纳德关上了盒盖。

葛拉斯说，"孩子们，怎么样？行吧？只要一分钟就够了。"

"好吧，"其中一个卫兵说道。

葛拉斯跟着伦纳德来到岗亭外面。他们站在漆成红白两色的栏杆外面。

"鲍勃，对不起，"伦纳德说，"我不知道他们会把包扎好的东西打开来进行检查。"

"他们是新手，也难怪。先得怪你不该把它们从这里拿出去。"

伦纳德靠着栏杆，松弛了下来。他捅的娄子已经大到顶了，再捅也不过如此罢了。"这里面有个原因。可是，你听好。我现在为了要完成一桩更加重大的事情而一定得打破这里办事的常规。我得告诉你，我已通过了第四级别的安全检查。"

这话似乎引起了葛拉斯的密切注意。"第四级别的安全检查？"

"这个级别大多和技术性的问题有关，"伦纳德伸手到衣袋里去拿他的皮夹子。"我具备了第四级别的安全资格，而那两个小伙却要动手摆弄一些非常精密的材料。我要求你打个电话到奥林匹克运动场去找麦克纳米。这儿是他的名片。让他把值日官请到这儿来，我要他撤销这次检查，包扎在这些包裹里的东西是超越了保密范围的。你只要对麦克纳米这么一说，他就会明白我的意思。"

葛拉斯一言不发，立刻转身，迅步回到岗亭里去。伦纳德听见他叫卫兵把盒子关好了再扣上帆布带。其中有一个一定对这命令表示了疑问，因为葛拉斯在大声喝道，"快点动手，士兵！这个要比你大得多！"

当葛拉斯在那儿打电话的时候，伦纳德就慢吞吞地沿着那条路荡过去。天空已在放晴，周围是一派春日早晨的美丽景象，路旁的沟渠里长着黄色和白色的花儿，他却连什么植物都认不出来。过了五分钟，葛拉斯从岗亭里出来了，他的后面跟随着那两个提着盒子的士兵。他们把盒子装回到车子里去的时候，伦纳德和葛拉斯就站在一旁看着。然后他们升起了栏杆。当这辆车过去时，他们肃立致敬。

葛拉斯说，"那个值日官把这两个可怜的家伙狠狠地骂了一顿。而麦克纳米则把那个值日官训了一通。看不出，让你放在这两个盒子带来带去的东西可真是一个大秘密哩。"

"它当然是个大秘密，"伦纳德说。

葛拉斯停好车，关上了引擎。那位值日官和两个士兵在两扇门的门口恭候。在他们下车以前，葛拉斯在伦纳德的肩膀上按了按说道，"自从你熬过了那些烧硬纸板盒的日子以来，你可真是飞黄腾达了啊。"

他们下了车。伦纳德说，"鄙人能够参与，不胜荣幸。"

两个士兵提起了盒子，值日官问他们要把那两个盒子放在哪里，伦纳德建议放在隧道里。他要到下面去安静一会，好让自己定定心。可是他和葛拉斯以及那位值日官一起下去，后面还跟着那两个士兵，这情况就不一样了。他们一下了那个主要的竖井，两个盒子就让人放在一台木制的搬运车上，由那两个士兵一路推着过去。他们经过那堆标志着俄国占领区界线从这里开始的卷紧了的铁丝网。再过几分钟，他们都已经在那些放大器旁边挤过去，而伦纳德则指点着让他们把两个盒子放在那只书桌下面。

葛拉斯说道,"我他妈的见鬼了。我从这两个盒子旁边走过几百回,却从来没有想到要看看里面究竟装着一些什么东西。"

"你现在也别看,"伦纳德说。

值日官在两个盒子上都放了个铁丝做的封条。他对伦纳德说,"只有你一个人才有权拆封把它们打开。"

然后他们到食堂里去喝咖啡。伦纳德一宣布自己具有四级安全资格,就等于提高了他自己的身份。当葛拉斯说到施潘道去找那位苏格兰龙骑兵二团的上尉,伦纳德就轻而易举地把手按在自己的额头上说道:

"我受不了,接连两个晚上我都没有睡觉,或者明天去吧。"

葛拉斯说道,"别着急。我自己去吧。"

他自告奋勇,要驾车把伦纳德送回去。可是伦纳德自己还没法决定要到什么地方去。他现在有了不少新问题。他想去一个好让他定下心来仔细想想的地方。于是葛拉斯就在位于边界林荫道附近的地铁终点站那儿让他下了车。

葛拉斯离开以后过了好几分钟,伦纳德在购票厅的周围漫步了一会,尽情享受他的自由。他仿佛已经带着那两个盒子奔波了好几个月,好几年了。他在一只长凳上坐下。它们已经不在他的身边,可是他还没有把它们处理掉。他坐在那儿望着贴在他手上的橡皮膏。隧道里的温度是华氏八十度——也许放大器旁边那只书桌下的温度还不止。不到两天,盒子里的东西就会变得臭气熏天。也许他能够想个法子，造出一个和安全四级有关而又毫无破绽的故事，把它们重新搬出来。可是事不宜迟，甚至现在麦克纳米就说不定已经从奥林匹克运动场赶到仓库里来看看，伦纳德究竟搞到了一些什么设备。事情糟透了。他本来打算神不知鬼不觉地把那两个盒子放在火车站里的公共场所里。那里是个国际交通中心，每天人来人往，数以十万计。结果却把它们弄到了一个密不通风、闲人不得入内的处所，而且让它们和自己挂上了钩，再也脱不了关系。这个乱子闹得可真不小。他坐在那儿沉思默想，想要找到一个脱身的法子。可是他想来想去，心里依然一团乱麻。

他坐在上面的那只长凳面对着售票处。他让自己低垂着头。他穿着一身漂亮的西装，戴着一条领带，他的皮鞋油光锃亮，谁都不会把他当作一个流浪汉。他缩起双腿，睡了两个钟头。尽管他睡得很沉，他却一直意识到售票厅里回响着的旅客的脚步声。而在陌生人当中平安无事地酣睡一觉，不知怎么的，使他感到安慰和舒适。

他醒来时心情焦虑，现在已经上午十点钟，麦克纳米一定在仓库里找他。如果那个政府科学家不耐烦起来，或者不小心的话，他也许会利用他的权力把那两个盒子上的封条拆掉。伦纳德站了起来。他只有一个或者两个小时的时间了。再不行动，就将为时太晚。他得和什么人谈谈。他一想到玛丽亚就心痛如绞。他不敢走近她的寓所。长凳上的木条勒得他的臀部出现一条条刻痕，他的西装上也出现了皱褶。他晃晃悠悠地朝着售票处走去。他太累了，所以他照例并不预先想好什么计划就采取了行动。他一步步实行起来，就好像他在执行别人的命令似的。他买了一张到位于俄国占领区的亚历山大广场去的车票。这时正好有一列列车即将开出。在赫尔曼广场立刻有一列列车到达，他在那儿必须换车。这个毫不费力的巧合增强了他的打算。他身不由己，正在被一股力量吸引过去——被吸引到一个巨大的、惊人的大结局那里去。他从亚历山大广场沿着康尼克街得走上十分钟的路，他在半路上还得停下来问问路。

那地方要比他原先想象的更大些。他起先以为它只是一个狭小而隐秘的去处，还以为那儿的座位都是高背椅子，好让人藏在里面悄声低语。却不料布拉格咖啡馆竟然是一个店堂宽敞的场所，天花板高而邈遒，下面有几十只小小的圆桌子。他找了个引人注目的座位，要了杯咖啡。葛拉斯有一次曾对他说过，只要耐心等待，就会有一个只"值一百马克的小子"走上前来兜生意。这地方渐渐让前来吃午饭的人坐满了。坐在桌子旁边的不乏相貌堂堂、一本正经的人士。他们看上去既可能是在当地的办公室里的职员，也可能是来自六七个国家的间谍。

他在一张纸餐巾上画着地图，以此来打发时间。过了十五分钟，依旧没有动静。伦纳德想，所谓布拉格咖啡馆是个非官方的情报交易中心的说法，毕竟只是流传在柏林的一个神话故事。事实上，它只是一家位于东柏林的咖啡馆而已，虽然规模相当巨大，但是气氛十分沉闷，毫无情调可言。而且这里供应的咖啡淡而无味，半冷不热。他喝着第三杯咖啡，觉得像是要呕吐。他已经两天没有吃东西了。他正在衣袋里寻找东德马克的时候，有个年轻而长满了雀斑的男人在他的对面坐了下来。

"你是法国人。"他讲的是一个叙述句，不是在发问。

"不，"伦纳德回答。"英国人。"

那个人和伦纳德差不多年纪。他举了举手，招呼一个侍应生过来。他似乎认为他不必为他的误会作什么解释或者道什么歉。它只是一句开场白而已。他要了两杯咖啡，伸出了一个斑斑点点的手掌。"我叫汉斯。"

伦纳德和他握了握手，说道，"我叫亨利。"这是他父亲的名字。它听上去不像是说谎。

汉斯拿出一包骆驼牌香烟，给了伦纳德一支。伦纳德觉得他见了他的美国制的芝宝打火机态度有点不那么自然。汉斯的英语说得无懈可击。"我以前在这儿没有见到过你。"

"我以前没到这儿来过。"

喝上去不像是咖啡的咖啡给人端来了。当侍应生离开了以后，汉斯说，"那么，你喜欢柏林这儿吗？"

"我喜欢，"伦纳德说。他没有想到，你在这儿谈到正事以前，先得和人家闲谈片刻。可是也许这也已经成为这儿的传统。他为了想把他的事情办得完美无缺，不得不入境随俗。于是他彬彬有礼地问道："你是在这里长大的吗？"

汉斯谈了谈他在卡塞尔过的童年。他在十五岁的那年，他的母亲嫁给一个柏林人。要把精神集中在聆听他的故事上面可真困难，那些无谓的细节让伦纳德听得全身发热。不久汉斯就问及他在伦敦的生活。伦纳德对他谈了谈他小时候的生活状况以后，他说他觉得柏林要比伦敦好玩得多。可是话一出口，他就后悔不迭。

汉斯说，"这不大可能吧。伦敦是一个国际城市。柏林已经完蛋了，它的伟大已经成为一去不回的往事。"

"也许你说得很对，"伦纳德说道。"也许我只是喜欢在国外生活而已。"可是他这话也说得欠妥。如果照这样说下去的话，他们的话题就会集中在国外旅游的乐趣上面。汉斯问他到过哪些国家。伦纳德这时已经累得连说谎也懒得讲了。他只到过威尔士和西柏林。

汉斯在鼓励他更加大胆一点。"你是个英国人，你有的是机会。"接着他提到了许多地方的名字，最先提到的是美国。汉斯说他想去那儿访问。伦纳德看了看手表。下午一点十分。他不知道这个时间对他意味着什么。有人在找他。他不能肯定，他该对他们说些什么。

伦纳德一看手表，汉斯就结束了他正在开列的那张地名的单子。他朝店堂周围望了望，然后他说道，"亨利，我想你到这儿来是想要寻找什么东西，是不是？你想要买什么东西，是不是？"

"不，"伦纳德说道。"我是想要把一件东西交给一个合适的人。"

"你有什么东西要卖掉？"

"不要紧。我愿意把它白白地送人。"

汉斯又给了伦纳德一支烟。"你听我说，我的朋友。我给你一个忠告。如果你把它白给人家的话，别人会以为它不值分文。如果它确实是件重要的东西，你得让人家出钱来买它。"

"很好，"伦纳德说。"如果有人肯为了这个给我钱，那很好。"

"我自己也可以把你的东西买下来再把它转手卖给别人，"汉斯说。"所有的利润全都归我。可是我喜欢你，也许有一天我会到伦敦去看你——如果你把你在伦敦的地址给我的话。所以我要从你这儿拿百分之五十的回扣。"

"随便什么都行，"伦纳德道。

"那么。你有的是什么？"

伦纳德压低了声音。"我有的是一件会使苏联的军方感兴趣的东西。"

"很好，亨利，"汉斯说话的声音还像刚才一样大小。"我在这儿有个朋友，他认识高级指挥部里的一个人。"

伦纳德把他画的那张地图拿了出来。"在舍讷费尔德大街东面，就在位于阿尔特格里尼克的这个坟地的北面，他们的电话线路在被人窃听。它们沿着这条沟延伸过去。我已经在他们应该去检查的地方标出了记号。"

汉斯拿了那张地图。"怎么可能会有人窃听这些电话线路？不可能的。"

伦纳德情不自禁地感到十分自豪。"有一条隧道。我已经在地图上用一条粗线标了出来。它从位于美国占领区里的一座外表看上去像雷达站的那个地方一直挖过去的。"

汉斯在摇头。"太远了，不可能挖到那儿的，没有人会相信。我连二十五个马克都拿不到的。"

伦纳德差点笑出声来。"这是一个规模巨大的工程。他们不必相信，他们只要去看看就够了。"

汉斯收起地图，站起身来。他耸了耸肩，说道，"我要去和我的朋友谈谈。"

伦纳德望着他穿过店堂去到另外一边，和一个坐在一根柱子后面的男人说了几句。然后他们两个都走出两扇转门，到设有厕所和电话的那个地方去了。过了两分钟，汉斯回来了。他看上去比刚才神气多了。

"我的朋友说，看样子这里很有点意思。他现在正在想法子和他的那个关系取得联系。"

汉斯又回到店堂的另一头去了。伦纳德等他走得看不见了，就离开了那家咖啡馆。他在街上走了五十码左右，他听见一声叫喊。一个腰里插着一块白餐巾的男人正在向他飞奔而来，一面手里还拿着一张纸片。他欠了五杯咖啡的钱。他正在付款并且道歉的时候，汉斯跑着来了。他脸上的雀斑在白天的光线里格外引人注目。

侍者一走开，汉斯就对他说，"你得把你的地址告诉我。你看——我的朋友给了两百马克。"

伦纳德一直朝前走去，汉斯紧跟不放。伦纳德说，"你保留这些钱。我保留我的地址。"

汉斯把他的手臂伸进伦纳德的臂弯里来。"我们讲好的那桩买卖可不是这样的。"

这一接触使伦纳德大为恐惧。他用力一挣，挣脱了手臂。

"你不喜欢我吗，亨利？"汉斯问。

"不，不喜欢，"伦纳德说道。"你给我走开。"他加快了步子。当他再掉转头去张望的时候，只见汉斯正在往回走到那家咖啡馆里去。

在亚历山大广场，伦纳德又感到了一阵慌乱。他得去坐下来让他的脚休息一会。可是在他坐下来以前，他先得决定到哪儿去。他应该去看玛丽亚，可是他知道他还没有勇气去正眼看着她。他要回家去，可是麦克纳米也许会在那儿等着他。如果那两个盒子上面的封条给拆开了的话，那么宪兵也会在那儿候他。最后他买了一张去到新西地铁站去的票子。他要在车上想好了再作决定。

他在动物园下了车，因为他想到园里去找个地方睡一会。这天阳光明亮，可是等他走了二十分钟，在一条小河的岸边找到了一处环境幽静的地方，他却又觉得风太大了，他不能在那儿休息。他在刚割过的草坪上躺了半个小时，冷得直哆嗦。然后他又穿过那座园子去到车站，乘上地铁回家去。现在睡觉是他所需要的第一件大事。如果宪兵已经在那里等他，他要逃也逃不了的。如果麦克纳米在等他，他在必要的时候会造出一个故事来抵挡一阵。

他从新西车站一路恍恍惚惚地滑到了梧桐林荫道。他累得连移动双腿的力气都没有了。他是让别人给搬回去似的。家里倒没有人等他。在他的寓所里，有两张被人从门缝里塞进来的条子。一张是玛丽亚写给他的，"你在哪里？发生了什么事情？"另外一张是麦克纳米写的，"给我打电话来。"纸条上还写着三个电话号码。伦纳德直接走进卧室，拉开了帐子。他脱光了全身衣服。他顾不得穿睡衣。不到一分钟，他就睡着了。

不到一个小时，他就因急于要小便而醒来了。他听见电话的铃声也在响。他在门厅里站住了，不知道他该先去办哪一件事情才好。他最后先到了电话那儿。可是他一拿起听筒来就知道他作了个错误的选择，他没法把精神集中起来。打电话来的是葛拉斯。听上去他很遥远，而且他的情绪很激动。好像还有许多人乱成一团的声音。他好像正在做一场噩梦。

"伦纳德，伦纳德。是你吗？"

伦纳德赤身露体，站在照不到阳光的起居室里。他只好交叉起双腿，以此来御寒。"是我。"

"伦纳德？你在那儿吗？"

"鲍勃。是我。我在这儿。"

"谢谢上帝。听好。你在仔细听我说吗？我要你告诉我，那两个盒子里装的是什么东西？我要你现在就对我说。"

伦纳德觉得他的腿变软了。他就在地毯上坐下，就坐在订婚酒会留下的那一片狼藉之中。他说，"它们让人打开了吗？"

"好了，伦纳德，别闹了。你只管对我说。"

"鲍勃，我先对你说这个，它是保密的。而且，这条电话线不是一条安全的线路。"

"别和我捣乱了，马汉姆。这里乱翻天了。盒子里装的是什么东西？"

"到底发生什么事了？怎么声音噪得这么厉害？"

葛拉斯为了让伦纳德听得见，所以他在大声喊叫，"上帝！难道你还没有听说？他们发现我们了。他们冲进窃听间里来了。我们的人刚知道，没有人来得及关那些钢门。现在隧道里到处都是他们的人，都是他们的了，直到边界那儿。为了安全起见我们现在正在把物质从仓库里撤出来。我得在一个小时以内去见哈维，我得给他一份损失报告书，所以我得知道那两个盒子里放的是什么东西。伦纳德？"

可是伦纳德一时说不出话来。他的喉咙由于心情快活而痉挛起来。这么快又这么简单。而现在伟大的俄国人所特有的那种沉默不妨再发挥一下它的作用了。他现在可以穿上衣服去对玛丽亚说：一切都好，不必害怕。

葛拉斯又在叫他的名字。伦纳德说道，"对不起，鲍勃。这个消息把我吓呆了。"

"那些盒子，伦纳德。那些盒子！"

"对。盒子里装的是一个让我剁成几段的人的尸体。"

"你这混蛋。我没有时间和你开玩笑。"

伦纳德极力使自己说话的语气让人听上去正经八百的。"事实上，你不必为了这个而大惊小怪。那里面装的是我自己设计制造的解码装置。它只完成了一半。而且我后来发现它已经落后了。"

"你今天早晨又在玩什么花样？"

"所有的解码项目都属于四级安全，"伦纳德说。"可是，鲍勃，他们什么时候冲进来的？"

这时葛拉斯和别人说起话来。他接着问道，"你刚才说什么？"

"他们什么时候冲进来的？"

葛拉斯想都不想就说，"十二点五十八分。"

"不，鲍勃。这不可能。"

"你听我说，如果你想知道得更加详细些，你就打开收音机来听听东德电台的广播。他们现在一直都在报道关于这件事的消息。"

伦纳德心里一阵冰凉。"他们不会把这件事捅出去的吧。"

"那只是我们的想法。他们爱面子，可是苏联的柏林卫戍司令当时正好不在市里，那个副司令，一个名叫高兹尤巴的家伙，一定是个大笨蛋，他却趁机大肆宣传起来。他们一定会让人觉得愚蠢可笑，可是他们现在就是这么干的。"

伦纳德心里在想他刚才开的那个玩笑。"不会吧。"

又有人在那边想和葛拉斯说话了。他就急急忙忙地说道，"他们明天将会召开一次记者招待会。他们要在星期六让记者们去参观那个隧道。他们说要对公众开放这条隧道，让它成为一个旅游的热点，美国阴谋的一座纪念碑，伦纳德，他们将会利用一切，尽量宣传，让我们在世人面前出尽洋相。"

他挂断了电话，伦纳德赶快跑进浴室里去。

二十一

约翰·麦克纳米坚持要和伦纳德在凯宾斯基咖啡店见面，而且他坚持要坐在它的户外部的座位里。这时才早晨十点，别的顾客全都坐在店堂里。依然是阳光明媚而十分寒冷的天气。每当一朵巨大的层积云飘来，一时遮住了阳光，周围就会突然笼罩在一片严寒之中。

伦纳德这些天一直很怕冷，他似乎老在颤抖。那天早晨葛拉斯打电话来以后，他醒来时双手就在颤抖不已。还不只是一般的颤抖而已，它是一种痉挛性的摇动。他花了好几分钟才扣上了衬衫扣子。他认为这是由于提了那两个盒子而引起的一种会使肌肉痉挛的后遗症。当他在两天没有进餐以后，第一天到位于总理广场的那间快餐店里吃饭的时候，他竟然把香肠掉落到了人行道上。不知什么人养的一条狗把它饱餐了一顿，连洒在香肠上的芥末也都吞了下去。

在凯宾斯基的店堂外面，他虽然坐在阳光下，可是还得穿着外套，咬紧牙关，以防牙齿格格地颤抖。他连咖啡杯也不敢端，所以他要了杯啤酒，而啤酒又是冰冷彻骨。麦克纳米在一件薄羊毛衬衫外面只穿了件花呢上装，可是他看上去神态自若，毫无畏冷怕寒的样子。当他的咖啡送来了以后，他装满了烟斗，点着了它。伦纳德坐在他的下风处，那股烟味和与之俱来的别的什么玩意使他不禁为之恶心。他就假装解手，想趁机换个座位。他回来时候就换了个座位，去坐在桌子的另外一面，也就是阴暗的那一面。他把外衣裹紧在身上，双手放在屁股下面。麦克纳米把还没动过的啤酒递给他。眼镜玻璃上结起了水珠，两条水柱子淌下来，形成了一对扭来扭去，并不匀称的平行线。

"怎么回事?"麦克纳米说道。

伦纳德觉得被他坐在屁股下面的那双手在颤抖。他说道，"因为我没法从美国人那里拿到什么，我就自己动脑筋，想出了一两个点子，我就开始在空闲的时候摆弄起来。我真的认为我能够想出法子来把明码电文的回音从密码电文里分解出来。为了安全的缘故，我都在家里干。可是我拼装出来的东西没有用。我后来发现我的想法已经过时了。我就把它拿回去，打算在我的办公室把它拆掉——我的那些元件都是放在那儿的。可是我没有想到他们会检查得这么仔细。昨天值班的正好是两个新手，本来也没有什么关系，可是偏偏葛拉斯和我在一起。我不能让他看见我放在盒子里的那些东西。因为它们不属于我的专业范围。如果你接到了那个电话而对它们产生了很大的希望的话，我为此感到非常抱歉。"

麦克纳米用烟斗咬嘴轻轻地扣击着他的那些树桩似的黄牙。"那个电话使我起劲了一两个钟头。我还以为你在什么地方拿到了纳尔逊搞出来的那套玩意的一个副本。可是你别着急——我想，道里斯山那儿也已经搞得差不多了。"

现在人家既然已经信了他说的话，伦纳德就急于脱身。他要让自己身上暖和一些，而且他还得看看午报上究竟说了些什么。

可是麦克纳米还要待在这儿想想。他又要了杯咖啡还有一客黏黏的馅饼。"我爱想想我们占的那些便宜。我们知道这事不能延续，而且我们窃听了差不多一年之久。这就够让伦敦和华盛顿花上几年的时间去把他们搞到的东西全都译出来。"

伦纳德伸出手去拿他的啤酒，可是他又怕手发抖，就把它收了回来。

"从我们和美国的特殊关系来说，另外一件好事就是我们和美国人一起办成了一个重大的项目。自从出现了勃基斯和麦克林这两个叛国贼以后，他们一直对我们很不放心。现在情况开始好转了。"

伦纳德终于道了歉站了起来。麦克纳米依然坐着，他对着太阳眯细了眼睛，望着伦纳德，一面在烟斗里重新加满了烟丝。"看上去你需要好好休息一下。我想你知道你正被召回到国内去，运输部门会和你联系的。"

他们握了握手。伦纳德装作握得特别起劲，以此来掩饰他的手的痉挛。麦克纳米似乎并未注意。他对伦纳德说的最后两句话是："尽管如此，你干得不错。我在交给道里斯山的报告里替你说了些好话。"

伦纳德说道，"先生，谢谢你。"他说完就急忙跑到选帝侯堤道去买了几种报纸。

他乘地铁去戈特布斯门的路上，在车厢里浏览了一下报上的报道。两天过去了，东德的报纸上依然长篇累牍，登满了关于这件事的细节。《每日镜报》和《柏林新闻》都登载了两大张版面的照片。其中一张显示了那些放大器和下面藏着那两个盒子的那只书桌的一角台面。不知为了什么原因，窃听间里的那部电话依然畅通，新闻记者打进去的电话没有得到回音。那里的灯光和通风装置也都仍在运转，报上还详细描述了有人从隧道里的舍讷费尔德大街下面那一段，一直走到美国占领区边界下面堆着沙袋的那段隧道时得到的感受。文章里说道，从沙袋那儿再往美国占领区望去，"只见一片黑暗，只有点燃了的两支香烟在远处发出了微弱的一点点亮光。可是那两个正在对这儿瞭望的人对我们的招呼不理不睬，毫无反应。也许他们的良心使他们很不好过吧。"伦纳德在另外一些地方读到，"整个柏林都被某些美国军官的阴谋活动惹得怒不可遏。只有当这些阴谋分子停止他们的挑衅行为，柏林才能过上太平的日子。"有一条头号标题是："电线里出现了奇怪的干扰"。这篇报道说，苏联的情报部门发现，在发出正常的电讯时，经常出现一些干扰的声音，于是下令挖掘，对若干地段的电缆进行检查。这篇文章却没有提到，他们为什么恰好选中了舍讷费尔德大街。当士兵们挖到了窃听间那儿的时候，"有迹象表明，那些间谍仓皇逃窜，弃他们的设备于不顾。"那些荧光灯管上面印有"奥斯兰姆，英国"等字样，"显然这是存心不良，意在嫁祸他人。可是那些螺丝刀和活络扳手上面都刻有'美国制造'这几个大字，戳穿了这个巨大的假象，暴露出真凶的面目。"在这一页上的底部，印有一行黑体字："驻柏林美军的一个发言人在昨晚被询及此事时声称，'我对此一无所知!'"

他把那些报道全都浏览过了。关于那两个盒子的新闻却未见报道。这使伦纳德感到纳闷，使他因焦虑不安而疲乏不堪，也许他们故意把它作为以后另行报道的一个主题，以便获取更大的新闻效应，也未可知，他们早就在暗中进行侦察了。如果他未曾在电话里对葛拉斯说了那句傻话，俄国人若说在两个盒子里发现了一具被人肢解了的尸体，问题就不难解决：断然予以否认。而如今，假如东德当局悄悄地把这件事情交给西柏林的刑事警察去办，他们只要一问美国人，就会查到伦纳德的头上来。

即使美国人不肯和他们合作，西柏林的警方也很快就会查到，那具尸体是奥托。也许那具尸体上到处都可以发现足以成为法庭证据的材料，证明他生前是个酒鬼。不久人家就会发现，他已很久没有在他住的地方出现，没有去领取社会救济金，没有去他常去的那间小酒馆——在那儿，经常有下了班的警察买酒给他喝。一旦发现了什么无名的尸体，警察做的第一件事情就是去查阅失踪的人的名单。在奥托、玛丽亚和伦纳德之间的关系又多又复杂：解除了婚姻关系，住房纠纷，正式的婚约。可是即使伦纳德那次成功了，把那两个盒子存放在动物园火车站里的行李存放处，结果也会和现在一样。他们现在在想些什么呢？得好好地动动脑筋，把它想出个结果来。他们会来盘问他和玛丽亚。可是他们俩说的话会相互对得上。那个寓所已经仔仔细细地擦洗干净。也许会引起一些怀疑，可是不会有证据。

而且他的罪名是什么呢？杀死了奥托？可那是自卫。奥托私闯民宅，他进行人身攻击。没有把他的死亡报告警察？可是报告了也不会有人相信这是出于自卫，所以这也可以理解。把尸体肢解？可是它已经死了，不管如何处理，又有什么不同？隐藏了尸体？这是一个非常合乎逻辑的步骤。欺骗了葛拉斯、卫兵、值日官和麦克纳米？可是，他这么做的原因，只是为了想保护他们，使他们不至于牵涉进这件与他们无关的、不愉快的事情里面去。出卖了那条隧道？这是由于以前发生了一件件事情，出于万般无奈。除此以外，葛拉斯、麦克纳米，以及所有别的任何一个人，都一直在说，这件事情在所难免，迟早总会发生。它总不见得一直延续下去。他们已经使它运转了将近一年了。

他是无辜的。他对此清楚得很。那么，他的手为什么一直颤抖个不停呢？是不是他怕被人抓住了受到惩罚？可是他希望他们来，还希望来得快些。他不要继续老是想这些同样的念头，他要对官方的人士谈谈，让他们把他说的话记下来，打印成文，让他签名画押。他要把经过的事实依次一一如实招供，而且要让专人把真实的情况整理成文，使他们能够把它们之间

358

的关系确定下来，使他们从而明了，尽管从这件事情的表面上看来并非如此，但是他毕竟不是一个恶魔，他也不是一个闲来无事，专爱把无辜的公民剁切成块来解闷或者取乐的狂人，而他之所以把他的那个受害者放在两个盒子里，提着它们在柏林到处转悠，也不是为了他精神失常的缘故。他一再为他的那些想象中的证人和检察官叙述经过的情况。如果他们都是真理的维护者，他们就都会和他具有同感——纵然法律和传统观念会迫使他们对他进行惩罚。他一再复述他的遭遇——他所做的一切，仅此而已。在他清醒着的每一时刻，他都在进行解释，加以修饰，予以澄清，却并不意识到，事实上什么都没有发生，也没意识到，就在十分钟以前，他已经把这一切全都演练过了。"是的，先生们，起诉书里提到的罪状，我都供认不讳。我杀了人，我肢解了他的尸体，我说了谎也出卖了机密。可是你们一旦明了真实的情况，那些迫使我采取这些步骤的环境，你们就会明白，我和你们并无不同之处。你们也就会明白，我不是一个邪恶之徒。而且你们也会明白，我所做的每一件事情，我认为都是在当时的情况下的最佳选择。"他在这些自我辩护的发言里所用的言语，变得越来越高雅。他不假思索地滔滔雄辩，引用了不少取自他已经忘了的影片里的法庭诉讼的场面。有时候，他想象自己在警察局的一个空无一物的小房间里，面对着六七个正在深思熟虑的高级警官发表他的长篇大论。在另外的一些时候，他则在法院的证人席上对着鸦雀无声的法庭提供他的证词。

在戈特布斯门车站外面，他把报纸塞进了一只垃圾箱，就朝阿达尔勃特街走去。玛丽亚怎么办呢？她是他的供词里的一个部分。他设想出了一个律师，一个具有权威性见解的人士。他辩才无碍，说出来的话语能够让这对年轻的男女心存希望和爱情的火花。他们背叛了各自祖国的令人不快的历史，正打算在一起生活。在他们俩的身上，看到了我们的一个没有战争、充满希望的欧洲。现在这是葛拉斯在发言。而现在又是麦克纳米在法庭上作证——在安全条例允许的范围以内——为伦纳德对自由事业所作的重要贡献作证。他提到了伦纳德如何单枪匹马、利用业余的时间，孜孜不倦地进行工作，想要创造出有利于推进这项伟大事业的某些设备。

伦纳德走得更快了一些。有时候——每次长达几分钟之久——他的神志清醒了一会。这也就是他的那些一再重复和盘旋着的幻想使他感到恶心的时候。这时他明白，关于这件事情，并没有任何真实的情况犹待别人来发现。有的只是让那些还有许多别的事情等着他们去干的官员们草草地定案。他们只要能够量罪定刑，就何乐而不为，按照规定的程序办完了公事，就可以转过去办下一桩案子。伦纳德刚产生这个念头——它本身就是一次重复——他就又想起了一个令他感到安慰的实情，因为它不是他那幻想的产物，它完全是一件真情实事：奥托曾经一把抓住了玛丽亚的气管。尽管我讨厌暴力，可是我不能不和他斗。我知道，我非得阻止他行凶不可。

他在穿过八十四号里的那个天井，这是他在事发后第一次回来。他开始上楼。他的手又剧烈地颤抖了起来。连把栏杆握住也都不很容易。到了第五层楼的平台上，他就停住了。事实上，他还不想去见玛丽亚。因为他不知道他该怎么对她说才好。他不能对她说那两个盒子已经太平无事地让他处理掉了。他又不能对她说他已经把它们放在什么地方。那样的话，就意味着把隧道的事情告诉了她。可是他毕竟对俄国人讲过了。既然如此，他当然就可以对任何人讲。他想到了他早已想到的那个念头：他没有权利作出任何决定，所以他只好保持沉默。可是他又总得对她说点什么。那么他只好说他把它们留在车站里了。他想把栏杆抓得更紧些，可是他也没有心情假装或者说谎。他继续上楼。

他自己有钥匙。可是他仍然敲了敲门，又等着她来开。他闻到里面有烟味。他正要再敲，门却开了，葛拉斯从里面走了出来。他扶着伦纳德的胳膊肘，把他领回到楼梯口。

他急匆匆地低声说道，"在你进去以前，我们得先知道，他们究竟是偶然发现我们的隧道的，还是我们自己在安全保卫方面出现了问题。因此我们正在各处调查，其中包括并非美国籍的妻子和女朋友。别为了这个生气，这是例行公事。"

他们走了进去。玛丽亚迎上前来，他们俩冷冷地接了吻。他的右膝在发抖。他在离他最近的那张椅子上坐了下来。桌子上，离他的胳膊肘不远，一只烟灰缸里堆满了烟头。

葛拉斯说，"伦纳德，你看上去很累。"

他说的话回答了他们两个人心里的疑问。"我在没日没夜地干。"然后他只对葛拉斯一个人说，"为麦克纳米干活。"

葛拉斯从椅子背上取下了他的上衣把它穿上。

玛丽亚说，"我送你到门口。"

葛拉斯边走边对伦纳德行了个滑稽的军礼。伦纳德听见他在门口对玛丽亚说着话。

当她回来的时候，她问道，"你病了吗?"

他把双手紧紧地握住，放在膝头上，不让它们颤抖。"我有一种古怪的感觉，你有吗?"

她点点头。她的眼眶下面有黑影，她的皮肤和头发看上去发亮。他并不感到自己被她所吸引。他因此松了口气。

她说，"我想会没事的。"

她那女性的自信使他恼火。他说，"哦，是的。那两个盒子在动物园火车站的行李寄存箱里。"

她在对他仔细看着。他不敢对她正视。她想说话，可是终于没有说出来。

他说，"葛拉斯来干什么?"

"就像上一次那样，可是问得比上次更详细。问了我许多我认识的人的情况，问我在前两个星期里去了哪些地方。"

现在他在对她望着。"你没有对他说起别的?"

"没有，"她说，可是她说这话时掉转头去望着别处。

他自然没有感到妒忌，因为他心里对她毫无感觉，而且他也不能再有别的感觉了——哪怕一点也不能。尽管如此，他还得照章办事，把该做的事情都做到家。这里面有些话可以让他们谈谈。"他在这儿待了很久?"他指的是那只烟灰缸。

"是的。"她坐下来,叹了口气。

"他脱掉了上衣?"

她点点头。

"他就一直在问问题?"

他再过几天就要离开柏林了——也许不和她一起走——而他现在却对她这么说话。

她伸出手去,隔着那张桌子握住了他的膝头上的那只手。他不愿让她觉察它在颤抖,所以他没让她握得很久。

她说,"伦纳德,我只觉得我们会没事的。"

好像她觉得她能够仅仅凭着她说这话时表现出来的那股柔情,就会让他感到宽慰似的。他说话的时候,却带着调侃的语气。"当然会没事的。他们要过好几天以后才会把那些行李寄存箱打开来看,他们要过好些天才会追寻到我们这儿来——他们会来的,你知道。你把锯子、刀子、地毯,沾上了血迹的所有的衣服,还有那些鞋子和报纸,全都处理掉了?谁知道有没有人看见你?或者有没有人看见我提着两个盒子离开这儿?有没有人在车站里看见我?这儿已经仔细擦洗得干干净净,连一头训练过的狗也不会嗅得出什么东西来?"他知道自己在胡言乱语,可是他没法使他的上下颚停下来。"难道我们知道邻居一点都没有听见我们打架的声音?我们现在究竟应该仔细商量,把我们的话编造得天衣无缝,所有的细节全都毫无破绽,还是一味安慰对方,说什么'会没有事的','会没有事的'?"

363

"我在这儿把什么事情都做好了。你不要担心。我们要说的话很简单。就照实说就是了——只是别提奥托。我们就说，我们在外面吃了晚饭就回来，我们上床去睡，第二天早晨你去上班。我休息了一天，去商店买东西。你在吃午饭的时候回来，到了傍晚，你去了梧桐林荫道。"

那是一个已经过去了的日子——一个他们本来就该如此打发掉的日子：刚订了婚的一对幸福的年轻男女，过了一个平静而安宁的日子。它和实际的情况相去甚远，以致它听上去仿佛是个讽刺。他们俩随即沉默不语。于是伦纳德又谈到了葛拉斯。

"他这是第一次来这儿？"

她点了点头。

"他刚才走得很急。"

她说，"你别这样对我说话。你该冷静下来。"她给了他一支烟，她自己也拿了一支。

过了一会，他说，"我就要应召回国去了。"

她吸了口气。"你打算怎么办？"

他不知道自己打算怎么办。他一直在想葛拉斯。他终于说道，"也许暂时分开一段时间倒是件好事。好让我们有个机会仔细想想。"

可是他见她对此那么轻易就表示了赞同，却又感到不快。"我可以在一个月以后到伦敦去。最快也得这么久才能离开我的工作。"

他不知道这是她的真心话，也不知道这对他是否要紧。只要他坐在装满了葛拉斯吸剩的烟蒂的那只烟灰缸旁边，他就根本没法开动脑筋去想想。

"我累坏了，"他说。"你也一样。"他站起身来，把双手插进口袋。

她也站了起来。她似乎有什么话要对他说，可是又迟疑不决，不肯开口。她看来老了些。她脸上的神情让人看得出来，有一天，等她到了那个年纪，她看上去会是个什么样子。

他们俩都无意让临别的亲吻延续得长久一些。他接着就朝门口走去。"我一知道我的班机起飞的日期，就会和你联系的。"她送他到门口。他走下楼去的时候没有回头。

在以后的三天里面，伦纳德把大部分的时间都花在仓库里。这地方正在拆毁。日夜都有卡车驶来把家具、文件和设备都装走。后面的那座焚化炉里整天火光熊熊。三个士兵把守在那儿，不让没有烧毁的纸片被风吹走。食堂给拆掉了，每天中午有一辆餐车驶来供应三明治和咖啡。录音室里有十二个人还在工作。他们把电缆卷起来，把每六台录音机放在一只木条箱里。在隧道被人发现以后的几个小时里，所有的关系重大的文件就全都转移到了别处。人人在工作时都默不作声。就好像他们在一个令人不快的旅馆里退掉了房间就要离开似的，他们都想把这一段不愉快的往事尽快地抛在后面。伦纳德独自一个人在自己的房间里干活。那些设备都得编入清单，包装妥当。每一个电子管都要登记入册，含糊不得。

尽管他干着活，还得为别的事情操心，可是隧道被人发现却并不使他感到内疚。如果他不妨为了麦克纳米的缘故而窥测美国人的行动的话，那么他也不妨为了他自己的利益而出卖那条隧道。可是这并非他的本意，他已经喜欢上了这条隧道，他已经爱上它了，他也一直把它引以为荣。可是现在要他还对它怀有什么感情，可就很难了。发生了那件和奥托有关的事情以后，布拉格咖啡馆里的那件事也就无所谓了。他到地下室去对它进行了最后一次巡视。在竖井的上下两头都有武装了的卫兵把守着。他在下面看见一个人，他双手按着臀部正在说着什么。那人就是比尔·哈维。他是美国在这儿的情报部门的负责人，也是这个项目的头儿。一个手持夹纸书写板的美国军官在听他说话。哈维胖得好像就要从他的衣服里蹦出来似的，他故意让他周围的人都能看见束在他的那件上衣里面的那个手枪套。

　　至于葛拉斯，他一次也没有在仓库里露过面。这让人感到很奇怪，可是伦纳德没有时间去想到他。他最关心的仍然是他的被人逮捕。他们什么时候会来把他带走？他们为什么等了这么久？他们难道还在寻找证据，想把这个案子办得无懈可击？或者，也许苏联当局认为，如果把这件碎尸案声张起来，反而会冲淡了他们在宣传方面取得的胜利，所以打算把它掩盖住？也许——这一猜测可能和事实的真相最为接近——西柏林的警察一直在机场上等他拿出护照来，以便当场把他逮捕。他生活于两个未来之中。一个未来让他飞回英国，把往事逐渐淡忘。

另外一个未来则使他等在这儿束手就擒，耐心地服满他的刑期。因此他依然睡不着。

他给玛丽亚寄了张明信片，把他在星期六下午起飞的细节告诉了她。她在回信里说，她会到滕珀尔霍夫机场上去和他道别。她在信末签上了"爱你的玛丽亚"。而且她在"爱"字下面划了两道线。

星期六上午，他花了不少时间洗了个澡。他穿好了衣服就收拾行装。当他等着要把他的寓所移交给那个负责接送的军官时，他又在寓所里的那些房间里踱来踱去，就像他初到柏林来的那一天那样。除了起居室的地毯上黏了一个小小的斑点以外，他在这套房间里没有留下任何标记。他在电话机旁边站了一会。他一直没有得到葛拉斯的音讯，这使他很感不安。葛拉斯一定知道他就要离开柏林，一定在酝酿着什么。他鼓不起勇气来拨他的电话号码。他仍然站在那儿，这时门铃响了。那是洛夫廷和两个士兵。那上尉看上去快活得好像有点做作。

"我的部下在干移交和登记注册等等事情，"他一面进来，一面解释。"所以我想我该趁机来和你说声再见。我还为你弄到了一辆指挥车，它会把你送到机场上去的。它在下面等着。"

两个士兵在厨房里清点碗碟的时候，他们两个就在起居室里坐着攀谈。

"你知道，"洛夫廷说道，"那些美国佬已经把你交还给我们了。你现在归我来照应了。"

"那很好，"伦纳德道。

"上星期的那次酒会开得棒极了。你知道吧，现在我和夏洛特那姑娘经常见面。她的舞跳得好极了。所以我为了这个一定得谢谢你们两位。她要我在下星期天去见见她的父母亲。"

"恭喜你，"伦纳德说。"她是个好姑娘。"

那两个士兵拿了些表格过来让伦纳德签字。他站着签了字。

洛夫廷也站了起来。"玛丽亚她怎么样？"

"她一定得干完辞职以后算起的那段日子，以便让别人来接她的班。然后她到英国来和我团聚。"他说的话听上去让人觉得真是这么回事。

注册和移交的手续都已办完，他动身的时间到了。四个人都在门厅里。洛夫廷指着伦纳德的提箱，问道，"我说，你要不要让我的人帮你把它们搬下去。"

"好的，"伦纳德说。"这就太好了。"

二十二

那辆亨伯指挥车的司机——原来他是到机场去接一个人的——他似乎认为自己根本没有义务替伦纳德提他的行李。当伦纳德提着他的箱子东磕西碰地走进机场大楼的时候，他觉得相比之下提箱子要轻多了。可是他提着这么累赘的东西，不免在他的心理上也产生了一些影响。等他排在飞往伦敦去的那个长长的旅客的队伍里时，他觉得心乱如麻，神魂不定。他敢把他的提箱放到磅秤上去过磅吗？已经有人排在他的后面。他能够从队伍里出来而不至于惹得旁人怀疑吗？在他周围的那批人可都是一些奇怪的家伙。前面那些穿着邋里邋遢的人显然都是一家子——爷爷，奶奶，一对年轻夫妇，还有两个小孩。他们的行李是几个硕大无朋的硬纸板盒子和用绳子缚着的布包裹，他们一定是难民。西德当局不敢把他们从陆路运走，也许由于他们害怕乘坐飞机，所以他们全家都如此安静。也许那是由于他们觉察到，站在他们后面的是一个用脚推着他的箱子往前走的高个子的缘故。他的后面是一群大声说着话的法国商人，而他们的后面则是两个站得笔挺的英国军官，他们对那些法国人的行径静静地流露出鄙夷不屑的神情。所有这些人具有一个相

371

同之处，那就是他们看上去都是些清白无辜的人士。他也清白无辜，可是他得进行一番解释才能让人信服。在一个报摊旁边站着一个宪兵。他的双手放在背后，扬起了下巴颏。警察都站在护照检查亭的旁边。其中的哪一个会把他从旅客的队伍里拉出来呢？

他觉得有一只手搁在他的肩膀上。他骤然一惊，太快地转过身来。原来是玛丽亚。她穿着一身他以前从来没有见到过的衣服。这是她新置备的夏装：一条上面印有花卉的裙子，腰里束了一根很宽的皮带，上身是一件白色的低开领蝙蝠袖女衬衫。她的头颈里戴着一条仿造的珍珠链——他不知道她还有这么一条项链。她看上去睡眠充足，容光焕发。她还用了一种新的香水。他们俩接吻的时候，她把手放在他的手里。它摸上去凉而光滑。他感觉到有些轻盈而单纯的东西回到他的心里来了——至少他心里有了这么一种想法。也许很快他就会重新向往着她了。他一旦离开了她，他就会想念她，把她从关于那条围裙，那些耐心的包扎，和在那些布的边缘涂上胶水的记忆区别开来。

"你看上去身体很好，"他说。

"我觉得好些了。你睡得好吗？"

她问得太不谨慎，紧靠在他们后面就有人。他把他的箱子推向前去，填补了那些难民后面出现的空当。

他说了声不，又挤了挤她的手。他们当然能够成为一对订了婚的男女。他说，"我很喜欢这件衬衫。它是新的吗？"

她退后一步，好让他看得更加清楚。她的头发周围戴了一个新的发夹——这回她选的是蓝、黄两色的，比别的就显得更加孩子气了。"我要让自己庆贺一下。你觉得这裙子怎么样？"她稍稍为他转了个身。她看来很高兴、很兴奋。那些法国人在注视着她。排在最后的那些人里面有个人吹了声口哨。

当她走近来一点的时候，他说："你看上去真美。"他知道他说的是真话。如果他不停地这么说着，即使只对他自个儿说，他就会知道她确实真美。

"这么多人，"她说。"如果鲍勃·葛拉斯在这儿的话，他就会设法让你排到前面去。"

他装作没有听见。她戴着那枚订婚戒指。如果他们只是坚持着按照事物的形式办事的话，别的也就会接踵而来，过去的一切就都会回来。只要没有人来抓他们。他们随着人流逐渐朝着检票口往前移动。

她说道，"你对你的爹妈讲了没有？"

"你指什么？"

"当然指我们订婚的事情。"

他本来打算讲的。他本来打算举行了酒会以后的第二天就写信去告诉他们的。

"我一回到家里就对他们讲。"

可是，在他对他们讲以前，他自己先得对它重新具有信心。他得回到那个时刻，当他们在那天吃过了晚饭，一起走上了通往她的寓所去的那个楼梯，或者当她说的话语传到他的耳

373

中，在他听出它们的含意以前，就像一颗颗银珠子在缓缓地掉落下来似的。

他问，"你提出辞职了没有?"

她笑了，而且她好像有点犹豫。"是的，少校可着急得要命。'那么你叫谁再替我煮鸡蛋? 我能相信谁会把面包切得像士兵似地整齐?'"

他们都笑了。他们都觉得很开心，因为他们就要分手了——订了婚的男女就是这个样子。

"你知道，"她说，"他们还想劝我别辞职哩。"

"那你怎么说?"

她微微摇晃着那个戴着订婚戒指的手指头。她装作淘气的样子说，"我说我再考虑考虑。"

走了半个小时才到了检票口的附近。他们快走到那儿了，可两人依然手握着手。沉默了一会，他说道，"我真不懂，为什么我们一点都没有听人说起。"

她立刻回答道，"这就表明，我们永远不会听人说起什么了。"

然后又是一阵沉默。那个难民家庭在办理行李托运的手续。玛丽亚问道，"你打算干什么? 你想去哪儿?"

"我不知道，"他说话的声音就像在拍电影。"到你的或者我的地方去。"

她大声笑了起来，她的模样有点放荡。英国欧洲航空公司的那个职员抬起头来看看这是怎么回事。玛丽亚的行动随便得近乎放肆，也许她感到太高兴了。那些法国人早就不再说话了，伦纳德不知道是不是为了他们都在注视着她的缘故。他在提起箱子来放在磅秤上过磅的时候，他想他倒是真的爱她的。箱子等于没有分量——一共才三十五磅。他的机票给检查过以后，他们一起到自助餐厅里去。那儿也在排队，而且看上去不值得他们前去参加。再过十分钟飞机就要起飞了。

他们坐在一只佛米卡台面的桌子边。桌上到处是用过了的茶杯和黏满了让人用作烟灰缸的黄色糕饼的碟子。她把椅子拉得离他更加近一点，把她的手臂挽在他的臂弯里，让她的头靠在他的肩上。

"你不会忘记我爱你，"她说。"我们做了一件非做不可的事情。现在我们可没事了。"

每当她说一切都会好起来的，他就会觉得心里不安。就好像她还嫌现有的麻烦不够多似的。尽管如此，他仍然说道，"我也爱你。"

候机室的喇叭宣布，他的那班飞机的乘客该上飞机了。

她和他一起走到报摊那儿，他买了一份刚由飞机运来的《每日快报》。他们在栏杆前面停住了。

"我会到伦敦去的，"她说。"到了那儿，我们就可以把什么都敞开来谈。这儿可不行，……"

他知道她的意思。他们接吻了，虽然不像以前那样热情。他吻了她的那个可爱的额头。他就要去了。她握住了他的手，两只手都握住了它。

"啊，上帝，伦纳德!"她叫道。"但愿我能够讲给你听。没事了。真的没事了。"

她又说这话了。当他临别和她亲吻的时候，在门口值勤的三个宪兵都掉转头去，眼望别处。

"我要到屋顶上去招手，"她说，急匆匆地走了。

去乘飞机的旅客得走过五十码的停机坪。他一走出机场的大厅，他就回头张望。她站在屋顶的平台上，就在瞭望台的前排，把身子紧靠在齐胸高的围墙上。她一看见他，就蹦跳着跨了几步欢快的舞步，还为他送来了飞吻。那些法国人走过的时候，对他不胜妒忌地望了几眼。他对她不停地挥手，直到他走到飞机的扶梯旁。他停了下来，转身对她再看一眼。他刚举起了右手想要向她挥手示意。可是他一眼看见她的身边多了个男人——一个留着胡须的男人，他是葛拉斯。他的手搁在她的肩上。还是他的手臂绕在了她的肩膀上？他们都在向他挥手送别，就像双亲在送他们的孩子出门远行似的。玛丽亚给了他一个飞吻，现在她在让葛拉斯也送他一个飞吻。葛拉斯对她说了什么，她就粲然大笑起来。他们又在向他挥手。

伦纳德让他举起来的那只手垂了下来，急忙跨上梯级，走进机舱。他的座位在机身尾部的一个窗口。可是他急于摆弄座位上的安全带，以此作为借口，免得往窗外看。可是朝着玛丽亚望去的愿望无法抗拒。他们好像知道他坐在哪个小小的圆形的窗子边上似的。只见他们在远处直接望着他，还在对他存心侮辱似地挥着手。他掉转头去望着别处。他拿出报纸，拍打着把它摊开，假装看起报来。他觉得非常羞愧。他盼望飞机开始移动。她刚才应该告诉他，她应该让他知道他们两个的事情，可是她想避免一场争吵。这使他觉得自己受了屈辱。他为此涨红了脸，装作看报的样子。接着他却真的看了起来。他看到的是关于"大家伙"克拉勃的报道，克拉勃是英国海军的一个蛙人，他曾对停泊在英国朴茨茅斯港里的一艘俄国军舰进行间谍活动，有些渔民发现了他的那具无头的尸体。赫鲁晓夫为此发表了一个愤怒的声明，英国下院将在那天下午有所表示。这时螺旋桨转成一团模糊的影子，地勤人员匆匆离开。当飞机逐渐向前移动的时候，伦纳德对他们望了最后一眼。他们两个依偎着站在一起。也许她看不清他的脸孔，因为她举起了一只手，好像要对他挥手，却又让它垂落了下来。

接着他就看不见她了。

后记

　　一九八七年六月，伦纳德·马汉姆，一家专门供应助听器元件的小公司的老板，回到了柏林。他从特格尔机场乘坐出租车去到旅馆的路上，就使他对于当地毫无废墟的情景感到习以为常了。路上的人比较多。树木草坪也比别的城市多些。没有电车。接着这些不同之处逐渐淡化而消失，它就和一个生意人在任何地方见到的一个欧洲城市没有什么不同。它的主要的特征为交通繁忙。

　　他在付车费给司机的时候他就知道，他选择选帝侯堤道作为他下榻之处，实为不智之举。他在秘书面前曾经夸下海口，说他对柏林了如指掌。其实他叫得出名字来的地方，也只有动物园大旅馆而已。现在这旅馆里有一个透明的建筑物倾斜着延伸到它那面街的门面那儿。里面则有一座玻璃电梯在一幅壁画前面升降。他打开了行李，用一杯水吞下了治心脏病的药，就踱到外面去散散步。

　　其实要散步可不太容易——行人太拥挤了。他把纪念教堂和它旁边的那幢难看无比的建筑物当作辨别方位的标志。他走过了一些闻名的娱乐餐饮场所，比如，汉堡王、游艺中心、录

379

像厅、牛排餐厅，还有销售中性牛仔裤的商店。商店的橱窗里摆满了婴儿似的粉红和蓝、黄色的衣服。他走进了一群戴着硬纸板的麦当劳叔叔面具的斯堪的纳维亚孩子们当中。他们正在往前面挤着想要到街上的一个小贩那儿去买巨大的银色气球。天气很热，路上车来车往，喧声不断。到处都是迪斯科音乐和烧肥肉的气味。

他拐进一条小路。想要绕过动物园车站外面和入口，去到公园里，可是他很快就迷路了。有些主要街道的汇合中心他不记得了。他决心要在一家大一点的咖啡馆外面坐下来。他走过了三家咖啡馆，可是每个光亮耀眼的塑料椅子都有人坐着。人群毫无目的地来来往往。在人行道被咖啡桌占去过多的地方，他们就只好彼此紧挨着擦肩而过。有一群法国少年招摇过市，他们每个人都身穿一件粉红色的T恤衫，它的前胸和后背都印着三个大字："滚你的！"他为自己迷了路而深感惊讶。当他朝着周围张望，想要找个人问问路，可是他看来看去，似乎他见到的每一个人都是外国人。最后他走近在街角买薄荷馅薄饼的一对年轻男女。他们是荷兰人，挺和善的，可是他们从来没有听说过动物园大旅馆。至于选帝侯堤道，他们也不很清楚。

他幸亏碰巧找到了他的旅馆。他在房间里坐了半个小时，啜着从小酒吧里买来的橙子汁。他竭力不去回想那些令人恼恨的往事。在我年轻的时候。如果他要沿着阿达尔勃特街去走走的话，他也得保持平静的心境。他从公文包里取出了一封航空信。他把它放进口袋。他还不知道，他想从这里面得到些什么。他瞥视着那张床。他在选帝侯堤道的经历耗尽了他的精力。他很想躺在床上把整个下午都睡过去。可是他强自振奋精神，又走出了旅馆。

他在门厅里把他的房门钥匙交出去时，不禁有点犹豫。那个接待员是个身穿一身黑色西服的年轻人，他看上去倒像个学生似的。他想在这个年轻人身上试试他的德语。自从伦纳德离开这里以后，柏林的那堵墙已经矗立了五年了。他既然来到了这儿，他很想趁机看看。他该到哪儿去呢？最好到哪里去看呢？他意识到，他说的德语不免有些严重的错误。可是他听德语的能力还是相当好的。那年轻人在一张地图上标明给他看。波茨坦广场最好，那儿有一个很好的观察台，还有一些出售明信片和纪念品的商店。

伦纳德刚想谢了他就穿过门厅出去，那年轻人却又对他说，"你得赶快去。"

"这是为什么？"

"不久前学生在东柏林示威。你知道他们喊的是什么？苏联领导人的名字。可警察却在揍他们，用高压水枪驱赶他们。"

"我在报上读到过这个，"伦纳德说道。

这接待员在滔滔不绝地说下去。这似乎是他最爱讲的话题。伦纳德认为他大概二十五岁左右。

"谁想得到，叫喊苏联的总书记的姓名，竟然在东柏林会被看做一种挑衅行为。真是件怪事！"

"我想是的，"伦纳德说道。

"在一两个星期以前，他来到柏林这儿。你大概也在报上看到过这则新闻了。在他到这儿以前，大家都在说，他会叫他们把那堵墙拆掉的。可我知道他不会。他事实上也没有让他们这么干。可是下一次，或者在——五年，十年以后。什么都会发生变化。"

从接待处里面的那间办公室里传来了一声意在向他警告的嘀咕。年轻人微微一笑，耸了耸肩膀。伦纳德谢过了他，走出门去上了街。

他乘坐地铁，到了戈特布斯门。当他从地下来到人行道上，却迎面吹来了一股挟着垃圾、裹着沙砾的热风。等待着他的是一个瘦骨嶙峋的女子。她穿着一件皮夹克和印有月亮和星星的紧身短裤。当他走过她身边时，她喃喃地说了声，"你有马克吗?"她的脸美丽而憔悴。他在她身边走过了十码远，不得不停了下来。难道他下车得太快了? 或者太晚了。可是，有街道的名牌为证。他前面是一个大得惊人的公寓区，杂乱无章地一直延伸到阿达尔勃特街。在它的底座的水泥柱子上，到处是用喷漆喷出来的涂鸦。他的脚边有许多空啤酒罐、快餐盒子，和一张张报纸。一群少年——他想他们是一伙小阿飞——用胳膊肘撑着头，躺在人行道边上。他们的头发都梳理成莫希干人的橘黄发式。头皮上许多地方被剃得光光的，只留下中央的一条，以致他们耳朵和喉结就显得格外突出，叫人看了觉得难受。他们的头颅呈蓝白色。有一个男孩从一个塑料袋里吸着什么，伦纳德从他们旁边绕过去的时候，他们一个个都对他龇牙咧嘴地狞笑起来。

他有一次在公寓下面走过。这时的街道似乎使他觉得有点熟悉。被炸毁了的房子留下的塌陷了的地方，都已经被新建的屋宇填补了起来。那些店铺——一家杂货店，一家咖啡馆，一家旅行社——现在都起了个土耳其的名字。站在奥拉宁街的街角的是一些土耳其人。南欧的那种温文尔雅的空白感在这儿看上去令人难以信服。没有被炸毁的房子上还留着弹痕。八十四号底楼以上的屋子被机枪扫射过的弹痕仍然历历在目。那扇巨大的大门在许多年前被人重新漆成蓝色。在天井里，他看到的第一件东西就是那些垃圾筒。它们的体积庞大，下面装有橡皮轮子。

几个土耳其孩子——女孩带着她们的弟弟妹妹——在天井里玩耍。他们一看见他，就都不再奔跑，全都默默地望着他穿过天井，走到后面的那扇门里面去。他们对他的微笑毫无反应。这个脸色苍白，个子高大，年纪很大的男人，在这热天里穿着一套不合时宜的黑色西装，他不属于这里。一个女人从楼上往下喊了一声——听来像是一声严厉的命令——可是没有人动弹。也许他们以为他和政府有关吧。他原来打算一直朝上面走去，直到顶层，而且，如果他觉得合适的话，就走上前去敲门。可是这座楼梯比他记忆中的那一座更加黑暗，也更狭窄。这里的气味也不对——充满了他并不熟悉的煮菜的味道。他后退一步，又掉头朝后一看。孩子们仍还瞪大了眼睛望着他。一个大一点的女孩抱起了她的妹妹。他看看这一对褐色的眼睛，又看看那一对，从她们身边走过，回到街上。他虽来到此地，可是这并没有使他和过去的那些日日夜夜更为接近。所有这一切明显的现象，似乎都表现出往事多么遥远。

他回到戈特布斯门。他经过那儿时，给了那女子一张十马克的钞票。他乘坐地铁到了赫尔曼广场，在那儿换车到了鲁道。现在坐地铁可以直接到达格伦大道了。当他到了那儿，发现一条六车道的马路穿过他印象中要去的那个方向。他回过头去张望这座城市的中心，他看见一簇簇的高楼拔地而起。他在行人交通灯前面等了一会，然后穿过马路。他前面出现了一些低矮的公寓房子，一条粉红色的环形车道，整齐的一排排街灯，人行道旁停着一排汽车。除此以外，这儿又能变得怎么样呢？他所期待的，他所希望看到的，究竟又是什么？和以前一模一样的平整的农田？他走过了那个小湖。那些铁丝网围栏唤醒了他记忆中的一个关于农村的印象。

他得看了地图才能找到那个拐弯。到处都是那么整齐，那么拥挤。他想找的那条路叫做勒特勃格街。它的边缘都新栽了许多美国梧桐树。他的左边是一排新的公寓——从外边看来，建造仅两三年。在他右面，以前难民住的那些棚屋都不见了。原来的地方建起了许多式样古怪的单层度假别墅，外面的花园种植了许多植物。只见一户户人家都在户外那些观赏木的浓密的树荫下用餐。一块点尘不染的草坪上摆着一张绿色的乒乓桌。他走过悬挂在两棵苹果树之间的一张吊床。灌木丛里袅袅升起了由于野外聚餐烤肉引起的炊烟。喷水的龙头开着，淋透了一片片人行道。每一块小小的土地都收拾得井井有条，成了个人实现自己的幻想而耕耘出来的骄傲，也是一家人在家庭生活上取得成功的具体表现。尽管数十户人家挤在一块，可是你能感觉得到，这里有着一种踌躇满志、发自内心的闲静。它正在和下午的那股热气，一起冉冉地蒸腾而上。

这条路渐渐变得窄小起来，就像他记忆之中的那条车道。那儿有一所驾驶训练学校，昂贵的郊外的房子，接着他就朝着一扇高大的绿色大门走去。门的后面是一百英尺宽的粗糙不平的地面。再过去，就是以前的那座仓库所留下来的废墟。它依然被双重栏栅围着。他寂然不动地站了一会。他发现，所有的建筑全都夷为平地了，那个白色的岗亭在里面的那扇门里倾侧着，那扇门大敞着。他面前的那扇绿色的门上有块牌子，上面的文字指出，这块地皮属于一家农业公司所有，并且警告做父母的别让他们的小孩进来。在它的一侧是一个很厚的木制的十字架，为的是纪念分别于一九六二年和一九六三年想要爬过柏林墙的两个青年（被边界的士兵所枪杀）。在离仓库较远的那一侧，它的外层围栏的外面，是那堵苍白的水泥墙，挡住了舍讷费尔德大街那儿的景色。他觉得很奇怪，自己竟然会在这儿首次看见这座闻名遐迩的柏林墙。

这扇门太高，像他这个年龄的人爬不过去。他就擅自闯进别人的一条车道，翻过了一垛矮墙。他穿过外栏，停在第二道

385

栏栅那儿。岗哨的栏杆当然已经不见，可是它的那根柱子却依然竖立在原地，没有给野草遮没。他向倾侧着的那个岗亭里窥探，只见里面到处是木板。旧的电器装置依然完好如初，牢牢地附着在它的内壁。还有一根电话线的毛绒绒的末端也安然无事。他继续向前走去，来到仓库边上。原来的房子如今只剩一些零零落落、野草丛生的水泥地板。瓦砾成堆，被推土机推送到一边去构成了一个面对着那堵柏林墙的屏障——它成为最后一个逗弄东德民警、吊他们胃口的景象。

可是那幢主要的建筑与此不同。他走过去，在它的废墟边上站立了很久。在它的三面，就在那片粗糙的地面和栏栅外面，度假别墅已在步步进逼，逐渐把它们的地盘扩展到这里来了。另外一面则是柏林墙。什么地方的花园里的一架收音机在播放音乐。德国人的通俗音乐里，你依然可以发现军乐节奏的韵味。周围弥漫着一片周末所特有的慵倦与懒散。

他面前是个巨大的窟窿，一条围着墙的壕沟，一百英尺长，三十英尺宽，也许七英尺深。他现在正在注视着以前的那个地下室——它现在已经见到天日了。成堆的隧道工程的遗留物全都还在，只是盖满了野草。地下室的地板一定还在地底下的五英尺处，可是在那一堆堆剩余物之间的通道还是十分明显的。在东头的那个主要的竖井已经被瓦砾掩埋得看不见了。它比他记忆中的那个地下室小多了。他爬下去的时候，他发现边界那一边瞭望塔上的两个士兵正在用双眼望远镜对他进行观察。他在那一堆堆东西之间的通道里行走。有只云

386

雀在他头顶上高高的天空中啁啾。炎热难耐之中，它使他感到恼火起来。供那辆叉车行驶的那个斜坡还在，那竖井就是从这儿开始的。他捡起了一段电缆，它是老式的那种三芯电缆——裹着的是很粗的、不易弯曲的黄铜电线。他用鞋尖拨弄着地上的泥块和石子。他想要寻找的是什么呢？他自己在这儿生活过的证据？

他从地下室里爬出来。塔上还有人在观察他。他把砖头上的泥土抹掉一些，坐了下来，就让双腿垂落到地下室里。对他来说，这块地方要比阿达尔勃特街更有意义得多了。他早已决定不到梧桐林荫道那里去重访他以前的寓所。使他充分意识到时间的重负的，就是这里的这些废墟。他也就是在这儿，才能够把往事一一重新挖掘出来。他从他的衣袋里取出了那封航空信。有着那个被人划掉了的地址的这个信封本身，就足以令他为之低回良久的了。它是一本传记，里面的每一章都是一个结束。它是从美国爱荷华州的塞达拉皮兹寄出的，而且它是在七个星期以前离开美国的。寄信的人把它寄迟了三十年。它是让他的父母转交的——寄往他那位于托特纳姆的那幢有着平台的家。他们在那儿一直住到他的父亲于一九五七年的圣诞节去世。它又从那儿被转到了一所养老院，他的母亲在那儿度过了她的晚年。它又从那所养老院被转到位于七棵橡树园的那幢大房子里。他的子女在那儿长大成人，他和他的妻子一直一起住在那儿，直到他的妻子在五年前离世。那幢房子的现在的主人把这封信保存了好几个星期。最后他才把它和一批广告和许多无聊的邮件一起收到。

他把信拆开，重新又把它读了一遍。

夏天车道一七〇六号

爱荷华州，塞达拉皮兹

一九八七年三月三十日

亲爱的伦纳德：

这封信能够送到你手里的机会很小很小。我甚至不知道你是否还活着——可我的感觉告诉我，你仍还活着。我把它寄到你的父母的老地址那里去，可是谁知道它以后会遇到什么样的命运。我在我的心里把它写了一遍又一遍，所以我还不如动手把它真的写出来吧。如果它不能让人送到你的手里，那么把它写了出来，至少也会使我感到好受一些。

当你在一九五六年五月十五日在滕珀尔霍夫机场最后一次见到我的时候，我是个英语说得很好的年轻的德国女人。而现在，你会认为我是个住在郊外的美国妇女，即将退休的中学教师，而且我的塞达拉皮兹的那些好邻居们都说我在说话的时候一点听不出德国口音。不过，我想他们这么说，无非想让我听了高兴罢了。这么些年里发生了一些什么事了？我知道，大家都在问这个问题。我们都得为过去作出自己的安排。我有三个女儿，最小的那个去年大学毕业了。她们都是在这幢屋子里长大的。我们在这儿住了二十四年。过去十六年里，我在本地的

388

一所中学里教德语和法语。过去的五年以来,我是我们的"教堂里的女性"这个社团的主席。我的那些岁月就是这么过去的。

可是在过去的这些岁月里,我一直在想念你。没有一个星期我不会重新回顾往事,想想我们可以做的或者应该做的事情。还想想本来可以让我们的事情变得不是这个样子的方法。我从没能对别人提起这些事情。我担心鲍勃会猜到我的感情究竟多么强烈,也许他毕竟还是知道的。我不能和这里的我的任何一个朋友说说这些事情。尽管这儿是个很闭塞的地方,而且这儿也有几个我所信任的好人。要说的话,就得费我不少唇舌去对他们解释。这件事情太古怪、太可怕了,要任何人理解实在太难太难。我以前一直在想,等我的大女儿长大了,我可以告诉她。可是那段岁月,我们在一起的那些时光,离开现在太远了。我想我无法让萝拉真正懂得的。所以我就独自思念着我们的这段岁月。我不知道你是否也是如此。

鲍勃在一九五八年离职后,我们就在这儿定居。他做零售农业机械的买卖。他的事业很发达,足以让我们过得很舒适。我去教书,因为我以前一直干惯了活,不愿闲在家里。我写信给你,主要是想对你谈谈鲍勃——也许他是我想和你谈的话题之一。在这些岁月里,我知道你一直在责怪我们,而你该知道,你的责怪是毫无根据的。这是一件我非常想要澄清的事情。我希望有一天上帝会让这封信送到你的手里。

现在我当然知道,你和鲍勃一起为柏林的那条隧道工作。

389

俄国人发现了它以后的第二天，鲍勃来到了阿达尔勃特街。他说他要问我一些问题。这些都是和安全措施有关的例行公事。你一定得一点不差地回忆起当时的情景。当时，你在两天前提着那两个盒子走了以后，我丝毫得不到关于你的消息。我也没有睡觉，我花了好几个钟头擦洗那套房间，我把我们的衣服拿到公众丢弃垃圾的地方去丢掉。我直接到我爹妈住的那个位于潘考夫区的地方去卖掉了那些工具。我把那条地毯拖过三个街区，拖到一个建筑工地上，那儿有人生了一大堆火在烧毁东西。我让一个人帮我一起把它扔进了那堆火里。我刚把浴室清扫干净，鲍勃就正好来到了门口，说要进来问我几个问题。他看得出来，那儿一定出过什么事。我假装身体不适，他说他不会待很久。就因为他那么客气，那么关心，我终于忍不住了，哭了起来。没等我知道这是怎么回事，我就已经把这件事情全都告诉他了。我一定得把这件事情对什么人说说，这个愿望太强烈了，我要让人相信我们不是罪犯。我把什么都说了，他就一直静静地坐在那儿听着。我对他说，你在两天前提着那两个盒子离开这儿以后，我一直没有得到你的任何消息，他听了就坐在那儿一味摇着头，一遍又一遍说道，"上帝，啊，我的上帝！"然后他说，他去想想法子，就走了。

他在第二天早晨带着一张报纸又来了。报上登载的都是关于你们的那条隧道的消息。我从来没有听人说起过这件事情。这时鲍勃告诉我，你也是从事这个隧道工程的人员之一。他还说，事实上，就在东德民警冲到隧道里去以前几个小时，你把那两个盒子放在隧道里面去了。我不知道你怎么会干出这种事来。也许你在那一两天里面变得精神有点失常了。遇到了这种事情，谁还能不失常呢？东柏林的人把这两个盒子交给了西柏林的警方。显然当时已经开始进行调查了。再过几个小时，他们就会知道你的姓名了。据鲍勃说，他和别的几个人曾经亲眼看见你把那两个盒子拿进去的。如果鲍勃没有说服他的上司，让他相信，对这件案子进行侦察的话，就会有损于西方情报部门的形象，我们就会遇到很大很大的麻烦了。鲍勃的人让警方不予追究这件案子。我猜想，当时的柏林是个被人占领了的城市，而德国人只好听命于美国人。他就这样把这件事情掩盖了起来，调查也就中止了。

这就是他在那天早晨对我说的话。而且他还叫我赌咒要保守秘密。我不能把他对我说的话告诉任何人，甚至也不能告诉你。他不愿让人知道，由于他的干预，使正义的伸张受到了人为的影响和阻挡。他也不愿你知道他已经把你和隧道工程有关的事情告诉了我。你应该还能记得，他对他的工作多么谨慎小心，毫不马虎。所以那天早晨发生了那么些事情，而你又偏偏在这时候来到了那儿，一副疑神疑鬼的样子，看上去又那么可怕。我想要对你说，我们两个没事了。可是，不知道什么缘故，我又不愿意违背我对鲍勃所作的誓言。如果我当时说了出来的话，就不会发生这么许多让人伤心的事情了。

过了不多几天，我就去滕珀尔霍夫机场送你回英国。我知道你心里在想些什么。可你当时完全想错了。现在，当我把这一切都写下来，我知道我多么希望你听到我这么说，相信我说的话。我要你收到这封信。事实的真相是：那天鲍勃为了执行他的安全侦察方面的任务，在全市到处跑了一天。他要和你说声再见，可是他没能及时赶到机场上来。当我在跑到屋顶上去对你挥手道别的时候，我正好碰到了他。就是这么回事。我给你写信，想把真相告诉你，同时又不至于违背我对鲍勃所作的诺言。可是你从来就不肯好好地写一封回信给我。我想到伦敦去找你，可是我又知道，如果你把我赶走的话，我会难过得受不了的。几个月以后，你就不给我写回信了。我就对自己说，我们两个共同经历的那件事情使我们不能结合为夫妇了。我于是就和鲍勃成了朋友——就我来说，我是出于对他的感激。慢慢地，我们的友谊发展成为爱情。时间也起了作用，而且我很寂寞。在你离开了柏林九个月以后，我和鲍勃发生了关系。我把我对你的感情尽量深深地埋在我的心底里。第二年，在一九五七年七月里，我们在纽约结了婚。

他一提到你，总是非常喜欢你。他以前常说，我们总有一天会到英国去找你。可我不知道自己是不是有这个勇气。鲍勃在前年出外去钓鱼旅行时，因心脏病猝发而去世。他的死使我们的女儿们非常悲伤，它使我们都很悲伤。它尤其使我们的最小的那个女儿露西很伤心。他是一个很好的父亲。他做了父亲，就变得温柔起来。做个父亲对他很合适。他一直保持着他那美妙的生气勃勃的精神。他一直喜欢和人逗趣戏耍。当那些姑娘还很小的时候，他的样子才叫人快活哩。他在这儿人缘很好。他的葬礼成了镇上的一件大事。我也为了他是我的丈夫而感到自豪。

我对你说这些，是因为我想让你知道，我并不为了我和鲍勃·葛拉斯结了婚而感到后悔。不，我并不后悔。我也并不假装我们之间从未有过一些很不愉快的时候。十年前，我们两个都喝酒喝得很多。还有一些别的事情。可是我们的这些困难都已过去了。我怕我的这封信写得太乱了。我要对你讲的事情实在太多。有时候我想到了住在我们楼下、来参加我们订婚晚会的那个布莱克先生。当乔治·布莱克在好些年前——在一九六〇年或者一九六一年——被提起公诉的时候，我大吃一惊。后来他又从监狱里逃跑了。于是鲍勃又发现，他所出卖的秘密之一就是你们的那条隧道。从这个工程一开始，他就参与其事——他事实上是这项工程的设计者之一。因此，俄国人没等你们为了进行这个工程而挖掘出第一锹土来以前，他们就早已经知道了它的详情。白费了多少力气！鲍勃常说，他知道这件事以后，常感到自己幸亏已经不再继续干他的老本行了。他说俄国人一定早有防备，把他们的那些重要的电讯都用别的方法传送出去了。他们故意让那条隧道维持下去，以便保护布莱克，使他不至于过早地暴露，同时借此机会让美国的中央情报局浪费时间和人力。可是，正当我们遇到了麻烦，为什么他们偏偏就选择这个关键时刻动起手来了呢？

我在傍晚开始写这封信，现在窗外天已经黑了。我在写的时候曾停过几次，为了想念鲍勃，也为了想我的小女儿露西，她现在还舍不得让他走，也为了想你和我，想那些已经失去了的时光，想那些误会。把这些都写出来给几千英里以外的一个陌生人看，真是一件古怪可笑的事情。我不知道你遇到了些什么事情。当我想念你的时候，我不但想到了关于奥托的那件可怕的事情，我还想到了我的那个心地善良、待人宽厚的英国人。他对女人知道得这么少，可是他学得那么快！我们在一起的时候，相处得那么和谐而甜蜜。有时候，我觉得我在回忆的好像是我的童年。我要问问你，你记得这个吗？你记得那个吗？当我们在周末骑着自行车到湖边去游泳，当我们从那个大个子阿拉伯人那儿买到了我的那只订婚戒指（我至今还保存着它），还有当我们到蕾西去跳舞的那些时候？我们又如何赢得了爵士乐曲舞蹈赛的冠军，得到了一个奖品：那个马车形的台钟——它现在还放在我们家的那个阁楼里。当我第一次看见你在耳朵后面插着一朵玫瑰花，我从气压管道里送了一封短信给你。当你在我们举行的那次酒会上发表了那个精彩的演说，还有简妮——你还记得简妮吗？——她和那个在电台上工作的人（我记不起他的名字了）跑掉了。那天晚上鲍勃是不是也要发表演说？我很爱你，我从来没有和别人像和你那么亲热过。我说这话并不意味着我对鲍勃有何不忠。在我的亲身经验里，男人和女人从来不会真正地彼此了解。我们的那段生活真是非常特殊的经历。这是真的，在我的一生结束以前，我一定得把这句话说出来，一定得把它写出来。如果你真是我记忆中那样的话，你看到这儿一定会皱眉，说，她太感情用事了！

有时候我生你的气，你真不该心怀气愤而默默地退出。你真是英国人的派头！真是个大男人的派头。如果你认为有人背叛了你，你就应该坚守阵地，为了属于你的东西而战斗。你应该责备我，你应该责备鲍勃。应该打上一架，我们就会把事情弄弄清楚。可是我知道，使你不战而退的是你的骄傲。使我没有到伦敦去找你结婚的，也正是同样的骄傲。我没法面对我那可能会遇到的失败。

很奇怪，这幢熟悉的吱吱嘎嘎的屋子竟然并不为你所知道。它那白色的护墙板，在它周围的那些橡树，院子里有一根为鲍勃亲手竖起来的旗杆。我永远不会再离开这儿了，尽管它实在太大了。我的女儿们把她们小时候的东西全都留在这儿了。明天狄安妮，我们的第二个女儿，会带了她的婴儿到这儿来看我。她是我的女儿里面第一个生育的孩子。萝拉去年流产了。狄安妮的丈夫是个数学家。他长得很高，有时候他用手指把眼镜推到鼻子上面去的样子使我想起了你。你还记得那次我为了想让你留下来，所以把你的眼镜藏了起来？他还是一个出色的网球运动员——可是这个却完全没能让我想起你来。

我又岔开去了。时间也不早了。我的意思是说，这些日子里，我在傍晚时分就觉得累了。而且我也并不觉得我应该为了这个而感到抱歉。可是我实在不愿结束我和你的这场单方面的谈话——不管你在什么地方，也不管你成了个什么样的人。我不想把这封信付诸东流。在我写给你的信里面，它不会是第一封没有收到你的回信的信。我知道我得碰碰运气。如果你觉得

395

我在这里说的一切现在对你没有什么意思，而且你也不想给我写回信的话，或者，如果这些回忆对你不甚方便的话，至少请那个二十五岁时的你接受一个老朋友的问候。而且，如果这封信没有让你收到，没有让你把它拆开，没有让你读到它的话，那么，我在此请求上帝，请他饶恕我们两个所做的那件可怕的事情，而且，我也请他作我们的往日爱情的见证，并且为我们的往日爱情祝福吧。

你的，玛丽亚·葛拉斯

他站起身来，在他的西服上面从上到下地拍着灰尘。他折好了信，在废墟的周围慢慢地踱了起来。他踩着野草，来到一度曾是他的房间的那个地方。现在它成了一块油腻腻的沙地。他继续走过去，去看那地下室里的锅炉房里的那些扭曲的管道和碎裂了的仪表。他的脚下面是粉红和白色的瓷砖的碎片——他记得那些瓷砖原来是铺设在淋浴室里的。他回头望去，在那座塔里守卫边界的卫兵已经对他失去兴趣。从周末度假别墅的收音机里播放的音乐已经改为老式的摇滚舞曲。他对它还很喜欢，而且他还记得这一首《大伙摇个不停》。它不是他所最喜欢的一首，可是她却喜欢它。他漫步走回去，经过那个张开着的壕沟，朝着里面的那座边界栏栅走去。两根钢梁被矗立了起来，警告闯入者说，这儿有一个水泥围栏的洞里装满了黑色的水。这就是那座老粪坑。当初那些挖隧道的中士们把隧道挖过了它的下水道。花费了这么些毫无成效的劳动。

他已经来到了栏栅边上，穿过它望着圆丘累累的那块荒地尽头的那堵柏林墙。远处的坟地上长着一些枝叶婆娑的树木。他和她的时间，就像这片荒地，未经开发利用，以致白白虚度而毫无建树。沿着柏林墙的这一侧，紧靠在墙脚的边缘，有一条自行车道。一群孩子边踩着自行车向前飞驶，边喊着彼此的名字相互招呼。天可真热。他已经把柏林的溽热给忘怀了。他的决心下得不错。他一定得亲自到这里来，才能够懂得她写在信里的那些话语。可不是到阿达尔勃特街去，而是到这里来，来到这些废墟之间。他在英国萨里郡家里的早餐桌上揣摩不到的事情，一到这儿就都变得豁然开朗了。

他知道自己打算做些什么。他解开了领带，用一块手帕按了按额头。他朝后面望了望。在那个倾侧了的岗亭旁边有一个消防龙头。他也多么想念葛拉斯，想念搁在他的胳膊肘上的那只手，想念犹在他耳畔回响的那一声"你听我说，伦纳德！"葛拉斯做了父亲而变得温柔可亲了——他但愿他能亲自看看葛拉斯这位慈父宠爱他的女儿的模样。伦纳德知道自己会做些什么。他知道他即将离开，可是还不至于如此紧迫。热气在往下压过来。收音机里又在播放着德国的流行音乐——曲子里用的全是四二拍子的进行曲的节奏。音量似乎在渐渐变大。瞭望塔里的一个守卫用双眼望远镜，没精打采地朝着这位身穿黑色西服在栏栅边上荡来荡去的绅士瞟了一眼，然后就转过头去，和他的一个同伴说起话来。

伦纳德刚才双手紧握着那个栏栅。现在他松开了手，沿着

397

那条很宽的壕沟的边缘走回去。他出了边界栏栅的两扇门，穿过那片野草地，来到了那垛白色的矮墙边上。他翻过矮墙，就脱下上衣，把它折起来放在手臂上。他走得很快，以致他的脸上感觉到了一阵阵微风。他按照头脑里的思想的拍子迈着步子。如果他还年轻一些的话，也许他早就沿着勒特勃格街一路飞奔而去了。他认为他还记得他以前替他的公司出差到美国去的情景。也许他得搭乘飞机到芝加哥的奥黑尔机场，在那儿换乘当地交通。他不愿先行通知。他已经对失败有所准备。他会从信上提到的那些橡树林里悄然出现，他会走过那个矗立着的白色旗杆，穿过那阳光铺地的草坪，来到她家前门。以后他会把那个在电台上工作的人的名字告诉她，他还会提醒她，那天晚上鲍勃·葛拉斯确确实实发表了一篇演说，而且他所发表的还是一篇非常精彩的演说，说的是关于建设一个崭新的欧洲的事情。而且他还会回答她提出来的那个问题：俄国人之所以会在那一天突然冲进隧道里去，是因为布莱克先生向他的俄国上司汇报说，有个英国的技术人员会在那天把一台破译密码的机器放在隧道里——可是它将在隧道里面只放这一天。而她则会对他讲讲那次爵士乐曲跳舞比赛的事情，因为他已经一点都不记得了，而且他们俩要一起到阁楼上去把那台马车形的台钟拿下来，旋紧它的发条，让它继续走起来。

他在新层街的街角上不得不稍事停留，在一棵美国梧桐的阴荫里伫立片刻。他们俩会一起回到柏林来——唯有这样，他们才能了却前缘。热气逼人。去到鲁道的地铁站还有半英里的路程。他闭上眼睛，背靠那株年幼的树干，它能够支持得住他的重量。他们将会一起去旧地重游，将会目睹沧桑之变而为之感慨，而为之惊叹。不错，他们有一天还会到波茨坦广场去，去爬上那个木头的高台，一起去朝着那堵柏林墙久久地、好好地看上一眼——在它终于被人拆毁以前。

作者按语

书中提到的"柏林隧道"（又叫"金子工程"或者"金子行动"）确有其事。它是美国中央情报局和英国军情六处合作的一个项目。它于一九五五年春夏之交建成后即开始正式运转，直到一九五六年四月间被苏联发现而破坏为止，历时将近一年。该工程的负责人为中央情报局柏林站的头儿威廉·哈维。乔治·布莱克从一九五五年四月起，他住在柏林梧桐林荫道二十六号。他也许早在一九五三年，当时他是设计委员会的秘书，就把这个项目的情报泄露给俄国人了。书中出现的其他人物和情节纯属虚构。关于隧道的建筑和运行的情况，我从大卫·C·马丁的著作《镜子的荒原》中的有关记载获益甚多。书中第二十三章中所叙述的景象，系根据我在一九八九年五月在柏林访问时所见的实际情况描绘。

我要感谢为本书中的德语词语译成英语的本哈·鲁朋，他还为了本书的有关部分在柏林作了广泛的研究工作；为了他们对本书提出的有益的意见而感谢牟顿学院的病理学讲师 M·顿尼尔博士，安德里亚·兰晓夫，和提摩太·卡顿·艾许。我尤其要为了校阅打字稿并提出许多有用的建议而要感谢我的朋友加伦·斯特劳森和克瑞格·拉因。

伊恩·麦克尤恩

一九八九年九月于牛津

图书在版编目(CIP)数据

无辜者/(英)伊恩·麦克尤恩(Ian McEwan)著;
朱乃长译.—上海:上海译文出版社,2018.6
(麦克尤恩作品)
书名原文:The Innocent
ISBN 978 - 7 - 5327 - 7771 - 6

Ⅰ.①无… Ⅱ.①伊… ②朱… Ⅲ.①长篇小说—英
国—现代 Ⅳ.①I561.45

中国版本图书馆 CIP 数据核字(2018)第 042398 号

图字号:09 - 2008 - 536 号

无辜者
〔英〕伊恩·麦克尤恩 著 朱乃长 译
责任编辑 / 宋 玲 装帧设计 / 储平工作室

上海译文出版社有限公司出版、发行
网址:www.yiwen.com.cn
200001 上海福建中路 193 号 www.ewen.co
江阴金马印刷有限公司印刷

开本 850×1168 1/32 印张 12.75 插页 5 字数 188,000
2018 年 6 月第 1 版 2018 年 6 月第 1 次印刷
印数:0,001—7,000 册

ISBN 978 - 7 - 5327 - 7771 - 6/I·4759
定价:69.00 元